ちくま文庫

駄目も目である

木山捷平小説集

木山捷平

岡崎武志 編

筑摩書房

駄目も目である

木山捷平小説集

岡崎武志 編

目次

耳かき抄

一

今から七八年前、昭和二十一年夏から二十四年春まで私は備中(びっちゅう)に疎開していた。ところがこの疎開というのが厳密に言えば、疎開というのとは少し違った。何故なら私は昭和十九年の十二月、一大発心して、中国の旅に出掛けたのであったが、運悪く知らぬ異国で終戦に遇(あ)い、とどのつまり、日僑(にっきょう)第何千何百何十何号という札を胸にぶらさげて、佐世保に送還されて来たからである。

佐世保では、東京行の切符をタダで呉れた。それで東京行の汽車に乗ったが、妻子は多分備中に疎開しているだろうと思って、途中下車してみたところ、果してそうだったので暫くそこに滞在することにしたのである。

が、九日目の朝、

「おい。明日は弁当を作ってくれ。切符の通用期間が明日で切れるから、いよいよ東京へ帰ることにしよう。長い間、世話になったなあ」と私は細君に言った。
「何、言ってらっしゃるの。ここはあなたのお家じゃありませんか。誰にも気兼なさること
ないわ」
「そうかなあ。でも、おれは何となく気がせくんだ。東京から出発したものは、東京に帰着
せんければ、気持の筋が通らないんだよ」
「筋は筋でも、あの家、もう焼けてないんですよ。家のない所へ帰着しても、意味がない
わ」
「駅はあるんだろう。高円寺の――」
「駅はあるでしょう。半分、焼けるのは焼けたけど」
「じゃ、あの駅まで帰着することにしよう。忘れもしないが、一昨年の十二月二十六日の朝、
警戒警報が出ている最中、お前があそこの改札口までおれを送ってくれただろう。おれはあ
の時滅茶に睡かったよ。それで随分顰めっ面をしていた筈なんだ。だから、もしも生きて日
本へ帰ることがあったら、おれはあそこでお前に、にこっと一つ、笑ってやろうと思ってい
たんだ」
「まあ、どうもすみません。だったら、ここでにこっと一笑いして下さいよ」
「ここでは出来ん。あそこでしたいんだ」
「だって、あそこにはわたし、いませんよ」
「いても、いなくても、いいさ。手を握るんじゃあるまいし、おれは今、明日弁当を作って

くれと頼んでいるだけなんだ」

私が語気を強めると、細君は闇煙草を巻いていた手を休め、

「お弁当はいつでも作って上げますよ。だけどあなた、その体の調子で、汽車に乗れますかしら?」

と、枕一つで畳の上にごろ寝している私の顔を窺った。

私は猛烈な下痢を起していたのである。帰る匆々、一年間の空腹の埋合せのように、米の飯を八九杯も一度に掻き込んだのが、そもそもの原因であった。細君は何処から聞いたのか、食べ過ぎがもとで死んだ帰還者の先例にかんがみ、飯をかくし始めた。が、隠せば顕わるるで、私は台所にしのび込んで飯を捜し出してぱくつくと、それが瞬く間に胃腸を素通りして、外に排出するという工合であった。で、窃かに考えてみるのに、これは胃腸のやつが健忘症にかかって、米の味覚を失念しているのであるから、再び胃腸が米の味覚に目醒めるまで、出れば食い、食えば出るから又食い、してやった所、とうとう私の療法は効を奏して、或る日下痢がぴたりととまった。

とまるのはとまったが、それが切符の通用期限より二日遅れた。それがもとで、折角の弁当も有耶無耶のうちに葬られ、その後足掛四年間も、私はそこに停頓する羽目になったのである。

むろん、切符は破棄したが、私は何処からか入婿に来たような感じは拭えなかった。何故なら、私の家には既に父母はなく、よそものの細君がその家に住みついてたり、東京生れの

子供が藁草履をぺたぺた、村の学校に通ったりするのが、理窟を越えて不思議でならなかったのである。のみならず、僅か一年半の間に細君の顔には歴然と後家の相があらわれていたので、私は子供のある後家の家に、養子に来たような気持は募るばかりであった。

ウップンを晴らすため、私はちょいちょい、三里離れた町まで出かけた。一杯やる為にである。そして私がこれから書こうとする話は、弁当話の時よりすれば、凡そ一年半位たった頃のことである。

二

或る朝のことであったが、私は郵便配達から切手を二枚もはった部厚な封書をうけとった。あけてみると半ペラの原稿用紙が七枚もあらわれ、その紙の上には、私の先輩知友の名前が十二三人、おのおの、田舎住いの私を鼓舞激励するみたいな文句が、躍っているのであった。たとえば、

『正介よ。なつかしく思えば、早く出て来い、来い』

『月を待つ心は人を待つ心』

『ぼくは酔った。これだけです。です。です。です』

『正介と将棋さしたし東京を恋いて泣くとうことの悲しも』

何処で飲んだのか、いずれは阿佐ケ谷あたりの隠れ家であろう。酔筆朦朧とした文句を一瞥した私は、その場の情景が目に浮んで、今すぐに見てはならぬものを見たような気分が勃

然とわいて、急ぎ寄書きを封筒に収めると、

「おーい」「おーい」

と、細君を呼んだ。すると、台所の土間で碾臼をひいていた臼の音がぱたりと止んで、家の中がシーンとして、

「なんですか」

だが、私は暫時沈黙していた。亭主の沽券を重んじる為である。

「なんですか」と再び細君が訊ねた。

がもう一度、黙っていると、私の気持を察した細君が、声をかけた。

「また、耳かきですか」

耳かきというのは、私が町へ一杯やりに出かける時の、隠語であった。言わば人には知れぬ符牒のようなものであったが、私の家には耳かきの備付けがなかったので、つねづね私はそれを欲していたのである。それで、今度町へ出た時には、兎の毛のついたのを一つ買って来ようと思いながら、いざ町へ出てみると、別に備付け必要の備品でもないように気持が変って、またこの次の時にしよう、と思いなおして、買わないで帰るのがお極りであった。

「そうだよ。大急ぎで、自転車の空気を入れてくれ」

私はせかせかと細君に命じた。

すると、私の命令に従って、自転車の空気を入れる音がシーンとした家の中に、スースー聞えた。

この自転車ポンプは、ひどい骨董品で、機械のピストン力が微弱で、自転車の前後車に空気を充満するには、優に三十分間を要した。しかも、ポンプに呼応して、自転車そのものが、がたがたのおんぼろと来ていたが、我が家の交通運送力には掛替のない代物であった。

もっと詳しく説明すると、その自転車は私が年少の頃の使用品で、ラージという船来品であったが、久しく物置に放置されたままになっていたのを引きずり出してみると、車体のほかは腐朽していたので、やむなく細君が長襦袢類を売り払って部分品を取りかえ、やっと乗れる物になっていたのである。

だから私が家を出ようとすると、

「気をつけて、ね」と細君が念を押した。

知らぬ人が聴けば、私が怪我でもしないようにと言う思いやりにきこえるが、いやそれもあるのはあるが、それ以上に、私が酒に酔っぱらって、自転車を盗まれたりしないようにという注意が、多分に含まれているのであった。

「解ってるよ。子供じゃあるまいし、ちえッ」

言いすてて、私はペダルを踏みしめた。

併しその時より少し前のことだが、村では新任の新制中学の校長先生が、買ったばかりの新品の自転車を盗まれて、一時それが村中の大評判であった。と言うのは、校長先生の自転車は半分だけ代金を支払って、あとは月賦になっていたのは兎も角、その盗まれ方が意想外だったからである。

なんでもそれは、町の地方事務所で催された校長会議の帰りで、北風の寒い夕方だったそうだが、校長先生は一所懸命北風に抗して自転車を踏んでいると、同じように自転車に乗った青年が、向うから走って来た。向うは追い風だから、景気がいいったらなかった。校長先生は終戦後交通は対面になっているのを思い出し、左側に車をよけると、向うは何を勘違いしてか右側によけて来た。で、あッと思う間に車が正面衝突して、校長先生も青年も往来の上に投げ出されたのである。

「どうも、すまんなあ」と校長先生は、年長の美徳を発揮して、ころんだまま詫びを言った。が、何しろ四十すぎた初老の校長先生は、身体の敏捷を欠いていたので、痛む腰をさすりさすり起き上ってみると、相手の青年はいつの間に起き上ったのか、三四丁も先を疾走しているのが見えた。

「おや！」

と、校長先生は我が目を疑った。そしてさっきは一人だった筈の青年が、二人になっているのに気づいた。そう気づくと、さっきの青年の乗った自転車の後には、もう一人の青年が荷物になって腰かけていたのが思い出された。が、その時は既に遅かったのである。

「おーい。こらア。自転車を返せ」

校長先生は身分も地位も忘れて、大声で叫んだが、二人の青年は悠々と二台の自転車にまたがって、何処（いずこ）ともなく姿をくらましたのである。

三

その遭難の場所を、私ははっきり知らなかった。が、あの頃は冬枯の殺風景だった周囲の風景が、どこもかしこも春になって青々といきづいて来た県道を、南に三里、がたがた自転車をとばして町に着くと、私は一路大角屋という旅館に向った。その旅館は戦時中、学童を収容して以来廃業していたが、今ではそこに、私の友達の関口という画家が、東京から疎開して来ていたからである。

大角屋につくと、私は裏手にまわった。そして裏口からだだっぴろい土間に入ると、関口の奥さんが赤い襷掛で、キーキー、車井戸の綱をたぐっているのが見えた。

「奥さん」と私が声をかけると、奥さんはびっくりした顔でふりかえり、

「ああら。いらっしゃい。いますよ。今日あたり、木井さんがお見えになるのじゃないかって、さっき話してたところなんですよ」

と天窓からさし込む光線のなかで、にこっと笑った。

「悪友遠方よりあらわる、ですなあ。ではまた二三時間、御主人を拝借することにしますか」

受け答えしながら、私は自転車の鍵をかけ、勝手知った大角屋の階段を上った。

ところが、廊下づたいに、廊下の一番奥にある関口の部屋まで行くと、関口は障子をあけひろげて、部屋の中に画架をたてかけ、画を描いているのであった。私はさっきの奥さんの

言葉に裏切られたような気が起きて、

「なあんだ。仕事中だったの」

と挨拶がわりに声をかけると、

「いや、いいんだ。一寸、つついていただけなんだ。……這入(はい)れよ」

と、関口が弁解して、たった一つしかない椅子をひきずり出して私にすすめた。で、私は椅子に坐って、額の汗をふきながら、今まで関口がつついていたという六号ばかりの絵を眺めた。その絵は欠けたお月様を二つ並べたような、赤と青と黄をごたごた塗りつけた、何を描いたのか一向要領を得ぬ絵であった。

「いったい、それ、何を描いてるの？　変な絵だなあ。変と言っちゃ悪いけど」

私が打切棒(ぶっきらぼう)にこうきくと、

「変なもんだろう。何に見えるかね？」

と、関口は反問して、にたにた顎の無精ひげをさすった。別に怒った気配も見えないのである。

「何かなあ、お月様とも違うし、そうかと言って茄子や胡瓜にも見えないし、唐もろこしでもなさそうだし、……」

私がしきりに首をひねると、

「おい。一寸、失礼。……実はこれなんだよ」

関口はせかせか部屋の隅から一枚の新聞紙を取って、私の膝の上においた。そして自分は便所に出かけたので、私はその地方新聞をひろげると、その新聞の赤インクで印をつけた部分に、次のような記事が載っていたのである。

××日朝七時ごろ××郡××町××の用水池に白髪の老婆が溺死体となって浮かんでいるのを、草刈に行った農夫が発見した。届出により××署で調査したところ、この老婆は同町××無職黒岩イチ（六五）と判明した。

イチは数年前夫に死別後一人暮しであったが、煙草の配給制以来喫煙の味を覚え、自宅裏の空地に煙草苗十二本を密耕しているのをこのほど専売公社監察員に摘発され、罰金一万二千円に処せられたのを苦にして投身自殺したもの。

一読した私は、配給制度というものに腹が立った。それから、いくら密耕にせよ、まだ一口もすわない煙草の罰金が、一本につき千円とは、ひど過ぎるように思えた。が、それにしてもこの新聞記事が、関口の絵とどんな関係があるのだろう。

解らなかったので、私は立ち上って、廊下と反対側の窓を開けてみた。すると窓の向うには内海の石垣の波止場が見え、その向うに赤土色の肌をむき出しにした岬が見えた。その景色を見ていると、岬の根元にあるトンネルに、上り列車が実にのんびりとした速度で這入って行った。それからあとに残った煙が又ゆらゆらと実にのんびりした速度で、岬の先の方へ消えて行った。

春日は遅々として、私はじれったかったが、凡そ三十分もすぎてやっと戻って来た関口が、話してくれた実情は大体次のようなものであった。

関口は、一昨日の朝早く、運動かたがたこの用水池のある方へ写生にでかけたのである。そうして偶然この用水池の堤を通りかかったところ、堤の上に古草履が一足、ぬぎすててあったのだそうである。併しその時は風景捜しに気をとられていて、別に深くは気にとめなかったが、家にかえって来て、何だかそれが気になり出したのだそうである。何故なら、その古草履の脱ぎ方が棄て草履にしては、どうも少しキチンとし過ぎていたように思われだしたからである。

しかし気にしたところで仕方がないから、わざと忘れていたのだが、昨日新聞を見ると、ちゃんとこの記事が出ているではないか。

「びっくりしたなあ、僕は。実際のところ、僕がこの池の土手を通った時には、この婆さん、池の中に沈んでいたのかも知れないよ。だからその時いち早く引上げれば、人工呼吸か何かで、助かっていたかも知れないんだ。そう思うと僕は気分がふさいで、頭の中に土手の上にぬいであった藁草履がこびりついて離れないんだ。それで、罪亡しのつもりでこの絵を——これはこれでも、草履のつもりなんだよ——描き出したんだが、結局完全に失敗して、君のいうとおり茄子か胡瓜の出来そこないになってしまったんだよ」

そう言われて見れば、なるほど、その絵は草履に見えて来た。

然し写生ではなく記憶にたよったので、色も線もごたごたして来たのであろう。私の胸には別な一足の草履が浮んだ。これはきっと、もう一週間か十日すぎて、もう一度描き直したら、もっとすっきりした絵ができるのではないかと思ったので、そのことを言いかけると、

私の発言を封じるかの如く、

「おい。パイ一、行こう。随分、待たせたなあ」

と、関口が叫んで立ち上ったので、私もつられて立ち上った。

階下の広土間には、奥さんは何処かへ石鹼でも買いに行ったのか、姿が見えなかった。何となくそれが好都合であった。そのかわり、ほかの女が三人、ピチャピチャ音をたてながら、洗濯盤の前にしゃがみ込んで、六つの膝小僧をまるで競争でもするかのように、耳の高さに突っ立てているのが、いやに印象にとまった。

四

行きつけの飲屋は、石炭くさい匂いのする埋立地の、ごみごみした小路の中にあった。表の店には、ラムネや心太(ところてん)やサイダーが並んで、その奥の六畳くらいの座敷が、いわゆる裏口営業であった。裏はすぐ海で、常連の沖仲仕が、きゅッと一杯一合のカストリを一秒半位で呑んで行くスピードが実に素晴しかった。長年の体験を元にした、最も合理的な呑み方なのかも知れない。

然し私たちには、そんな鮮かな芸当は出来ない。積った不平を吐き出すのに、少くとも二三時間は要するのである。

それで二三時間飲んだつもりで、私達は再び大角屋に戻ると、私は誘われるままに、又二階に上った。それからお茶の御馳走になって、さて、ぼつぼつ引上げようとすると、

「泊っていらっしゃいよ。もう十一時半ですよ」

　と奥さんが言った。

　二三時間と思っていたのが、いつとは知らず、十二三時間も呑んでいたのである。が、それは毎度のことで、夜がふけても、急に大雨でも降り出したような時のほか、私は泊ったことはなかった。

「いや、奥さん、僕は絶対帰ります。そのかわり又必ず来ます。夜道に日は暮れぬと、孔子も言って居ります。それじゃ、奥さん。お別れのしるしに、僕が朗吟をやりましょう。ええと、――

　帰らねば、ならぬ家なり、娘なり、帯をしめつつ、なげく君はも……」

　ひとくさり朗吟をやって、自転車に打ちのると、私は酔っぱらい運転をはじめた。これも毎度のことで、時々ころぶことはあるが、奇妙に怪我はしないものであった。一度など二丈もある高い勾配からすべり落ちたことがあったが、落ちてもちゃんとハンドルを握っていた程である。

　けれども町を出て半里ばかり行くと、私はどうしても自転車をおりなければならなかった。道が坂になって、その上が小高い峠になっていたのである。

　それでその日も、自転車を押して、はあはあ息をはずませて、二三丁のその坂道を登り、峠の上まで着くと、私は自転車を道の傍(かたわら)において、自分は草の上に腰をおろした。小休止して一服するためであった。が、軍服のポケットから煙草をとり出して、パイプにつめると、残念なことにマッチを忘れて来ていた。こんな時通行人でもあれば助かるのだが、そんなことは滅多にないので、仕方がないから、ロシヤの小説などに出てくる嗅煙草の真似をして、しきりに鼻をすうすう鳴らしていると、私の坐っている前の林の中にパッとマッチの火らしいものが点いた。

　途端に、私は私と同じような酔っぱらいが、休憩しているのかと思った。が、すぐにマッチの火は消えた。が、私はマッチの火が煙草の火に変るのを期待したが、私の期待ははずれて、何やらよくは分らないが、蠟燭の火らしいものに変った。併し、何の火だってかまうことはない、と思い直した私は、露にぬれた笹の葉を靴先で掻き分けるようにして、林の中に足をふみ入れた。すると気のせいか、明りは少しずつ私から遠のいて行くのである。が、私は抜足差足の要領で、尚もその方へ近づいて行くと、やがて林は尽きて、その下に用水池が黒々と水を湛えているのに突きあたった。

　その用水池は広さ六十坪くらいの細長いものであったが、池に沿って右に曲ると、草の生えた池塘のはずれの隅のあたりに、灯はともっているのであって、その灯の傍に人間らしい黒い影が蹲っているのが見えた。

　私は昼間、関口からきいた、白髪の老婆のことが頭に浮かんだ。すると急に足ががたがたふるえ出したが、併し若しそれが、これから自殺でもする者であるなら、助けてやらねばならぬ義務を感じて、軍服の上ボタンをはずしはずし、忍び足でその方に近づいて行くと、

「だ、誰じゃ？」

と、不意に向うから声がかかった。男か女か分らない嗄(しわが)れた声であった。

「ぼ、僕じゃ」

と、私は答えた。さすがに声がふるえた。

すると、やや間をおいて、

「ぼく、甘党か、辛党か」と先方が調子を和(やわ)らげて訊ねた。

「僕は、辛党じゃ」と私は答えた。

すると、又、やや間をおいて、

「それは恰度ええ。まあ、ここへ来なされ。わしが一献進(こんしん)ぜよう」

と、先方が言った。

私はやはり無気味ではあったが、声の方に近づいて行くと、一人の年取った僧が袈裟装束(けさしょうぞく)で、池塘の上に莫蓙をしいて、蠟燭の灯の前に端坐しているのであった。

「ああ、恰度ええ」と老僧がもう一度言った。

「貴公はまだ見たことのない顔じゃが疎開者じゃな。まあ、一杯いかれよ。冷(ひや)ではあるが、これも何かのお引合せというものじゃろう」

僧は笑いながら、一合はたっぷり入る茶呑茶碗を取って、私に差し出した。そして灯かげになっている草の中から一升罎を取って、とくとくと酒をついでくれたので、

「これは、これは、……どうも……」

と、私は相槌を打ったが、気がついてみると、腋の下にびっしょりと冷汗をかいているの

であった。よく話にある幽霊が私に悪戯(いたずら)をしているのではないかという疑念があったのである。で、私はできるだけ丹田に力を込め、莫蓙のはしに端坐し、ちょっと茶碗には口をしめしただけで、下におくと、

「きゅッとやりなよ。きゅッと。きゅッとやらなきゃ、盃は一つしかないんだ」と老僧がせかした。

その語勢に押されて、私は再び茶碗を取り上げ沖仲仕の要領で一気にきゅッと呷(あお)ると、なるほどそれは立派に酒に違いなかった。その証拠にすっかり冷え切っていた五体が、下地が入っていたせいもあって、一度にぐんぐん、もとに戻って行くのを覚えた。

「成程、これはいい酒ですなあ」と私は茶碗を老僧に返して、「ところで、御院主(ごいんしゅ)様、実は僕はそこの峠で煙草を吸おうと思ったら、マッチを忘れて困っている所へ、この明りがついたから、火を借りようと思ってやって来たのですが、御院主様はこんな寂しい場所で、こんな夜中に何の修道をなさっているのですか」

と、さぐりを入れると、

「まあ、修道と言えば、修道じゃ喃(のう)。いくら齢は取っても、気味はよくないから喃。実はわしかって、貴公があすこへ突然あらわれた時には、どきッとしたよ」

「それはどうも、恐れ入ります」

「実は、この池で、一昨夜、投身自殺をした者があるのじゃよ」

「ああ、やっぱり。――で、その者は男でありますか、女ですか」

「男じゃよ。男と言っても、もう七十になる爺じゃが。その爺はこの間までこの村の地所持であったが、今度の農地異変で田畑を没収されたのを憤慨して、かつては自分の所有であったこの溜池に飛び込んだのじゃよ。葬式は今日、わしがすましてやったが喃。ところがこんど新しく自分の所有になったこの池の持主が縁起をかついで、この池に取り憑いたかも知れない怨霊を追っ払ってくれと、わしに頼んで来たのじゃよ。わしは怨霊の追っ払いは神主の所管だろうと言って断ってやったのだが、矢張り坊主の方がいいってきかないもんだから、諸行無常、わしはこれからその祓除を行おうとするところなんだよ。彦吉のやつ、きっとわしが、インチキをしないかと、家の前の方から様子をうかがっているに相違ないから、こうしてわざと灯をつけてやって居るんじゃよ」

「それで、その祓除というのは、昼間やってはいけないんですか」

「それがさ。夜更けの丑満時にやらねば功徳がないって、迷信があるんじゃよ。だけれど、そこは又、こちらにしてみれば、お布施というものと不即不離の関係があるので喃。ハ、ハ、ハ」

　老僧はこう白状してから珠数をまさぐりながら、一杯機嫌で読経にとりかかった。

　観自在菩薩。行深般若波羅蜜多。時照見五蘊皆空度。一切苦厄。舎利子。色不異空。空不異色。色即是空。空即是色。

　私はゆっくりしてくれという老僧の言葉に従って、ちびりちびり茶碗酒をやりながら聴いていると、老僧は齢にも拘らず、その声は艶々しく、あたりの木々の梢に反響して、

受想行識。亦復如是。舎利子。是諸法空想。不生不滅。不垢不浄。不増不減。是故空中。無色無受想行識。無限耳鼻舌身意。

黒い古池の底に沈んだ星の数々も、キラキラ瞬いて、老僧の祓禊(ふっけい)にこたえるかの如くであった。

で、その日、私が妻子のいる家に辿りついたのは、午前二時か三時頃であった。尤も、最後の七八丁は自転車の空気がぬけて、歩いたのである。

五

ざっとこんな具合であった私は、足掛四年も郷里に渋滞しながら、ついに耳かきを買うことが出来なかった。前にも言ったとおり、家にいる時には、無性にほしくなったりするくせに、いざ町に出ると、つい駄目になってしまうのである。やむなく、耳がかゆい時には、マッチの棒を代用した。

ところが、それから七八年もすぎた或る日、——実は今朝の夜明けのことだったが、私は変な夢を見た。

その夢というのは、雨のしょぼしょぼ降る或る夜更、私が実際は一度も買ったことのない最近流行のビニール製の雨合羽を着て家に帰ると、迎えに出た細君が、いきなり、

「まあ、厭だ。それ、何ですか。水くさいったら、ありゃしない。さっさと、退(ど)けなきゃ、金輪際(こんりんざい)家に入れませんから」

と今にも引搔かんばかりの剣幕になったのである。

突然のことに私は面くらったが、家に入れば雨具をとるのは当り前だから、私は頭から雨合羽をぬぐと、不思議なことに私は、その拍子に、一本のマッチの棒になってしまったのである。

で、マッチの私は、細君の耳にマッチの棒を体ごと入れて搔いてやると、私の傍に寝ていた細君が、ヒ、ヒ、というような声を出して、私は目がさめたのである。

何のことか、さっぱり訳は分らぬが、夢はひっきょう夢であるから、読者諸兄姉も悪しからずご諒承ねがいたいものである。

（一九五五年七月　オール読物）

竹の花筒

一週間ばかり前、私は新宿の飲屋で、久しぶりに、菅井一郎に出会った。菅井は戦争中、同じ高円寺に住んでいて、私とは町内づきあいしていた男である。と言っても、最初に二人を紹介したのは、X大学フランス語講師の太田で、場所も同じ新宿の飲屋であったが、話しているうちに同じ町内の住人であることが分ったのである。

菅井はX大学の庶務会計の部長か副部長かのような要職にあった。私などのようにぐうたらな失業文士と違って、一言で言えば、豪傑型親分肌の男で、たとえば丁度その頃、国民服というものが制定されると、いちはやく大学の全職員に、その甲号というのを無料配布したことがある。フランス語の太田など、最初着るに着られず、屑屋にも払えず、閉口頓首の態であったが、だんだん戦争がはげしくなるにつれ、ゲートルが物を言い出した頃には、なくてはならぬ必需品になり、菅井の先見の明に瞠目せずにはいられなくなった。

菅井は豪傑型の常として朝帰りすることが度々あった。二日に一度ぐらいの割合だったかも知れない。するとそのたび、菅井は玄関で靴をぬぐ前、財布の中から五円札を一枚ひきぬいて、夫人にわたした。万事は一瞬のうちに、解決してしまうという有様であった。

町内づきあいをしているから、私は現場を実際に目撃して、その実力の程に驚嘆させられたものである。だから実力皆無の私などにも、町会から国債の割当があると、私は組長から債券を前借りして、その足で菅井家に駆け込み、国債を菅井に買ってもらい、受け取った現金を隣組長に渡したりしたものである。

そんな懐旧談に花が咲いて、その夜、私は終電車に乗り後れ、ものは序でみたいに、菅井の現住所である大久保の家に泊ることになった。

あくる朝、顔も洗わず、二日酔いの調節に二人でビールを飲んでいると、夫人があがって来て、

「あの、おあずかり物があるんですけれど、今日お持ちになりますか」

と言った。夫人は昔は痩せぎすの花車(きゃしゃ)な体つきで、傍目(はため)にも、精力家の菅井を満足さすには、力不足のように思われたものだったが、今はでっぷりと太って顔がつやつやとして来ていた。

「さあ、おあずけ物って、……何でしょう。思い当りませんが」

と私は首をひねりながら言った。まさか、昔買ってもらった国債なんか、おあずけものとは、言えない筈である。おかしな気分で、ビールを飲んでいると、夫人は階下におりて行った。間もなく、さも大事そうにデパートの包装紙にくるんだ品物をもって上ってきたので、いぶかりながら中をあけてみると、それは、長さ約二十センチ、直径約八センチばかりの、

竹の筒であったのである。

昭和二十二年三月、私は郷里の疎開地にいた。もっと正確に言うなら、私のは、本当の疎開ではなかった。

私の家族で、いの一番に疎開したのは、私の長男であった。長男は当時、国民学校初等科の二年生だったが、その年の四月頃、サイパンが落ちた頃から、東京には疎開騒ぎが持ち上り、学童は全部疎開というお触れが出たので、やむなく、郷里でひとりぐらしをしている老母のもとに、あずけることにしたのである。

長男が疎開して暫くして、郷里から分厚な手紙が来た。手紙の中には、長男が学校で書いた綴方と書方が封入してあって、その綴方の題は、『おとうさん』というのであった。

おとうさん

おとうさんは、おさけが、大すきです。いつでも、ひる、あさ、ばん、ねます。よる、三かいごはんをたべます。

ときどき、外で、よっぱらいます。おとうさんは四十一です。

おとうさんは、よく、ぼくに、

「おさけは来たか。さかやにききに行け」

といいます。

てがみをくれるときでも、しょうせつのかみでくれます。

一読した私は、顔中が火のようにほてるのを覚えた。おとうさんとは、フィクションのない私がモデルなのである。だからに違いない、受持の先生は、やさしい女文字で、「よく書けました。おとうさんが目に見えるようです」なんて、面白がったみたいな評さえつけていたのである。

しかし私はその頃、一合の酒にありつくため、昼の日中から何時間も国民酒場に並ぶのを、中止する訳には行かなかった。あぶれた日の次の日など、午前中から行列に出かけて、前の日のマイナスを取り返すのに一所懸命だった。

ところがそのうち段々、空襲がはげしくなると、その国民酒場も店をあけないようになり、愛想をつかした私は、その春頃から話のあった満洲に、就職して行く決心をつけた。

そうして向うで予定のうちにはなかった敗戦を迎え、再び日本にまい戻ったのは、昭和二十一年も、秋風がぼつぼつ立ちはじめようとする頃だったのである。

私が日本に不在中、高円寺の借家は戦災をうけていたので、折角、佐世保の上陸地では、東京行きの切符を貰いながら、私は仕方なく、妻の疎開先である私の郷里に、途中下車しなければならなかった。

ねる家がないよりは、遥かにましであったが、私の母は私の渡満中、すでに他界していたので、私は自分の生家に帰りながら、何とはなし、どこかよその家にムコ入りして来たよう

な錯覚を覚えた。錯覚ばかりか、ある時なぞ、昼寝から目がさめて、何か思いちがいをして、

「おかあさん」

と台所で水音のしている方に向って叫んで、私の妻を周章狼狽させた。妻は百姓仕事していたから、色が真黒になったのは当然としても、頤の張り具合に奇妙な角が立って、後家の相がありありと出ているのが、私にはやりきれなかった。周章狼狽した時なんかの場合、その後家相は一層顕著になるのである。

そのくせ、妻は私を大事にして、私が東京！　東京！　と、あさ、ひる、ばん、帰りたがっても、一瞬一刻といえども、家から離したがらなかった。

やっと、半年すぎて、本人はそれほど衰弱しているとは思わなかったが、私の健康がほぼ元通りに回復した時、はじめて東京行きの許可がおりた。むろん本当の転入ではなく、見物である。まだ切符の入手が困難な時であったが、私の妻はどこからかその切符も手に入れて来た。そして晩酌のお酌をしてくれながら、言った。

「汽車がずいぶん込んで、なかなか便所にも行けないそうですよ。だからミチイさんなんか、米の闇で大阪への行き帰り、おむつを手放したことがないんですって。あなたも念のために、おむつの用意をしましょうか」

私はふと、長春からコロ島に向う道中、無蓋車の中に一斗樽やバケツを持ち込んで、男も女も用をたした時の光景が思い浮んだ。あれよりももっと、ひどいもののようであった。

するとその時、

「とっちん。そんなの、よしときな」

と隣の部屋で宿題か何かしていた小学四年生の長男が声をかけた。

長男は、当時、私のことをとっちんとよんでいたのである。それは東京語でも郷里語でもない、不思議な用語だった。

「何故だい？」と妻が反問した。

「だって、むつきなんか、きたないよ。べとべと小便がくっついて、とっちんの服が台なしになるじゃないか」

「そりゃ、少し位はよごれるかも知れないさ。でも、とうちゃんが、汽車の中で、脳貧血をおこしたり、卒倒でたおれたりすることを思えば、何でもないじゃないか。それとも、お前、何かいい考えがあるかい」

「うん、ある。……一切は、ぼくにまかしときな」

自信たっぷりな答え方をするが早いか、長男は宿題を中止して、台所の道具箱の中から鋸をつかんで、裏の竹藪に向った。

それから四日目の朝、私は東京行きの汽車にのった。

予期していたとおり、汽車はすし詰の満員であったが、汽車が神戸と三宮の中間に不意に停車した時、私は一つの座席を見つけることができた。私の前の座席にいた沖縄がよいの闇商人が、「わしの家はあそこなんだがなア」と窓からのぞいて残念がったので、「かまわん、かまわん、ここで飛びおりなさい」と私はけしかけてやって、その後に坐ったのである。

大阪ではかなり、乗客の入替りがあった。私が今までいた場所に来て立ったのは、年のころ三十二、三の、年増の婦人であった。体格は太りすぎてもいず、痩せすぎてもいず、何よりくったくのない明朗な顔つきに、私はまず好感を覚えた。

けれども好感をよせればよせるほど、物が言いにくくなるのは、明治生れの男の欠陥であろうか。さっきまで幸か不幸か、沖縄がよいの闇商人と話をはずませていた、私の斜め向いの、茶色の長靴をはいた、私の推量によれば獣医と思われる男が、婦人をつかまえて会話をはじめた。

私がその会話を傍聴したところによれば、婦人は目下紀州に疎開中であるが、東京にいる主人に逢いに行ってやるところであった。自分も早く東京に転入したいのだけれど、住む家が思うにまかせないのだそうであった。夫婦は大森に家作を五、六軒持っていて、その五、六軒は戦災をまぬがれたが、肝心な本人の住居は焼失したので、今はその家作の中の三畳一間に、高い間代をだして間借りをしているのだそうであった。

「それで、奥さんは、月に何回位、上京されるかね」と獣医がずけずけと尋ねると、

「そんなに何回というほど行ってはやれませんよ。せいぜい三月に二度位でしょうか」

と婦人が答えた。

それにしても、私は婦人の旅なれた軽装に感心した。婦人は着物を着て、コートを羽織って、荷物といえば手に買物籠を一つぶらさげているだけのカンタンさで、ちょっとそこらあたりへ散歩にでも出かける時のような印象だった。現にこの列車には薩摩藷を二十貫も持ち

込んでいる女性もあれば、私のように米を五升もリュックに詰め込んで来た男もあるのに、なんと彼女の旅装のかろやかであることよ。

　そう、私が感心している時、列車は逢坂山トンネルを出て、近江の国にさしかかった。もうすぐ瀬田の唐橋が見える頃である。私は窓の方に顔を向けて外を見ていると、列車が馬鹿でっかく動揺を起して、婦人の体がぐらりと私の体に崩れかかった。

「どうも、相すみません」

「いいえ、どういたしまして」

私ははじめて婦人にものを言った。

ところがそのあとですぐ気がついたことだが、婦人は私に崩れかかった時、買物籠の中に入れてあった生卵をこわして、私のオーバーの膝の上には、生卵の汁がべとべと流れているのであった。

　思わぬ不覚に、さすが旅なれた婦人も、顔を真赤に染めた。あわてて袂の中から白いハンカチをとり出して、私がもうよろしい、結構です、と何度も辞退するにもかかわらず、婦人は心ゆくまで、たんねんに、生卵の汁をふきとってくれた。

　丁度その頃、車内がまた一段と混んで来た。それは、大阪京都あたりで乗り込んで、デッキにぶらさがっていた乗客が、一寸刻みに中に押し寄せて来たからであった。「いたーい」とか、「ちっきしょう」とかいう喚き声が聞えて、ある一瞬、婦人の膝小僧が私の両腿の間にすべり込んだ。

すべり込んだまま、婦人は抜くこともできなかった。

私は何だか圧迫みたいなものを感じて、それとなく婦人に失礼にならない程度に押返してみたが、私の微力ではどうすることもできなかった。

やっと何時間か過ぎ、列車が浜松についていて、私の左側にいた男が下車したのを潮に、私の腿は婦人の膝小僧から解放された。その長い間、私は尿意の催しつづけであったが、さてそれでは、ここらへんで一発、長男が作ってくれた竹筒のシビンで、息を抜きたいものだと思った。

ところがそうは思っても、僅か一人浜松で乗客がおりた程度の車内の密度では、腰掛の下に押し込んであるリュックを引きずり出すのさえ、容易な業(わざ)ではなく、私はせっかくのシビンも使わずじまいになってしまったのである。

難行苦行みたいな二十時間がすぎて、東京駅に到着すると、私は気違いみたいに便所にとびこみ、それから中央線にのりかえて、高円寺に向った。

そうして二年三カ月ぶり、高円寺駅の改札口をぬけ、駅から二分のもとの住居の、いまは芽が二、三寸のびた麦畑の霜柱を感慨こめて眺めた。その足で同じ町内ながら戦災をまぬがれた菅井家をたずね、一週間ばかりお世話になったのである。

で、つまりその竹筒は、その時、私が意識的に菅井家におき忘れてきたものであったが、菅井家はそれから二度も転居したにも拘らず、そのたびごと、奥さんが大切に引越荷物の中にいれ、保管をつづけてくれたもののようであった。私はいまさら、実は奥さん、それはシビンですから、ごみ箱にでも捨てて下さい、とは気の毒で言えたものではなかった。

大事でもないものを大事そうに抱えて、家にかえると、

「これ、何のお土産?」

と私の妻が首をかしげながら包装紙をめくって、

「へえ。これ、竹の花筒ですか。何だか不恰好だけれど、でも、この間の一合枡よりはずっといいわね」

とほめた。昔のことはぜんぜん忘れているらしかった。

私は、時たま、古道具をひやかす癖があるのである。むろん崋山だの応挙だののような一流品の掘出物ができる眼識は持たないけれど、でも、そこは分に相応した実用品まがいのゲテモノを、買って来るのである。

先日も、私は西荻窪の古道具屋で、一合枡を見つけ出した。私の直感では江戸時代のもののようで、表面はすっかり米や麦を何万回かすくっている間にすりきれて、木目だけが縞模様のように浮いているのが気に入って、私は買ってきたのである。が、わが家では別に使い道もないから、私はいまそれを机の上において、インク瓶を入れているのである。

その一合枡よりもずっといいと言うのである。私はそれほどまでとは思わなかったが、この竹筒はなるほど、妻の言うとおり、生花用の花筒になるという考えがうかんだ。長男はあの時腕によりをかけて、学校の工作で習った知識を応用して、塩酸などぶっかけていたから、それが今では時代がかった褐色を帯びて、色合いもまんざら捨てたものではなかった。

物はためし、私は庭に出て、あり合せのくちなしの花を取って来て、竹筒に挿してみた。このくちなしは、私たち一家が郷里を引きはらって上京する時、思い出のよすがにもと、持って来たものであった。が花は水持が悪いらしく、一夜のうちに色があせて、生花にはてんで適しなかった。

で、あくる日、私は垣根ごしに隣家の庭にさいているあやめの花をもらって活けてみたが、これまた、一夜のうちにしぼんでしまった。

どうもスムーズにはいかないものであった。で、私はその明くる日の朝、濡れ縁に腰かけて、うかぬ顔で、梅雨空を眺めていると、軒先に夏の日よけ用に植えた葡萄の花が、今年はいつの間にか花をつけているのを見つけた。小さなハチが花にむらがって、花から花へとび廻っているので、それがわかった。

私はさっそく鋏を持ち出し、葡萄の花を茎ごと剪り取って、竹筒に生けたのである。だが生けてみると、この花筒は葡萄を生けるのには小さすぎた。私はちょっとヤケ気味で、鋏でもって、葉という葉はみんなちょんぎって、茎と花だけにすると、それが戦後流行の何とか華道の流儀になって、一種まんざら棄てたものでもなくなって来た。一層のこと、おき場所も机の上から移して、玄関の下駄箱の上に据えてみてみると、葡萄の花はせまい玄関で、何とも言えず涼しいような甘い匂いをただよわせた。

こんな時、誰か友達でも来てくれればいいと私は思った。

が、皮肉なもので、その日も、またその次の日も、誰ひとり訪問客はなかった。三日目になって、もうちょっと忘れかけていた頃、玄関の外で誰か女の声がした。私は直感的に、いつもよく来る女の屑屋かと思った。が、実際は屑屋ではなく、私の長男のガール・フレンドが、私の長男を訪ねて来たのであった。

それが証拠に、

「わあ、すごいわねえ。……この花、なんていうの。……ヘリオトロープっていうんじゃない？」

とか、なんとか、はしゃいでいる声がきこえ、それから、

「ねえ、この花筒、どこで売っているの。……とても素敵じゃないの……」

と私の前衛華道を手ばなしでほめちぎっている声がきこえた。

ただかなしいことには、私の長男は、その両方とも、返事ができない様子だった。十年前自分がつくった竹筒のことは勿論、いま自分の家の軒先に咲いている植物の名前さえ知らない様子だった。

私はそれまで机に向って本を読んでいたのであるが、これを境に本の活字が頭に入らなくなった。何となくそわそわして、机の前で身をもてあましていると、妻が長男のガール・フレンドに出したコーヒーのお裾分けを持って来て、私の机の上においた。

「おい」

と私は小声で妻に声をかけた。

「あの、いま来ている女、あれは何ものだい？」

するとと私の妻は、無言のまま、大きくかぶりをふって知らないと言った。

「じゃ、いま、何をしている？」

「なんだか、よく分らないけれど、これから、二人でノートのつき合せでも、するらしいわ」

と妻が言った。

私はコーヒーを一杯、のんだ。が、私の何とないそわそわは、とまらなかった。

私は外出することにした。その旨を告げに茶の間にはいって行くと、妻の姿は見えなかった。が、何しろ小さな家ときているので、妻の居場所をさがすのに、手間はかからなかった。台所をのぞくと、台所の板の間に、かたつむりのようにぺちゃんと坐り込んでいる妻の姿を、私は見つけた。

「おい」

と私は声をかけて、自分の帽子を振って外出の意を示すと、

「…………」

ちょっと羨ましいような目付で、妻はうなずいた。

けれども私は外出したものの、どこへ行くという当てはなかった、散歩ということにすれば目的地はいらぬ筈だが、こんな自分が時間をもてあますような日に、多忙な友人知己を訪ねて邪魔するのも、気がとがめた。

凡そ三十分ぐらい外をぶらついて、私は何時となく、井之頭の公園に来ていた。

そして私は公園のベンチの上に、何かの修業者が気を落着かせるように、キチンと静坐している自分を見つけた。

静坐していながら、私は何度か知れず、自分のぬいだ下駄を直した。ニの字に並べてみたり、ハの字に並べてみたり、イの字に並べてみたり、ステッキの先でくりかえした。いくら並べ直してみても理想型にはならなかった。

でも私はくりかえした。

（一九五七年八月　文藝春秋）

貸間さがし

朝寝坊のくせは、よその家に厄介になってもやめられず、十一時を過ぎて外出の用意して、山手線大塚駅に出た正介は、駅の壁にかかっていた賃銀表をしばらくの間、見ていた。

ずいぶん、仰山、東京には駅があるものだった。

こんなにある駅の、どこに行こうが、今日は自由だった。

ポツダム宣言受諾後、もうすぐ四年になろうとしているのに、その間正介が、民主的自由を満喫したことが何かあったろうか。あるとすれば、選挙の投票を棄権したくらいのものではなかったか。

そんなことを考えながら、正介は結局、中央線高円寺行きのキップを買った。

けれども本当は、そんなに考えあぐんだり、もったいをつけたりする必要はなかったのだ。正介の気持は、昨日からきまっていたのだ。

昨日、東海道線で東京駅についた正介は、すでに郵便で連絡してあった友人の家に厄介になるべく、上野まわりの省線にのったのであるが、乗る時、そこの何番のホームが、何ともいえずエトランゼエの気持をわかしたのである。乗ってみれば、なにか乗っている人間がまた、何んともいえずエトランゼエの顔をしていたのである。

なぜかと言えば、敗戦の時の三月まで、正介は中央線の高円寺に住んでいたので、時たま彼は郷里へ行ったり旅に出たりした時、汽車が東京駅に着くと、いちばん外れの一番ホームに駈け上って、ああこれで一直線にわが家にかえれる、と目をつぶったような気持になったものであった。

ところがこんどの山手線は、環状線であるから、ひどく彎曲しているみたいな、頭がどこか尻尾がどこかわからない、下手をすればトントンと墜落でもくらいそうな、不安だったのである。

その不安を是正するためにも、正介は一度、高円寺に下車してみようときめていたのである。

だから高円寺に下車すると、正介は、行きあたりばったり、駅の踏切際にある、一坪にも足らぬ、小っぽけな周旋屋をたずねた。

「今日は。どこかこの付近にでも何処でも、場所はかまわないんだが、手頃な貸間はないですか」

と、正介はせかせか言った。

東京の敗戦後の、貸間借間に関する知識は皆無だった。あると言えば、正介などには逆立したって手のとどかぬ、数万円の権利金がいるということだけであった。

「さあ」と周旋屋の主人と覚しき四十恰好の人物が、テーブルの上で手紙を書いている手を休めないで答えた。

「まあ、おかけなさい」

その調子は、何もそう、せかせかしたところで、早急に貸間が見つかるものではない、という意味をふくんでいるかのようであった。

なるほどそういう態度にでられてみれば、そのとおりに違いなかった。その位のことは、年が四十六にもなっているから分るのである。

正介はテーブルのはずれに一つしか残っていない木の腰掛に腰をおろした。そして、

「実はぼくは、以前、そこの氷川様の向う側に住んで居ったんですが、家が三月十四日の、明治神宮と同じ晩に戦災をくらいましてねエ」

と、世間話のつもりで愚痴を言うと、

「ああ、そうですか」

と、相手が言った。その語調は、何だか、今更昔のことを持ち出すのは、東京では既に時代おくれになっている、と言ったような響きで聞えた。よせばいいのに、

「ここにはもと、ツバメという床屋がありましたねエ。お客を待たさないのが店の主義で、ぼくはよく散髪に来たもんですよ。たしかあの散髪屋は、強制疎開で家を壊されたんだと、記憶しておりますが、いまは何処に居りますかねエ」

と、つづけて言うと、

「さあ、どこでしょう。わしは府中の人間ですから、昔のことは、どうも……。ところで今、三丁目の方に、一つ貸間がでていますが、それがわしのニラミではおメカケさんの家なんですがネ、ごらんになりますか」

「はあ。見てもいいですが、条件はどんなんです?」

「新築の八畳で、権利金が八万という触れ込みですが、七万にはまけるでしょうね。間代は四千円といっていますが、これも五百円くらいは、まけるでしょう」

「は、は、あ」と正介は意表をつかれた恰好で、

「そいつは、ぼくの資力では歯がたちませんや」

　正直に白状して、一間たらずのガラス戸にべたべた貼られた紙に目をとめ、

「この四畳半というのは、どんなんです?」

と、さぐりをいれると、

「ああ、そいつは、もうとっくに決りました。先月の末に出て、一日のうちに、あッという間に、片が付いてしまったですよ」

　商売ともなれば、そういうスピードぶりは、快適に相違なかった。何だか、そんな口吻であった。が、今日は三月十三日だというのに、何故きまってしまったものを、二週間もガラス窓に貼りつけたまま、剝がさないのだろう。

　男にせよ、女にせよ、見せびらかすだけで、深奥はゆるさぬ人間は、世間には時たまあるものだが、なんだかあれに似ているような気がして、正介はぽかんとしていると、

「あんた、高円寺でなければ、いけないのかね？　場所は？」

と、正介の横で新聞をよんでいた背広にオーバーを着た四十男が声をかけた。この男は、正介が入って来た時から新聞をよんでいたので、正介はお客の一人であろうかと察していたが、顔をあげたのを見ると、何とはなしお客とは違った印象を与えた。

「いや、場所なんか、拘泥しませんがネ。どこだって、横になってねられさえすれば、この際、ゼイタクは言っては居られませんよ」

　正介がどっと、条件をさげて返事をすると、

「まあ、一概にそうも言えないだろうが、西荻に一つ、貸間があるんだが。もし何だったら、見て見ませんか。わしがこれから、ご案内しますよ」

　こう言って四十男は立ち上ったので、つられるように正介もたち上った。へんなことにその男は、店主に向って、では一寸行ってくるとも、さようならとも、言うではなかった。へんな気持のまま、西荻窪に下車すると、その男は、南通りの豆腐屋の角を左にまがった。それからしばらく行って、炭屋の角を右に曲った。

　この辺に正介は見覚えがあった。昭和十九年十一月、東京に初空襲があった時、この辺には、バクダンがおちた。その跡を、正介は見物に来たことがあったのである。

　或る一軒のしもた屋が直撃弾で破壊されていたのが印象的であった。火薬はいれてなかったのか、焼けてはいなかった。警防団が後片づけをしていたが、その家の裏の高いポプラの木の枝に、赤い都腰巻が一枚ぶらさがっているのが印象的であった。団員にきいてみると、

それは死んだ家の主婦のものだろうという返事だった。時節柄、腰巻の上にはモンペをはいていたであろうに、爆風は、どのような科学作用を起して、腰巻だけ肉体から分離し、屋根をつきぬけて、木の枝にひっかけたのか、とても正介の頭なんかで、判断することはできなかった。

が、初空襲というものは、マジナイに似ているのか、魔除けになるのか、この辺の一帯は、焼けのこって平穏無事に、庭木の類までがウッソウと繁茂しているのが不思議なように思えた。

それにひきかえ、あの後間もなく処もあろうに満洲に逃げたり、命からがら引揚者になったりしたのは、たとえ利害関係のない第三者がみても、あまり知恵のある男のする行動ではなかった。

正介たちは、溝川をわたると、その先は麦畑で、その向うの薄暗い孟宗藪をくぐると、その向うに、昔の値段なら家賃十七八円ぐらいな数軒の住宅が見えて来た。

「あれです。あの二軒目です」

と、出発以来、はじめてのように男が口をきいた。そして男は腕時計をめくって、

「丁度十五分だな」とひとり言のように言った。

男はその家の玄関の扉を遠慮深げな音で叩くと、間もなく扉が中からあいて、年齢三十四五と思われる色白の主婦が顔をのぞけた。

「ええと、この方がちょっと、お部屋を見せて頂きたいそうです」

と、男が言うと、

「あら、そう」

と、主婦は答えたが、その瞬間、その主婦の顔にさっと翳りがうかんだ。その翳りは、貸間なんかするのはまだ近所隣りには内証にしてあるのに、男が大きな声で言ったので、ぎくりとしたのではないか、という風に想像された。

廊下づたいに離れのような工合になった八畳に案内されながら、正介は廊下の突きあたりに便所があるのを見つけると、

「ああ、これ、便所ですね」

と、正介は感想をもらした。なぜなら、便所の位置は間借り人にとっては、重要事であったからである。

ところが正介がそう感想をもらすと、先にたっていた主婦は、ひょいとふりかえり、

「はあ⁉　でも、それは、後で……」

と、正介のお先ばしりをたしなめるかのように、ケンセイした。

別にあけて覗いたわけではなかったので、犯罪で言えば未遂のそのまた未遂にもならないようなものであったが、長らく田舎ぐらししていた正介は、これはもっと礼儀を重んじなければ、という気が起きた。実は今日でがけにはそのつもりで、十何年買ったことのないポマードを一瓶奮発して、髪の手入れもきちんとして来ているのであったが、頭の左分けぐらいで慢心できたものではなかった。

部屋に入ると、正介は、床柱を背にして坐らされた。前には、白いレースをかけたカリンの坐卓がおいてある。正介の横に坐らされた案内男も、何だか窮屈な風情であった。

それにしてもこの男は、なんで、予備知識というものを一つも与えてくれなかったのだろう。これではまるきり、コドモのつかい同然ではないか。

「しかし、これはなかなか立派なお部屋ですなあ。ぼくなんかには勿体ないですよ。何年頃のご建築でしょう?」

と、正介は部屋を眺めながら、儀礼的に言ってみた。

「いいえ、そうでもございませんわ。貸家普請ですから、相当手が抜いてあるんだそうです。でも、財産税なんかの関係で、大家さんが是非買ってくれっていうもんですから、わたくしども今、そのお代を、きゅうきゅう言いながら月賦でお払いしているんでございますよ」

「はあ、そうでございますか。それは結構ですなア。とにかく自分の所有となれば、今の世の中は強いですからなあ。ところで早速ですが、わたくし急いで来たもので、まだこの方から、詳しいことを伺っていないんですが、お部屋代なんか、いかほどの御見当なんでしょう?」

「はあ」

と色の白い主婦が答えた。色は白いが、目のふちにそばかすが相当あるのが目にとまった。

「はあ、……それで、あなた様はどこか、お勤めでございましょうか」

「いや」と正介は咽喉がつまるように言った。

「勤めの方は、今、持っておりません。わたしは自由業の著述に関係しておりまして、下手な小説など書いておりますが、それもざっくばらんに申せば、現在のところは失業に近い状態ですけれど。はあ、しかしこれからはジャンジャン書きまくってやろうと思っておるんで、実を申せばこのお部屋が一目みて非常に気に入って居るんでございますが」

しどろもどろ、こう言って正介はあわてて胸のポケットから名刺をとり出し、礼儀ただしく坐卓の上にさし出すと、

「あら、そうでございますか。それはそれは」

と、主婦はいくらか好奇心をよせたかのように思えた。

「それでペンネームは何って仰言いますの？」

「いや、現在のところペンネームはつかっておりません。何だかへんてこな名前で、我ながら厭気がさして、その正介の正の字を微笑の笑の字にしたら、もっとロマンチックになりはしないかと、時たま考えることもあるんですけれど……」

「あら、そんなの、却っておかしいですわ。ホ、ホ、ホ。ところで、さっきのお部屋代のことですが、実はわたくしども貸間に出すのは今度がはじめてのことですし、それにまだ十分はっきりとは主人の方が決断をつけていないんでございますよ。今日は日曜日でお銀行はお休みですけれど、主人はあいにく千葉の方へ買出しに出かけて留守でございますから、帰りましたらゆっくりと相談しなおして、それからはっきりした御返事をさせて頂く、ということにお願いしたいんでございますが」

大奮闘の甲斐もむなしく、二人はその家を出た。出てから無言のまま、再び薄暗い孟宗藪の中をくぐり出た時、案内の男が長嘆息するみたいな口調で、はじめて口をきいた。

「あんた、まずかったなあ！」

その口調は正介の取った行為をヒナンしているとは思えなかった。が、疲れていた正介が返事もしないでいると、しばらく間をおいて、

「あんた、あんな正直なこと、言ってはいけないんだよ。たとえ失業しているにもせよ。そんなことを言ったら、先方は尻込みするもんだよ」

と、田舎ものの無智を訓戒するように教えた。

教えられるまでもなく、それはそうに違いなかった。だけどあの場合正介は、あれだけの芸当をやるのが、せい一杯だっただけのことである。

おそらく自分はあの部屋とは永遠に縁はないであろう。縁はなくとも一向支障はないが、よせばいいのに、名刺なんかおいて来たのが、気がかりだった。もう破ってすてたかも知れないが、どんな風の吹き廻しで、押入の隅なんかで何年もホコリをあびる運命になるか、知れたものではなかった。見合写真を送りながら、嫁にも貰ってくれず、写真も返して来ない、娘さんの気持が想像された。

駅の南通りの豆腐屋の前まで戻って来た時、

「あんた、わしはちょっと、寄り道をするからね。ここで失礼するよ」

と、案内男が立ちどまって言った。

「そう。それはどうもありがとう。まずくてすまなかったなア」と正介が礼を言うと、

「なあに、あんた、まだまだ悲観することはないよ。ところであんたは、今日、五百円余裕がないかね」

「五百円？」

と、正介はきき返した。貸間さがしをしているこの場合、この金額は、極めて微細に思えた。「五百円？　あるよ」

「じゃア、ちょっとすまんが貸して貰えないか。実は、うちの子供がこんど学校に上るんで、ランドセルを買ってやる約束がしてあるんだ。今日買って帰らなければ、ちょっと工合が悪いんでねエ」

有ると返事をした以上、正介は出さぬわけにはいかなかった。外套のボタンをはずし、洋服のポケットから五百円をとり出して、男にわたすと、男は銀行員のするような手さばきで百円札をぱッぱッとはじいて、

「たしかに五百円！　これは明日、お返しするからね。そうだなア、明日の十二時、高円寺のあそこで落合うことにしようか。その前、わしはもう一度、今日のいまの家に寄って行くから」

「うん、じゃ、そういうことにしよう」と正介は言った。

「ところで、あんたはいま、高円寺のあの店で落合うと言ったが、あんたはあの店の人じゃ

ないのかネ?」


やっと、出発の時以来、へんに思っていた疑問をきき出すと、

「うん、わしはあの店のもんじゃないんだ。まだ言わなかったかなア。わしは、つまり、その、フリーなんだよ」

「フリー?」

「そら、つまりそれは、ざっくばらんにいえば、もぐりなんだよ。わしにはまだ店舗がないから、あっちこっちの店舗に顔をのぞけて、物件をあさったり提供したりしているんだよ」


翌日は、三月十四日、月曜日であった。この日正介は、朝早く起きた。早いといっても出版社につとめている友人の十時の出勤と歩調をあわせるためであったが、朝食の時、正介は味噌汁碗を手に持ったまま、にゅーっと立ち上って、

「あら、あら、どうしました?」

と、奥さんをあわてさせたのは醜態であった。奥さんは味噌汁の中に何か異物があったのかと勘違いしたのである。

「いやあ、何でもありません。ぼくの耳が悪かったのです」

「ミミ? どうした?」と友人が箸をおいた。

「いやあ、自動車の警笛を空襲警報と間違えたんだ。ぼくも時代おくれになったもんだなあ」

と大笑いになったが、友人にしても細君にしても、これはやはり今でも間違えるそうであった。ただ正介のように、茶碗を持って立ち上ったりしないだけなのだそうであった。

それよりも昨夜、正介は友人に、昨日のフリーこともぐりの話をしたら、おい、しっかりしてくれ、貸間さがしは慈善事業じゃないんだぞ、と注意されているのであった。まあ、たかが五百円ですんだからにあきらめは早いようなものの、いまどき、権利金何万円をごっそりしてやられたものだって、ざらにあるのだそうであった。

尤も注意されるまでもなく、そのくらいのことは、知っていたから、正介は電車に乗ってからも、何度と知れず、ポケットの上をさすった。

少しさすり過ぎるほどさすって、高円寺に下車し、駅のホームの電気時計を仰ぐと、「不良」とでていた。

朝っぱらから縁起でもないような気がした。が、駅を出て、交番の時計を中腰になってのぞくと、時刻は十二時十五分前であった。

正介は胸がどきどきして来た。咽喉がからからして来た。小便がはずんだ。が、すべては神にまかせて、踏切際の周旋屋のガラス戸をあけると、昨日と同じ場所で、昨日と同じくたびれた外套を着て、昨日と同じように新聞をよんでいるフリーの姿を、正介は見つけた。

「いよう」と十年の知己にでも出逢ったように、フリーが先に声をかけた。

「………」

正介はちょっと返事に窮した。にやッとわらっただけで、昨日と同じ木の腰掛に腰をかけ

ると、

「さっき、あすこへ行って来たがねえ、……」

とゆっくり言いながら、フリーは腰のバンドのあたりから百円札を五枚、四つ折りにしたやつを取り出し、店の主人には秘密みたいな素振りで正介に手渡し、

「あのおかみさん、どうも煮えきらないよ。あすこは、暫く棚上げにしておこうや。……どうかね？」

「ああ」

と正介がうなずくと、

「じゃ、又あおう」

フリーは、今日はどこかに大きな獲物でもころがっているかのような、忙しげな恰好で周旋屋を出て行ったのである。

つられるみたいに、正介も周旋屋を出た。というよりも、昔、若い時、よその家の炬燵の中で、手さぐりで女にフミをわたした時のように、そこにいるのが尻こそばゆかったのである。

正介は電車に乗り直して、荻窪まで足をのばした。

北口におりて、露店がいっぱいひしめき合っている青梅街道を、西に少し行くと、二間間口の周旋屋があった。高円寺のより六七倍も大きい。のぞいてみると、フリーと覚しき人物

が二人、わたのはみ出た長椅子の上から、火鉢に股をひろげて、面白くもおかしくもないような顔をしているのが見えた。

そんなのに用はないから、その奥に坐っている主人にきくと、本日現在は、四畳半の貸間が一つ出ているだけだとのことであった。

で、主人がかいてくれた略図をたよりに、荻窪税務署の横に出て、大場通りを横切ると、その先二丁ばかりで、正介は成瀬と書いた白い陶の門札を見出した。

敷地は百坪くらい。大谷石でかこった石塀の工合は、ちょっとした会社の課長が住んでも、恥かしくはないような構えであった。

「ごめん下さい」

声をかけて、玄関先にまみれるほど咲いている沈丁花の花を見ていた。が、中からは誰も出て来そうになかった。正介はいっそのこと帰ろうかと思った。周旋屋の口によれば、権利金が五万円というから、本当は見ても無駄なのである。ひやかし以上にでることは、まずないのである。そう思うと却って気がらくになった時、

「はい、はい、どうぞ」

という、きさくな女の声が、中からきこえた。

引戸をあけて三和土(たたき)に入ると、正介と同年輩ぐらいな色の黒い大年増が、モンペの上にエプロンをかけて、あけすけな笑顔を見せているのであった。

正介が来意を告げると、そんなことは先刻承知の助かのように、

「さあ、さあ、どうぞ」

大年増は気軽に応じた。もう大分、お部屋拝見には、すれっからしになっている様子であった。

正介が靴をぬいで、式台に上ると、

「ここです」

と、式台のすぐ右手にある襖をあけた。もともと、応接間用にでも造ったものらしく、半間の床の間があって、壁には掛軸がかかり、その下の水盤に南天の実がいけてあった。

「ほう、なかなかいいお部屋ですなあ」

と正介がほめると、

「そうでしょうか」

と大年増がしゃアしゃアと応じた。

「ところでいま、野村周旋できいたんですが、権利金は五万とか……？」

大年増の顔をうかがうと、

「はあ。そういう風に言ってありますが、少しお高いでしょうか」

と反問して来た。

「いや、ぼくは東京を四年も留守にしていて、こんど改めて上京したばかりで、一般的な相場のことはわかりませんが、しかしぼくの財布と相談して言えば、高いですなア」

「まあ、あんなご冗談を――」

坐れとも言わぬ立話であったが、冗談じゃない、聞いてみると、この大年増は、お花のお師匠さんで、毎週火曜日と金曜日には、近所の娘を集めて、お花の稽古もするので、その時間中、月給取ならともかく、正介のような在宅者は、外へ散歩にでも出るよりほか仕方がない、へんな条件のくっついた貸間だったのである。

帯に短し、襷に長し、それでも正介は、自分の仕事はホウテキして、毎日毎日、足を棒にして、貸間さがしをつづけた。

そうして三月二十六日になって、やっと、吉祥寺のマーケットの中に、これなら自分の財力でもまかなえると思われる、三畳の部屋を見つけ出した。しかしこの部屋たるや、トントンぶきの二階ときていたので、背のひくい正介でも、頭は梁につかえた。のぼり下りは、木登り用の梯子であった。それはまあ我慢するとしても、便所は二丁あまり、駅の公衆便所まで出張せねばならぬのが、何とも言えず憂鬱だった。

でも、物はためし、わざわざ公衆便所に行って、用をたしてみて、外に出ると、目の前に、西荻窪行きの赤バスが来てとまった。

そのバスに乗って、正介は西荻窪の終点まで来た。

その時、西荻窪には春の夕暮が来ていて、終点近くの女子大通りの路上には、ぎっしり屋台が並んで、紫色の煙をふかしているのが見えると、正介はその中の一軒に飛び込んだ。

「小母さん、カストリをくれ！　それから焼鳥を五六本！」

正介は叫ぶように、註文した。

待つ間しばし、正介は田舎においてきた妻子の顔が目に浮んだ。が、出されたカストリをぎゅっと、コップに一杯あおると、正介は酔って来た。

「小母さん、いい気持だ。今夜は、ジャンジャンのむぜ。銭はあるんだ」

「どうぞ、ごゆっくり」

「ところで小母さん、物は相談だが、この辺にどこか、安値な部屋はないかなあ」

「ありますよ。いくらでも」

「いくらでも?!　部屋代はいくらだい」

「そうね。三百円くらいでしょう。一時間……」

早呑込みされて、正介は接穂に窮した。

ところが折しも、その時、屋根の葭簀(よしず)の左の隙間から、にょっと顔をのぞけた男があった。見ると、それは、今では忘れるともなく忘れかけていた、例のフリーこともぐりなのであった。

「いよう、やっぱりあんたか。よかったなあ」とフリーが相好を崩した。「わしは一昨日から、あんたをやっきになって、捜していたんだよ」

「ほう。まあ、一杯いこう、こっちへ来ないか。銭はあるんだぜ」

と、席をずらすと、

「いや、わしは不調法なんで、それこそ本当に一滴もいけないんだよ」

という意外な返事。正介は軽い失望を感じた。

「だと言って、焼鳥くらい食べられるだろう。まあ、つき合えよ」

くたびれたオーバーの腕をひっぱって、正介はフリーを左の席に坐らせた。酒がのめないのは残念だが、五百円のところ三百円位は、おごってやりたい気持だった。この間あらぬ嫌疑をかけた罪亡しの意味もあったが、あれから二週間の経験で、正介は周旋屋の中には、貸間の紹介一件につき、案内料と称して百円ずつ、ふんだくる悪達者なのが、沢山あるのを知っていたからである。

「どうかね？　見つかったのかね」

と、フリーが焼鳥の串をおいしそうに、みそっ歯でしごきながら、目をかがやかせた。

「いや、まだだ。いま、吉祥寺のマーケットの中の三畳で、決めようか、決めまいか、決断がつきかねているのが一つあるんだが。ただ、そこには便所がないんでねえ、決断がにぶっとるんだよ」

「そうか。そりゃ、よかった。手金は打ったの？」

「まだ、だ」

「じゃ、わしがいいのを紹介するよ。実はあんたに打ってつけのいいのが、いま出てるんだ。……ああ、よかったなあ。あんたの声は一段高いから、わしはすぐ判ったんだよ。ああ、よかったなあ。これからすぐ、見に行こう！　ついすぐ、そこなんだよ」

フリーが立ち上ろうとするのを、正介はおさえて、

「まあ、そう、一刻をあらそうこともあるまい。腹がへっては、いくさは出きんよ。なあ、小母さん。これ（カストリ）も一つ。それからサイダーはないかネ」

飲んだり、食ったりしてから、でも、結局、二人は屋台を出た。

権利金なし、間代一年分前納、という当世あり得ないような好条件が、正介の魅力だった。みちみち正介は、前回の銀行員の時の失敗にかえりみて、この家に関する予備知識を得るにつとめた。

場所は西荻窪の一番はずれだそうである。戦前は、牛乳屋だったが、現在は何もしていないそうである。家族はまだ埼玉に疎開中で、親爺（おやじ）（年齢四十五六歳）が一人東京と埼玉を往復して、闇米なんか運搬して暮しをたてているのだそうである。もと店だった土間は、どこかタドン会社の工員が借りて、リンゴ箱をならべて寝起きしているのだそうである。こんどの貸間は、その二階の六畳で隣室はないそうである。

以上のような予備知識を頭につめて、正介がその家についた時、その家の親爺は、家財道具何一つない奥の六畳の上で、兵隊服の胸をひろげて飯を食っている所であった。裏から入ったので、それが一目で見えた。

「成田さん、おつれしたよ。見せて上げて下さい」

フリーがなれなれしげに声をかけると、

「えッ？」

と言ったような驚きの目を、こちらに向けた。何か深い考えごとをしていたのに違いなかった。

「はい、はい」

と、生返事はしたが、本当の正気にかえるまでには五秒位ついやして、親爺はたち上ると、天井からぶら下ったハダカ電球をくるくる廻した。そして、そのはずした電球を持って、二階に上ったので、正介たちも後からついて上った。

上ってみると、階上は階下とあべこべに、親爺の全財産が（と言ってもタカは知れていたが）おいてあるかのようであった。

「この洋服ダンスや机は……」

と、正介が口に出すと、

「こいつは、一寸ここにおかして貰いたいんだ。下は物騒なんでね。押入の中にも、これ、こんながらくたがおいてあるけれど、しばらくこのままで辛抱してもらいたいんだ」

と、親爺が言った。

「そりゃ、かまわんです。ぼくは蒲団さえ入ればいいんだから。ところでいまこの君（くん）にきいたんだが、条件は部屋代一年分前納、でいいんですか」

「いいです」と親爺が力むような調子で言った。「金を払ってさえもらえば。金は早いほどいいね」

明日の百円より今日の一銭、それは正介も覚えがあることだった。覚えがあるどころか、いまも、彼はその渦中にある。

「じゃ、速戦即決といくか。こっちも、銭は落さないうちがいいや。酔いがさめれば、気がかわることもある。……それでいいですか」

正介が独り言を交えて、念を押すと、

「いいです」と、親爺が息がつまるような声で答えた。

支払代金、一万二千円。フリーへの御礼六百円。

呆気ないみたいな解決であったが、正介は中一日おいたその次の日、田舎から送った蒲団一組だけの荷物を持って、その部屋にうつって行った。来るまで、どっちが南かどっちが北か知らなかったが、何はさておき、田舎の妻子にハガキを書くと、万年筆が机の上をころころ面白そうにころげた。何のことはない。家全たいが何度か傾いているからであった。

正介はハガキをいれに町に出て、転入祝いのつもりで一杯やった。一杯が二杯になり、二杯が三杯になり、帰ったのは十二時頃だったが、部屋ずみのかなしさ、

「ただいま」

と、酔っていないようなつくり声を出して、台所口から中に入ると、

「おかえり」

と、親爺の大儀そうな声が、暗い部屋の中からきこえた。

靴を持って、下駄箱がわりの階段下の、下から二段目に手さぐりでおいていると、

「――さん。明日からは、そんなかた苦しいアイサツはよすことにしようや」

と、親爺がまた暗い部屋の中から声をかけた。

「はあ、はあ」

正介が生返事をすると、

「ねえ、お互に、フリーで行こうや。その方が長生きできらあ」

二階に上ってから、考えてみると、そのフリーというのはもぐりとは意味を異にして、漢文で言うところの、我関せずエン、という意味のように思えた。

そんなのは正介も大賛成であったが、親爺はその次の日から、埼玉へでも出かけたのか、姿を見かけなかった。

数日すぎて、正介が台所のガスでお湯をわかしていると、

「成田さん、書留」と、郵便屋が顔をのぞけた。

正介はちょっと、躊躇した。フリーでやれば、代理で受取らない方が、親爺の主義にかなう筈だが、金が入っているのなら例外ということもある。

で、カンニングでもするかのように、その郵便物を、ちらりと見せてもらうと、その封筒の裏には、特号活字でいかいかしく「東京検察庁」と刷ってあるのが見えたので、郵便屋には悪いが、やはり受けとらぬことにしたのである。

（一九五八年二月　別冊文藝春秋）

お守り札

私は人間がよほど不器用にできているとみえて、パイプなしでは煙草がすえない。

昔、大正十何年、煙草をすいはじめた頃、ゴールデン・バットには紙のパイプがついていた。「こてう」という煙草には竹のパイプがついていた。ついているものはつかうのが仁儀だと思ってつかった、その癖がとれないのかも知れない。

しかしたまにパイプなしで煙草をすってみると、なしの方がうまいようである。しかしなしですうと、すぐに先端が唾でぐちゃぐちゃになってしまうので、長つづきはしない。

それで私は自分流儀の考え方によって、パイプはなるべく短いやつをつかえば、なしに近づくと思って、なるべく短いやつをつかっている。

いま東京中で、その一番短いパイプを売っているのは、私の知る限りにおいて、浅草の仲見世にある何とか屋である。屋号は覚えていないが、行けばすぐわかる。と言うのは、その店にはいつだって、いま髪結床から出て来たばかりのようにみずみずしい日本髪を結った美人のおかみさんがいるからである。

ところでパイプを必要とする煙草すいにとって、一番こまるのは、パイプの寿命がつきないうちに、たいていは酔っぱらった時、落したり忘れたり、紛失してしまうことである。そのたびに、私は浅草の仲見世まで足をはこばなければならない。

いまから一と月半ほど前にも、私はタカがただ一本のパイプを買いに、浅草まで出かけた。ところがその日、私がその店に入った時、日本髪のおかみさんは、芸者衆と思われる先客に、三味線のバチを売りさばいている最中であった。ところがその芸者衆は、もとこのおかみさんと同僚であったのか、それともバチの吟味がやかましいのか、容易に退散しそうもない様子であった。

仕方なく、男の店員に言って、ガラスの陳列棚からパイプ（象牙）を出して貰い、その中から一等アナの具合のよさそうなのをえらんで、店を出た。

ところが私はどうもなんとはなしに物足りなかった。

物足りない気分で新仲見世通りをぶらついて、もう一度仲見世通りに戻って、横目でちらりとその袋物屋をのぞくと、年増芸者衆はすでに退散したあとだったので、大急ぎみたいに中にかけこみ、あらためて陳列棚を物色し、予定にはなかった象牙の耳かきを一本買いそえたのである。

ところがこれは今朝の話だが、私は目をさますと、右の耳がかゆくなっていた。ねたまま、私は右の小指の先で耳の穴をかいていたが、ふとその耳かきのことが、あの水もしたたるばかりのあの日本髪のおかみさんの顔と一緒に思い出された。

私はとびおきた。そしてまだ一度もつかったことのない耳かきは、たしか机の右の引出しにしまっておいた筈だったと思って、右の引出しをさがした。

が、右の引出しからは出て来なかった。そのかわり、私の記憶をうらぎって、左の引出しから出て来た。

ところが、その右の引出しをがたごとやっている時、副産物みたいに、私はもう久しい間忘れてしまっていた、色のあせた古ぼけたお守り袋を見つけ出したのである。

で、私はこれから、そのお守り袋の話をしようと思う。

まずナカミから先に言えば、このお守り袋の中には、浅草の観音様の浮きぼり像がはいっている。像の高さは、過日文芸家協会の園遊会がプリンス・ホテルであった時、迷い子にならないまじないかどうか、受付の女の子がくれた、赤い布に名前を書いてひっくくった、プラスチック製の十センチ尺ではかってみると、約五・三センチある。これを日本尺に換算すれば多分一寸八分ということになるのだろう。

材料の板（木片）は私の目では判定しかねるが、もうかなりの年月が経っているので、何か骨董品に似た雅致ある色と趣を呈している。

次に袋のことにうつると、この袋は縦が約八センチ、横が約七センチの矩形だが、今では見るもむざんなほど、ボロボロになっている。材料は塩瀬とかいう硬質な布であるが、その上に更に白ハブタエの布がぬいつけられて、その布に私の本籍と姓名と生年月日と血液型が記入してある。

つまり、これは私が死んだ時、見知らぬ人がみても、わかるようにしてあるわけだが、今では文字がうすれて、見知らぬ人がみたら、十人が十人判読することは困難であろう。本人の私でさえ、やっとのことで、「血液型AB」とよめるのである。

さてこのお守り袋をつくって呉れたのは、私の家内であった。

昭和十九年十二月末、私が満洲NK公社の嘱託になって単身渡満する時、すでにやけくそ気分になっていた私の身を案じて、（であろう）つくってくれたのだ。ナカミの観音様も、空襲警報の下をぬけぬけ、家内が浅草まで行って貰って来てくれたのだ。

もっと近距離のところで、靖国神社や明治神宮でも、お守り札は発売していた筈であったが、わざわざ遠方までご苦労したのは、そこは夫婦、私から拒否権を発動されない為の用心であったのかも知れない。

尤もその時、私はほんの少しだけ、家内の好意を無にした。というのは、家内はそのお守り袋に長い紐をつけて、幼稚園の生徒よろしく肩からぶらさげるようにして呉れたのだが、それだけは願いさげにして、鋏でチョン切り、お守り袋は洋服の内ポケットにしのばせることにしたのである。

そうして私は戦雲あれくるう玄界灘をわたったのだ。あの頃船に乗ったことのあるものは誰でも経験していることだが、船が魚雷にやられた時海に飛び込む用意に、救命胴衣という窮屈な道具を体に巻きつけていなければならない。息苦しいったらないが、はずせばどなりつけられるから、長い七八時間、うんうん唸りとおして、船が無事釜山に着いた時には、さすがにほっとであった。

ほっとした私は、これも家内が持たせたお守り札のお蔭だったかも知れない、という考えがチラリと浮んだ。

それで一路朝鮮を北上、今の長春、その頃は新京といった満洲国の首都につくと、その晩は、宝山というデパートの前にある日本宿にとまることになった。

西も東もわからないから、私は出迎えてくれた公社の弘報課の副課長、馬地悦郎君の言のままだった。

しかしとにかく寒くてたまらないので、酒をのむことになって一杯やっている時、どういうきっかけだったか忘れたが、お守り札の話が出た。

「ぼくは日支事変の初期、召集をくらって中支に出征した時、処女の毛を三本もらってお守りにしました」

と馬地君が言った。

「処女の毛と一口に言っても、いろいろ場所がありましょうが、たとえば腋毛のようなものですか」

と私がたずねると、

「いや、いや、もっと下のです。そこのでないと霊験がありません」と副課長の馬地君が言った。

私はびっくりしたが、素振りに出しては新任の沽券にもかかわるので、

「君の郷里はどこです？」

と一息いれるため話題をかわすと、

「土佐です。土佐の高知の連隊です」と馬地君が言った。

「しかし念のためききますが、それは処女のに限るのですか」

「むろん処女のに限ります。しかも三本というのは一人の処女のではなくて、三人の処女から、一本ずつ貰うわけです」

「と言えば随分な手間がかかりますなア。いったいそれは、どんな要領でもって、処女をローラクするのですか」

「いや、ローラクするのではありません。口先でローラクしたり風呂に浮いているのを盗んだりしたものでは、効果がありません。却って敵の弾があたるそうです。だからまアそこは、誠心誠意、直情径行的にたのみ込むより外に、手はありません」

「なるほどなア。そんなもんですかなア。ところでそんな誠意をもって獲得した、敵の弾丸もよけて通るような、つまりは貴君の救世主とも言うべきそのお守りは、今もって大事な家宝にして、神棚にでもまつって居られますか」

「とんでもない。もちろんそりゃア、中支の山の中を転戦していた時には、二年間、肌身はなさず持っていましたよ。が、いざ帰還がきまってしまえばもう用はないから、内地の陸が見えだした時、輸送船の船の上から海の中に吹き飛ばしてやりましたよ」

こともなげに言って、馬地君はハ、ハ、ハ、と笑ったのである。

が、その馬地君にも、それから二三カ月すると、また召集が来た。こんどは行く先は満洲国内のようであった。が、西も東も分らぬ私を新京駅に迎えてくれて、その後も洗濯ものの世話まで気をつかってくれた馬地君に行かれたのは、私にとって打撃であった。

私は日本にかえることにしていた。が、帰る努力をおこたって、愚図々々しているうち、思いがけなく、私にも召集令がやって来た。

それは日付まではっきり覚えているが、ソ連が日本に宣戦を布告してから二日目の昭和二十年八月十二日のことであった。しかも召集令状を受けとったのが、その日のお昼頃で、入隊はその晩の六時という火急なやつであった。

私は下宿がわりにしていた南新京のトキワホテルという宿屋の一室で出発の用意をしながら、できることなら自分も、処女の毛が三本ほしいものだという思いにかられた。けれども亭主のある宿屋のマダムはむろんのこと、宿の女中のなかにも、処女らしいものは一人もいそうになかった。

ああ処女よ、処女よ、バージンよ、処女よ、と私は地団駄をふむ思いであった。が、いくら地団駄をふんでもいないものは仕様がないから、無念の涙をのんで、出征してからたしか四日目のことである。

四日とは言え、その時の四日は、不断の三年位には相当するかも知れない。部隊だってわずか四日間に、三度も移動していた。

酒だって四日間に一人あて一斗五升平均は呑まされていた。サービスがよかったのではなく、大酒をのまして、へべれけに酔いつぶれた兵隊を、敵の戦車めがけて飛び込ませようという作戦だったのだ。

さてその四日目、場所は新京郊外にある憲兵養成所学校にいた時であったが、私は班長の命令で、酒のサカナをとりに炊事室にゆかされた。

炊事室にはいって行くと、入口に近いところで火をたいていた炊事上等兵に、

「繁森伍長の使役であります。このバケツに酒のサカナを一杯ください」

と、私は叫ぶように言った。何でもかんでも叫ぶように言わなければ、あそこでは目的が達せられないのである。

「ばか。貴様達は、まだ呑んどるのか」

「はい。みんなよく呑むであります」

と私が再び叫ぶように言うと、上等兵殿は、いま焚いている大鍋の中に、大きなしゃもじを突っ込んで、まだ半煮えのような豚のごった煮を、バケツ一杯についでくれた。

で、目的を達した私が、バケツをかかえて帰りかけると、

「おい、おッさん、ちょっと待て」と上等兵がよびとめた。

ふりかえると、

「おッさんはお守りを持っとるかね」

と、上等兵殿が言った。

「は、持っとるであります。あまり上等ではありませんけれど」

と私は言った。

「どれ、ちょっと、出して見い」

と、洟をたらしているような顔をしている上等兵が言った。

私はバケツをおいて、洋服の（まだ軍服は呉れていなかった）内ポケットをさがした。そして上等兵殿の前にのぞけると、

「ふん。これはどこのお守りか」と上等兵が言った。

「はい、これは東京の浅草の観音様のであります」

と私が答えると、上等兵殿はそのお守り袋をつまんで、袋の上から中をいじくっていたが、

「つまり、これは、女のあれか」

と上等兵殿が言った。

私はちょっと返事に窮した。いくら何でも質問が、とっぴすぎたからである。

だが、あそこでは下手に否定的言辞を弄してはいけない。炊事上等兵といえども、上官であるかぎり、朕と思わなければならない所である。

「はい。そうであります」

と、私は叫ぶように言った。すると上等兵殿は私の答えが気に入ったのか、

「よし、……では、お前にこれをやる。大事にせい」

と、軍服のかくしの中から、牛の皮（だったと思う）製の真っ新のお守り袋を取り出して、

もある。

贈与してくれたのである。

私はそのお守り袋が何処から出たものかは知らない。きくのは野暮でもあり、センエツでもある。

ただありがたく拝領して、自分の布製のお守り袋を、その皮製の袋の中に、おさめたのである。ただ一言、念のために断っておくが、私は浅草の観音様をハダカにして皮袋の中に収めたのではなく、自分の家内がつくってくれた、住所姓名血液型などの記入してあるお守り袋を、すぽっと全部、皮製の袋の中に収めたのである。

そして先輩の古参兵が誰でもしているように、そのお守り袋は、右の腰のバンドの所にぶらさげて、ほかのことはとにかく、この点にかけては一人前の兵隊になったのである。

ところがそれから二三日すると、私たち老兵は、召集を解除された。

その解除式の時、連隊長が、

「われわれは、残念ながら戦争には敗けたが、併し決して戦闘には敗けて居らん」

と繰り返し繰り返し自慢したが、私たち新京部隊は、戦闘は一戦たりとも敵と交えてはいなかったのである。

おかげで、戦車の下敷にならずに、すんだだけの話である。

で、思いがけもなく、私はまたトキワホテルに帰って来て暮すことになったのだが、それから二日目か三日目のことである。

私の二階の部屋からふと外を見ると、窓の外の原っぱの向うに、何か人間が騒動をしているのが見えた。しかし何の騒動かはわからないので、階下におりて、女中にきくと、関東軍の倉庫がぶち壊されて、倉庫の中のものを、早いもの勝ちで、運び出しているのだ、とのことであった。

と、そこへ、一階の止宿人であるEさん夫婦が、ゴム長姿で裏口から戻って来た。夫婦は、後先になって、長い棒をかついで、その真ん中に麻袋をぶらさげているのである。夫婦とも、汗だくになっているところから察すると、その麻袋の目方は、少くとも十貫目以上であった。

「Eさん、何ですか、それは」と私がきくと、袋の中身は、高粱（コウリャン）だとのことであった。

「ほかに、何か、アルコール類でもありましたか」

と私がきくと、アルコール類は見かけなかったとのことであった。が、これだけの話をするのも時間が無駄かのようなあわただしさで、Eさん夫妻はどさくさ、現場へ、引き返して行った。

私はなんとなくあさましい気がして来た。

と同時に、夫婦というものはこんな時、大変重要なものだという気がして来た。

何十年に一度あるかないか、こんな場合にこそ、夫婦の真価は発揮できるんだという気がして来た。

けれどもそばにいない自分の女房を、どうすることが出来よう。

私は大正七年の米騒動は話にはきいたが、見たことはなかった。そのかわりと言うのではないが、私は見物に行ってみることにした。

雨が降ったあとで、道がぬかった所があったが、倉庫に近づくと、大八車を引っぱって来て、しこたま荷物を積み込んでいる日本人の姿が見えた。二トン積み、五頭立ての馬車を駆って来て、堂々待機している満人の姿も見えた。差しはこびのEさん夫妻など、ここに来てみれば、かわゆらしい部類に属した。

日満一如、食糧の奪取に忙しい人と人と、車と車の間を縫って、私がやっと倉庫の出入口の近くまで来た時であった。乳母車に少量の荷物をつんで戻ってくる顔なじみの姑娘（クーニャン）に出会った。その姑娘は、せんべい屋の娘で、宿屋の食事では腹がへった時、私はたびたび出かけて行って、ぱくついたものであった。

「姑娘、しばらく。酒はなかったかね」

と私は倉庫の方を指でさして尋ねた。

「ある無し。ある無し」

と色黒の姑娘が手をふって答えた。

やっぱし、酒はないようであった。

ないときまれば、色もツヤもない略奪見物がそうそう長時間できるものではない。あきらめて、私はひきかえした。

だが、私は、自分のいるホテルの前は素通りにして、その先の興亜街まで足をのばした。というのは、えものがなかった以上、自前でもって一杯やろうと考えたのである。それがその日の気分の、落ち着きどころであった。

で、私は興亜街の満人料理屋で、一杯やったわけだが、話を急ぐことにしよう、私はその帰り途運わるく、追剝にひっかかってしまったのである。いや、ひっかかったというより、後から考えると、私が満人料理屋にいた時から、そいつは私をねらっていたらしいのである。二三時間のんで、私が料理屋を出た時は、まだ日は暮れきってはいなかった。それが証拠には、街の電信柱にべたべたはられた反日ビラが、電灯の明りでなく、たしかに太陽の光線のなかに見えていた。

「いよう。何処まで帰る?」

と、なれなれしく一人の満人が追っかけて来て言った。年は三十五六歳の、労働者風の男であった。

「南新京(ナンシンチン)」

と、答えると、それは恰度具合がいい、一緒に帰ろう、と相手が言った。

私もそれは恰度具合がよかった。酒に酔って気分が国際的になっていた私は、話相手がほしかった。

「我々日本人、この塩梅(あんばい)では、もう永久に日本に帰れないかも知れない」

と私が言うと、

「否、否、必ず、帰れる」と相手が言った。

「帰れないとなれば、生活の根拠を失った日本人は、みんな死了(スーラ)だ」と言うと、

「死了(スーラ)、没有(メーユー)。絶対、没有」と相手が言った。

「どうして、没有か」

「南京政府の蔣介石が、中国国民に布告を発した。中国国民は、日本人のやったウラミに対して、ウラミを以って報復してはいけない」

こんなことを話しながら、路が住宅地に入って来た時だった。相手の男は、俄然追剝に変貌したのである。

まったく俄然、――相手は私の腕につかみかかって、洋服の内ポケットに手をつっこみ、財布をうばって、うす闇の中に逃亡してしまったのである。

その間、私は殆ど無抵抗状態にひとしかった。追剝が逃げ出してからも、犯人を追跡するだけの気力もなければ、声に出して呼び叫ぶ知恵も出なかったのである。

ところがそのあくる日の朝、私は洋服のズボンをはく時、バンドにくくりつけてあるれいの牛皮製のお守り袋が、いやに形がくずれているのに気づいた。形ばかりでなく、茶色の皮の表面は、靴の裏ででも踏みつけられたような、くちゃくちゃした感じになっているのに気づいた。

おかしい気がして、バンドからはずして調べてみると、皮製のお守り袋の中に入れてある、も一つの布製のお守り袋がむざんに引きさかれているのであった。ひきさかれたやつを、もう一度もとの形にたたんであるのであった。

私はひやッとして、すぐに昨夜の追剝がピンと浮かんだ。あいつは、おれの財布のほかに、おれが命の次に大事にしているお守りまで失敬したのか。

　事実それは今や、私にとって大変貴重なものであった。だからこそ、召集が解除になっても、落したり失くしたりしないように、バンドにくくりつけておいたのである。終戦以前であるならとにかく、今はもう東京に手紙を出して、再送してもらうことは、絶対不可能、火星に飛んで行くよりも至難なのだ。

　私は中をあけてみるのが、恐ろしかった。そうでなくても、終戦半年前に満洲に飛んで来るなんて、運命の神様から見すてられているみたいなのに、この大事なお守りをなくしたら、更にどんな不運が前途に待ちうけているか、はかり知れないような気がしてならなかった。が、布をひろげて見なければ、正真正銘のことはわからない。で、私はおそるおそる、ひきちぎられても布質はごわごわしている塩瀬の布をひろげてみると、余計な心配は無用、中にはちゃんと、瓜実形の台座の上に、蝙蝠傘のようなものを頭上にひろげた一寸八分の観音様は、世にも柔和な微笑をうかべて、鎮座ましましているのであった。

　しかも私はこの時はじめて、観音様に対面したのである。

　げんきんなもので、ほっとした私は、胸をなでおろしながら、然らば何故、この観音様はあの追剝の被害からまぬがれたのであろうか、と考えてみた。

　それは多分、こうであった。

　追剝のやつはきっと、私が満人料理屋で飲んでいる時から、この牛皮製の袋をねらっていたのだ。だからこそ私を追っかけて来て、なれなれしい会話などしながら、実は私の腰をさぐっていたのだ。彼は私のお守り袋の中には、昔から国家が信用をなくした時、知恵のある人間が紙幣を財物にかえて隠匿しておいたように、……あのデンで以って……私がこの皮袋の中にダイヤかプラチナのようなものをかくしているかも知れない、と見込みをつけたのだ。ところが奪いとって中をあけてみると、ダイヤ・プラチナは勿論のこと、金銀銅の類さえ出て来ないばかりか、へんてこな女の仏像があらわれたので、これは大変、あとのバチアタリが恐くなって、ごていねいにも又もとのとおりに、しまい込んだのだ。

こんな風に想像すると、十中八九、私の想像はあたっているとしか思えなかった。

それからその追剝は、第二次行動にうつって、私の内ポケットに手をつっこんだのに違いないのだが、そう言えば、追剝が私の財布を奪い取る前、まるで変態性欲みたいに、私の腰の辺りをごそごそしていた感覚が、へんになまなましい記憶でよみがえって来た。

さてそれから一と月ばかり過ぎた時。

九月の終りであったか十月の初めであったか、ばかに天気のいい日、私は朝陽路の露店で白酒（パイチュー）を一杯ひっかけてから街路に出て、露店の間をぶらついている時であった。やはり露店の間をぶらついていた背の高くないソ連兵が、だしぬけに私の腰をつかんだ。

もう少し詳しく言えば、私は屋台を出て、腹具合を加減するため、バンドをゆるめるか、或いはしめるかした時、ソ連兵は私のバンドにくっついているお守り袋に目をとめたのである。

その瞬間を私はこっちでも気づいたのである。私はあわてて、お守り袋を手でおさえたのである。が、その時はすでに、ソ連兵の手の方が先に袋にかかっていたのである。

「ニエ、ニエ」「ニエ、ニエ」

と、片言のロシア語で私は叫んだ。金属や宝石ではない、奪ってもお前には価値あるものではないという意のつもりであった。

が、私のロシア語は相手に通じなかった。

しばらくの間、二つの手と手がもつれた。私は必死であったのである。が、必死になればなるほど、相手の略奪欲をそそるかのようであった。

付近には沢山の日本人や満人がいたが、皆知らん顔である。それがその頃の、一種のモラルであった。

くんずほぐれつしながら、私は一と月前に体験した満人追剝のことが、ふっと、頭をかすめた。あの満人追剝は、観音様の像をみて、あとのバチアタリをおそれて、一度は奪ったものを、もとの個所に返していたのである。

その体験を活用して、私は一計を思いつき、

「キリスト、キリスト」「キリスト、キリスト」

と、汗くさいソ連兵の耳もとに口を寄せて叫びあげた。

「観音様」をロシア語に翻訳すれば、「ブッダ」の方がより近いかも知れないが、あれは遠い印度が語源だから、それよりキリストの方が、この兵隊には分りやすいだろうと考えたの

である。

つまりこの皮袋の中には、翻訳すればキリスト様が入っているのだと分れば、ソ連兵も、神罰のタタリをおそれて、手をはなすだろうと考えたのである。

が、私の翻訳は相手に通じなかった。

これはアクセントが悪かったのかと私は思った。で、次にはアクセントを変更して、

「クリースト、クリースト」

と途中を長く引っぱった調子で叫び上げてみた。

が、それでもまだ相手には通じなかった。

(ああ、天にまします我等の神様よ。ロシアではクリストのことを何というのか)

と私が胸の中で悲鳴をあげた時、天与のヒラメキのようなものがあった。つまり、それは、アーメンである。

「アーメン、アーメン、アーメン、アーメン……」

と、私は十回以上つづけざまに叫ぶと、汗くさい兵隊は、意味が通じたのか通じないのかは知らないが、ひょいと袋から手をゆるめた。で、その瞬間のスキをねらって、私は自分の指の先に全身の力を集中し、皮革のお守り袋を自分の手で引き破ってしまったのである。

つまりそれは自爆のようなものであったが、……私はその引き破った袋をさかさまにして、これこのとおりうそもかくしもない、金属も宝石もありはしないではないかと、手品のように振って見せると、相手のソ連兵は、

「ヒン」

というような顔をして、向うへ去って行ったのである。

尤もそれは、時間にすれば、五分とはかからない間の出来事であった。にも拘らず私はその後三日間位は、指の先がづきづき痛むのが閉口だったが、しかしその半面、その日を境にして私のお守り袋は、もとの塩瀬の袋だけになって、入れ場所も洋服の胸ポケットにかえて、以後これに類した事件はおこらなかったのである。

それにしても私が浅草の仲見世まで、わざわざパイプを買いに行き出したのは、そもそも何がきっかけであったのだろう。五年ぐらい前からだということはおぼろげながらわかっているが、もう少しくわしいことが今は思い出せないのである。

だが、私はパイプを買いに行った時には、ついでに必ずといっていいほど、観音様にお参りするのが例である。象牙屋の水もしたたるような大丸髷のおかみさんの顔をみたあとでは、つい足がそっちへ向くのだ。

観音様の本堂では、きまってお賽銭は十円なげるのが例である。五十円も投げたことは、一ぺんもない。本堂の前に立って、懐中をさぐると、自然に気持がそんなところに落ちつくのである。

それから私の足は、六区の方へむいて行く。

六区ではビールをのむこともあれば、酒をのむこともある。それから時には、ストリップを見物することもある。銭のことを言ったついでだから書けば、私が見るストリップは、九十五円のやつである。

ストリップを見ながら、今は土佐の郷里で選挙管理委員をしている馬地悦郎君の顔を思い出したこともある。

（一九五八年六月　別冊文藝春秋）

下駄にふる雨

私は代用品というものが大好きである。といっては大袈裟すぎるなら、そんなに嫌いではない、と訂正してもいい。

これは、生れつきのものか、私たちが二十前後に流行したプロレタリヤ思想の影響によるものか、はっきりしないが、論より証拠、手近なところから例をあげれば、私の勉強部屋にある本棚は、蜜柑箱を八つ積みかさねたものである。

一箱三十円のもあれば、二十五円のもあり、二十三円のもあるから、合計してざっと百八十円ばかりのものである。

「いくら何でも、これでは見っともないわ。もはや時世は戦後ではないのよ。なんとかして一ついいのを買いましょう」

二十七八年も連れ添った細君（家内のこと）が、たいていは財布の中に金のなくなった時、こういって忠告をこころみるが、

「へ、へん」

と、私はそのつど、鼻の先で挨拶を返すだけである。

本棚の話はこれ位にして、瘦せても枯れても文筆を業とする私が原稿を書く時に使う机がまた、本当の机ではないのである。

これはもともと、なんでも八王子あたりの呉服屋さんが呉服を売る時、お客の前でパッと呉服物をひろげて見せる、ひろげ台だったのだそうである。

或る日、といってももう大昔、昭和七年だったか八年だったかの晩春、私が近所に住む文学青年のYをたずねると、Yは新調のぴかぴか光る、左右に引出が八つもついた机に向って、フランス語の翻訳をしているところだった。

「オヤ、すごいのを買ったね」

私がひやかし半分にこう言うと、

「いやア、実質はちゃちなもんだがね。女房がやんやん言うので、敗(ま)かされちゃったよ」

Yは照れて、顔をしかめた。

そしてYの白状するところによれば、Yは私と同年輩でも結婚が早かったので、この年にはもう小学校にあがった長男があったのである。尤もこんなのは白状の部には入らないが、その長男の先生が近く家庭訪問にくることになっているので、いくらなんでもその父親が呉服屋のひろげ台を机がわりにしているのを一瞥されては、親の信用に関係する、ひいては子供の将来にも関係する、という奥さんの意見になびいたもののようであった。

「で、君、その前の机はどうした？」

と私が尋ねると、

「あれは裏の庭に放り出してある。……なんなら、君、持って行かんか」とYが言った。それからYは、

「あれはあんなに色が汚くて見場が悪いが、実際は杉の一枚板なんだぜ。大工さんにバットの二つもやって削り直させると、見ちがえるほど綺麗になる筈なんだ」

と註釈をつけ加えた。

「じゃ、おれが貰う。いいね？」

と私はYの気の変らぬうちに念を押した。

その時分、私のつかっている机は幼稚園の生徒にでも適するような小型のもので、原稿用紙をひろげるとインク瓶がきゅうくつになり、しょっ中インキを畳の上にひっくりかえして、ベソをかいていたので、私の気持は積極的にうごいたのである。

だがそのひろげ台を持ち帰る段になって、Yと私の間には小悶着がおきた。かんたんに言うと、ひろげ台は大きくてカサばるので、私はひとりで持ち運びが困難だったので、Yに助力を乞うと、Yはそんな人夫の真似はまっぴらだ。運送屋にたのむがいいと言うのだった。私は私で運送屋にたのんでまで、こんな汚なげなひろげ台を自分のものにするほどなら、一層のこと古道具屋に行って古机を買えば、古道具屋はロハで運搬してくれる、というのが私の言い分だった。

両者ゆずらずこの話は立消えになるかと思われたが、そこはしかし貰う方に弱味があって、

結局のところ、私はギザ（五十銭銀貨のこと）一枚分を限度にして琉球庵をおごることにして、えっさえっさ、二人は汗だくになって、ひろげ台を私の家まで持ち運んだのである。

ついでだから書くが、その家のあった場所を、その頃は東京市外杉並町馬橋とよんでいた。もっと正確に言えば、東京府豊多摩郡杉並町馬橋というのであったが、そこんところに私たち夫婦は新婚以来はじめての住居を構えていたのである。

と言っても、部屋数は六畳に四畳半に二畳といったちゃちな小住宅にすぎなかったのは勿論であるが、私の細君がいちばん喜んだのは、その家では前にいたアパートにひきかえ、夏になると行水がつかえることであった。

といっても三坪の庭では近所からまる見えなので、彼女は台所を利用して行水場にしていたが、彼女は行水をつかう時は、四畳半との境の障子をしめてしまうのがおきまりであった。むろん台所の外側のガラス戸はしめているから、中はむんむん暑苦しいであろうと思うが、彼女は案外意に介さない風であった。

かくすものは見たくなるのが人間の心理で、私が障子のかげから窺（のぞ）いて見ると、彼女はいつだって、首をキリンのようにのばして、咽喉の部分をごしごしやっているのが見られた。時には生理的欲求はやむを得ないから、私が大っぴらに障子をあけて水を飲みにはいると、

「あら、いやだ」

となんか、彼女は他人行儀なことは言わないけれど、まだ妊娠線のくっついていないすべすべしたお臍の下のあたりを手拭でおしかくすのが常であった。

ところが或る晩、彼女が行水からあがって、鏡台の前で薄化粧みたいなことをしている時だった。私は蚊帳の中にはいって夕刊をよんでいると、表の方でへんな唸り声がきこえた。文字ではうまく表現できないが、うう、ううう、うう、ううう、というような唸り声であった。

言い忘れていたが、この家の前はすぐ中央線の線路で、その頃は省線電車といった今の国電が通るたびに、その唸り声はやみ、電車が通りすぎると、また唸り声がきこえた。よっぽど酒をのんだと見えて、前後不覚みたいに、道の上に大の字にねころんでいるような気配だった。

しばらくの間、私は放ったらかしておいた。なぜなら、前の道を時々人が通る足音がきこえたが、それらの人がみんな声もかけないで行き過ぎるからであった。だが今しばらくたつうち、世間の人はまあなんて、酒呑みに対して冷淡なんだろうというような義憤心みたいなものが頭をもたげて、

「およしなさいよ」

と細君がとめるのもきかないで外に出てみると、酒呑みが仰向けになってねているのは道の上ではなく、道の向うの（といっても僅々三メートルくらい離れた場所だが）そこの線路下の傾斜になった草むらの中に、一人の男らしいものが仰向けになってねころがっているのが見えた。

「おい、どうしたんだ」

と私は近づいて行って、声をかけた。

が、相手の男は返事をしなかった。

「おい、どしたんだ。ええ?……苦しいのか。……苦しければ水をもって来てやろうか。おい?」

と、私は重ねて声をかけたが、男は返事をしなかった。

なんとなく振られたみたいな気持で、男の年齢人相を薄闇のなかですかすようにして見ると、男は背広服にきちんとネクタイを結んで新しい靴下をはいてはいるが、靴ははいていなかった。

その姿を見た時、この男は旅のもので、汽車から振りおとされたんではないか、という考えが私の頭に浮んだ。その時より少し前頃、私は東海道線の食堂でそんなに沢山は飲まないのにゲロが吐きたくなって、デッキに出てげえげえやっている時、もうほんの一寸のことで、汽車から振り落されそうになった経験が、一度あったからである。

「おい、君、君は汽車から落ちたんか」

と私はその男に尋ねたが、男はう、う、と言っただけで、イエスかノーかは判らなかった。

そこへ職人風の若い男が弁当箱のようなものを提げて通りかかった。そこからはもっと奥の方にある、親方の家にでも帰って行くように思われた。

「もしもし、あんた」と私はその若い職人をよびとめて言った。「あんた、すまんですが、ちょっと駐在所まで行ってくれませんか。どうやらこの男が、汽車から振り落されたらしいですよ」

「へえ」

と職人は草むらのなかをのぞいてみたが、たいした感動はなさそうに思われた。

「すまんですが、ちょっと行って届けて下さい。ぼくはここで番をしていた方がいいと思いますから。駐在所はそこの踏切を渡って、右側ですから。ご存じないですか。普通のしもた屋で昼は分りにくいけれど、夜は赤い電燈がついているから、すぐ分ります」

私が説明すると、職人はいやな顔もせずに出かけてすぐ戻って来たが、届けた旨を私に報告すると、そのまま奥の方の家に帰って行った。

が、巡査はなかなかやって来なかった。するうち男の唸り声が次第に低くなって行くように思われた。私は第一の発見者としての責任のようなものを感じて、

「おい、君は何という名前だ。ええ？　どこからやって来たんだ？　ええ？　住所はどこかね」

と男の耳もとに口をくっつけるようにして訊いても、相手は一口も返事をしなかった。

やがて大分時間がたってから、駐在所の老巡査が鉄道の嘱託医と一緒にやって来た。嘱託医は手なれたもので、片手で懐中電燈を照らしながら、片手で男の身体をしらべ始めた。

すると、男は黒いズボンをはいていたので、私はそれまで少しも気がつかなかったが、男の片脚はズボンの中で完全に真二つ（まっぷたつ）に折れている風であった。医者がズボンの上から脚をく

の字に曲げたら、男の脚はくの字に棒切のような様相を呈したのである。

医者が男の頭に手をやって髪をかきわけると、髪の下には優に子供のこぶしぐらいは入りそうな大きな穴があいて、そのざくろの実があんぐり口をひろげたような所から、黒い血がしたたり流れているのが見えた。

この大怪我では、私が責任感を覚えて、住所氏名をきいておこうと力んで声をかけても、男が返答をしなかった理由が呑みこめたのである。

医者とは別行動をとって、線路下をぶらぶらしていた巡査が、赤靴を一足手にぶらさげて出て来た。

「ああ、その靴、どこにありました？」

と私が思わず声に出して訊くと、老巡査は、

「そこの槲（かしわ）の木の根元よ」

と答えるのは答えたが、素人の第三者が事件に深入りするものではない、と言わんばかりにぽいと顔をそむけた。

いつのまにか、十人ばかりの人間が集まって、その中には本署の刑事らしいものも来ていたが、刑事は第一の発見者である私に質問を発するでもなく、やがて男は鉄道のマークのついた担架にのせられて、いずくとも知らず、運び去られて行ったのである。

何ということなく私は不服だった。その不服をおぎなうため、明くる日の朝、私は新聞が配達されると、目を皿のようにして新聞の隅から隅まで目を通してみた。が、その男の記事

はでていなかった。

一日中、不服のまま、夕方高円寺の町に散歩に出て、駅前の喫茶店に入って、コーヒーをのみながら、店に備えつけの新聞に目を通すと、その数種の新聞のなかに、ただ一つ「時事新報」だけが、男の記事をのせているのを見つけ出すことができた。それも至って短い文章だったが、その男は市外野方町役場の書記補二十三歳で、自殺の原因は失恋によるものらしいことが判明したのである。

それにしても、その男はなぜ、広い東京のなかで、新婚ほやほやの私の寓居の門前を自殺の場所に択んだのであろう。

偶然と言ってしまえばそれまでだが、私は老巡査の態度がくさくさく思えた。私の家の玄関の右手には、以前鉄道が土地を買収した時の残りに違いない狭い三角形の空地があって、そこの端っこに生えている高さ三メートルばかりの槲の木の下から、自殺者の靴を拾い出して来た巡査の手並があまりに鮮かすぎたからである。

巡査はその靴を片手にぶらさげて、ぶらぶら振りながら、まるで鼻唄でも歌いかねないような恰好で、担架のあとにくっついて立ち去ったからである。

以前、これと同じことが、何回かあったに違いなかった。そう直感すると、自殺現場の見物人は十人ばかりあったけれど、それらはみんな遠方のものばかりで、隣近所のものは家の中で息をひそめて、誰一人として現れ出てこなかった事実と、ぴったりするのである。

それだからこそ、大家さんは普通、借家人に対して敷金を三ツや五ツは吹っかけるのが相場であるのに、あなたは律儀そうだから前金で結構、家賃もこれまでは十五円貰っていたが、あなたは十三円で結構と、ばかに信用をおいてくれたものに違いなかった。

しかしいくら世間ばなれした好条件の借家でも、細君は気味を悪がって、私に引越をすすめた。男の私も夜など、うす暗い槲の木はさすがに無気味で、その気になって貸家さがしをこころみたが、理想と現実にはくいちがいがあって、とどのつまり、その家に二年間もいついて、私たちが中野大和町に引越を実現したのは、細君が長男を妊娠して、その腹もだんだん前掛ではかくせないほど大きくなった臨月のまぢかであった。

それから同じ大和町の別な家にもう一軒、その次にまた杉並高円寺に舞い戻ってもう一軒、これが私の二十代から三十代にかけての借家歴の全部だが、その馬橋の家で妊娠して大和町の家で生れた長男も、昭和二十五年には新制中学三年生になっていた。

その時分、私は西荻窪に六畳一間を借りて自炊ぐらしをしていたが、或る日、藪から棒みたいに細君と長男が備中の疎開先から舞い戻って来た。いずれそのうち、ちゃんとした一軒家を見つけるから、と希望的なことを言ってあるのが信用できなくなったのであろう。それに細君は終戦直後、自分の年は棚に上げて、もう一人かわいらしい女の子がほしいほしいと寝言のようなことを口癖にしていたから、まだそんな夢を捨てきってはいないようであった。

汽車が朝早く東京に着いたので、その時私はまだ寝ていたが、母子はきゃアきゃアはしゃいで、とんとん二階へあがると、

「ほら、お父さん、お土産」

と、学校カバンを肩にかけて来た長男が何やら新聞紙にくるんだものを私の枕もとにおいた。

起きあがって蒲団の上にあぐらをかき、紙をめくると、中から茶色の焼物が出てきた。

「フーン、これは何だい？」

と私がまだねむいので、むっちりした口調でこう訊くと、

「…………」

長男は無言で、にやにや母の顔に目をやった。

「姫路でうどんを買ったんです」

と細君がかわって答えた。

一瞬、私は江戸の敵を長崎で討たれたような気分が頭をもたげた。

昭和十七年と言えば日米戦争が始まって二年目だったが、私は思いついて北支から満洲にかけて自費旅行をこころみたのであった。自費だから言いかえれば無銭旅行に毛の生えたようなもので、友人知己のところで一宿一飯の連続、関釜連絡船が下関に着いた時には、もう汽車弁を買う銭さえない有様だった。汽車が浜松を通過する時、文字通り財布の底をはたいて金五銭也のお茶を買い求め、そのお茶瓶のからを、当時数え年七つだった長男への旅行土産にしてやったのである。

幸にも時候が夏だったから、長男は父ちゃんのシナ土産をジマンして、近所の子供をよび集めて水遊びにうつつをぬかしていたものである。

思い出して、私が骨董好きの老人が骨董をいじる時の手つきでうどんの丼を弄んでいると、

「いかがですか」

と、細君がきいた。

「うーん。駅売りのうどん丼にしては、割によくできているね」

「で、しょう。だからわたし、東京駅で紙にくるむ時、前のひとに何だか恥かしかったけれど、持って来たんです。……灰皿にしたらどうかしら」

「うーん。ひょっとしたらこれは備前かも知れない。姫路と伊部(いんべ)は目と鼻の間だから。で、これは一つだけ持って来たのかい」

「はあ。うどんは一つだけ買ったんです。一つ買って、二人で食べたんです」

こんなわけで、私はその日からその丼を灰皿ではなく飯茶碗につかってみることにしたが、つかってみると、つかい心地は悪くなかった。

だいいち、丼は普通の飯茶碗にくらべて、尻のすわりがよろしい。すわりがよいということは、安定感があるということである。安定感があるということは、貯金ができたのと同様、左の手はふところ手をしていても、飯が食えるのである。

ぽつぽつ老眼鏡のいりだした私は、体力補給のため、生卵をのむ時なんか、殊のほか便利を感じた。

食事のあと、お茶をなみなみついで飲むと、抹茶でもたてているかのような、風流な錯覚を覚えた。

愛用して、月日のたつのは早いもので、数えてみればもう足掛十年がすぎたのである。

今年、元旦には二十八年ぶりという雪がふって、その雪が私の家では一月二十何日まで消えなかった。ここ東京一の田園区練馬のはずれは、都心にくらべて平均温度が四度も低いのだそうである。

二月はじめの或る日、朝から夜までひえびえとした雨がふりつづいた。雨の日は友達も遊びに来ない。私も傘をさしてまで外へ出るのは気がはずまぬ。火鉢に手をかざして、私はガラス障子のガラス越しに、庭の枯木にふる雨を見物していた。

枯木というのは桃の枯木で、以前私の家には桃の木が二本あったが、大きくなるにつれて庭がうっとうしくなったので、私がひまにまかせて、枝をはらいおとしてやったのである。

その二本の桃の枯木はいまでは洗濯竿をかける台に利用されているのである。

その二本の枯木と一本の洗濯竿を、あきもしないで小半日見物していると、ふと私は桃の木の根本に私の下駄が一足ぬいであるのに気づいた。どうしてそんな所に下駄がぬいであるのか、私はわけがわからなかった。犬は飼っていないから、くわえて行く筈がないのである。

正月に買ったばかりの自分の下駄が、雨にぬれているのをみていると、私は鼻緒がびしょ濡れになった下駄をはいた時の気味悪さが五感によみがえって、自分の身がすくみ込むような気持を覚えた。かと言って、私は下駄は一足しかもたないし、今更ずぶ濡れになった下駄をあわてて取り込んでみたところで、天気が晴れるまでは乾く筈はないのである。

私は何だかその下駄が自分の一生を象徴しているのではないかというような気がして、ぽいと立ちあがって、台所に入って行くと、こともあろうに、私の細君は時間はずれのお茶漬を食っているのを、私は見つけた。

しかも細君は、私が夜の一時二時頃、家人がねしずまった時、まるで内証のように、ガスで目ざしなんかを焼き焼き、ひとりで酒をのむのを楽しみにしている場所を占領しているのであった。

「おい」

と、私はなじるような声をかけた。かけてから、同時に、私は細君がお茶漬をたべている器が、私が大事にしている、れいの伊部(いんべ)の丼であるのに気づいた。

「おい、こまるなあ。無断使用は?」

私はむかむかして、こうなじると、細君は白髪の頭をぽいと仰向けにして、

「はい、どうも相すみません。でも、あとできれいに洗っときます」

「いくら洗っても、無断使用が解消できるわけはあるまい」

私が更に追及すると、

「まあ、水くさい。わたしたち、夫婦じゃありませんか」

「夫婦は夫婦でも、あれとこれとは別じゃ」

「あれとこれって、何のこと?」

「何でもいいさ。別は別なんじゃ」

「まあ、おかし。あなた、お酒がのみたくなったんでしょ」

「きまってらあ。しかし今後絶対におれのこの丼はお前なんぞ、使用はゆるさんからね。茶漬がすんだら、すぐにカンをつけて持って来い」

へんに力んで私は台所を出たが、雨ふりの日は女もさびしくなるものらしく、さびしい時には亭主の茶碗でお茶漬をくってウツがはらされれば、案外やすあがりのように思えた。

さてその晩、私が風呂に入ったのは夜の十時をまわった時刻であったが、私の入浴は、大抵の場合、細君より後になるのである。これは別に私が女性優先主義をモットーにしているのではないが、自然的にそんなことになってしまうのである。何故かとなれば、夕方五時頃風呂がわくと、細君はまず私に入るようにすすめるのだが、さむがり性の私は冬期衣類を沢山着こんでいて、それをぬいだり着たりするのが面倒だから、つい自らすすんで後廻しになるのを希望するのである。

で、その晩風呂にはいった私は、いつものように、細君をよんでヒゲをそらせる前、風呂桶の中に首まで沈めて、いろいろなことを考えたりしていると、私の脳裡にひょいと、Yのことが浮びあがった。

Yはいま千葉県市川市にすんでいるのである。

年があけたから三年前になるが、私が所用で神田の或る出版社に行くと、先客として応接室にいた白髪の紳士を、

「こちらは××大学のY教授」

と若い社員が神妙に紹介してくれて、

「へえ、なあんだ」

ということになったのであるが、無理はない。十四五年ぶりの邂逅であったのだから。さっそく久闊を叙して神保町の裏で一杯やることになったが、話題といえばお互に年をとって、白髪がふえた話ばかり。昔友達の誰かれが死んだような話ばかり。

でも酒がきいてくると、女の話もでて、Yははしゃいで、

「おい、おまえはまだ、下には白が出んか」

と私にあびせた。

「下って何だい？」

「下って、ここだよ」

Yは私の臍の下をいたい程こづいて、

「おれは出たんだ。かなしい喃。おまえはまだ出んのか」

「さて、おれは近頃そんな所をのぞいて見たこともないよ。おまえは、毎日毎日十七八の中学生みたいに、そんな所をのぞいて見とるのか。呆れた助平じじいだ喃」

「ばか。何をいう。おれが見つけたんじゃないよ」

「じゃ、誰が見つけたんだ」

「きまってらあ。おれの彼女、つまり女房のやつが見つけ出したんだ」

おのろけに落ちてY教授は、酒も弱くなったとみえて、おでんやの呑台に頭をふせて、しばらくの間いびきをかいてねむりこけた。

意表をつかれた私はその夜家にかえってから、下をしらべてみたが、私の下には私が予想していたとおり、白毛はまだ発生していなかったのである。

「おーい、ちょっと剃ってくれ」

頃合を見はからって、私は細君をよんだ。

すると、

「はーい」

と返事をして細君が老眼鏡を片手にやってくる。そして私の口ひげ頤ひげの白毛を剃り落してくれるのが、ここ数年来、私の入浴時の習慣である。

「はい、唇をもっと自然にして下さい。そんなにわざわざふくらませないで」

と細君が言った。

私はわざわざ唇をふくらませるつもりはないが、毎度細君はこう言って忠告を与えるのである。

だがひげ剃りは、ものの三分間もかからないうち、終ってしまう。で、そのひげ剃りが終った時、私は思い切って風呂桶の中ににゅっと立ち上り、目をつむって言った。

「おい、ものはためしだ、ちょっと見てくれ」

「え？　何ですか。何をです？」

と細君が言った。

「ここだ、ここだ、ここに白毛が出ているかどうか見てくれ」

「まあ、いやねえ」

と細君は言ったが、そこは夫婦、拒否権の発動もできないで、目を近づける風であった。やがて彼女の指先がそこの部分に触った。そしてその指先がたんねんに草の根を分けるのを私は感じた。

時間はどの位であったろう。

恐怖にしびれたみたいになった耳の底に、

「ございません。一本も出ておりません」

と、宣言する声がきこえた時には、それが当然だとは思いながら、やっぱり私は、胸をさっとなでおろすような心地がしたのである。

それ達人は、――ではない――、あの、この世の名医は、決して自分の胸に聴診器はあてないものだと、いつだったかどこかで私は、きいたことがあるのである。


（一九五九年二月　別冊文藝春秋）

下駄の腰掛

一

小説というものは書くことがないと困るものである。三日机の前に坐っていようが、七日坐っていようが、一行も筆はすすまない。

十九世紀のロシヤのある有名な小説家も、そんなことがあったと見えて、そんな時には、ああ僕は今日は何も書くことがない、何も書くことがない、何も書くことがない、と書いていると、そのうちヒョッといい考えが浮かんでくるものだ、と述懐しているのを、私は読んだことがある。

ところが、今日私の手元に或る詩の同人雑誌がとどいた。その雑誌の六号雑記のところに、ある詩人が次のようなことを書いているのが目にとまった。

ちょっと、無断ではあるが、そこのところを次に書き写して見よう。

……前略、話はちがうが、私は先日ある医者から人工授精の話をきいた。最近まで、精虫は三十七度の温度を保っておけば、三十時間（?）生きている、ということになっていたが、そんな体温のことなど考えず、逆に冷やすと、一週間も生きていることが判ったそうである。肝心の時間があいまいで恐縮だが、それを思いついた原理が、まことに簡単で面白いので披露するが、つまり、人間でも、猿でも、犬でも、男性の象徴は、ぶらぶら外にさがっていることから思いついたのだそうである。

睾丸はどんな動物でも、種族保存上一番大事なものである。普通ならば奥の奥に大事にしまっておくものだが、いくら進化しても相変らずぶらぶらと、邪魔もの扱いされながらぶらさがっている。

ところが一旦精虫が女性の内部に入ると、あのとおり堅い骨盤で守られて育つことになる。つまり保存される時の精虫は冷たいところがよいので、風通しのいいところにおかれるのだそうである。ここの皮膚だけには、脂肪がなく、つまり冷蔵庫というわけである。云々。

……

こういう紹介を読んで、私は書けない原稿のペンを机の上において、おそるおそる、自分の睾丸を握ってみた。すると、なるほど、少しは冷たいようであった。が、冷蔵庫のようにひんやりしているとは思えなかった。

「おーい。ちょっと来てくれ。シキュウだ、シキュウだ」

と私は家内をよんだ。

が、家内はなかなかやって来なかった。

むかし三十数年前、旧制中学に通学していた時、二里の道を下駄ばきで歩きながら私は、同窓生から謎をかけられたことがある。

「おい、佐山、電報とかけて何と解く？」

というのがその謎の要旨であったが、私はいくら頭をひねっても判らないので、カブトをぬぐと、

〝エムじゃがナ〟と同窓生が教えてくれた。

〝フーン、その心は？〟

〝シキュウに届く〟

という至極簡単なものだったが、しかし私はまだ届けた経験がなかったので、パッと一ぺんには、頭にひらめいて来なかったのである。

家内がやっと私の机の前にやって来た。

「遅いなあ。おれは、至急だ至急だと言った筈じゃが、君はこの頃耳が遠くなったのかね」

と私があてこすりを言ってなじると、

「いいえ。ちゃんと聞えたけれど、ちょっと手が放せないことがあったもんで」

「なんだ？　手が放せないことって？」

「フ、フ、フ」

「まあいいや、タイミングが悪くなって感興をそがれたが、まあ、いいや、お前ちょっと、ここに触ってみてくれ」

「そう、アラハラにいうな。ここだ、ここだ。カンがにぶいなあ。ここったら、つまりここだよ」

すったもんだと言うほどではなかったが、それでも大分手間どって家内が私の睾丸を握った。むろん、いくら夫婦でも、まっぴるま礼儀ということもあるから、ステテコの裾の方から手をつっこんで、である。

「どうだね」

と私はきいてみた。

「どうだって？」

「つまりさ、温いかそれとも冷たいか、きいているんさ？」

「そうねえ。そう聞かれても困るけど、まあ普通かしら」

「あいまいなことを言うなあ。もういい。手を引っこぬいて、あッちへ行ってくれ。……ほんとは冷たい筈なんだ」

家内が去っても、私は心中、なんとなく面白くなかった。

普通だなんて、色々あちこち男の経験をしたことのある女の言い草ではないか。家内がそんなに浮気とは思わないけれど、揚足をとれば、そういうことになるのであった。

いや、こういう科学的な診断は、やはり私情のわく家内にやらせるべきでなく、誰か赤の他人にやってもらうのが公平かも知れなかった。かと言って、隣の奥さんを呼んできて、検査してもらうのは、何となく気がとがめた。

やけっぱちと言うのか、せっぱつまったと言うのか、

「おい、風呂に行ってくる」

私は台所に行って、どさくさ、洗面器を風呂敷に包み込んだ。

いまどき、東京の男性で風呂にゆくとき、洗面器など持参するものは殆どない。あんなものを持ち歩くと、戦争中のいやな思い出がよみがえって来るからであろう。

にも拘らず私がいまだにあんな遺風を棄てないでいるのは、戦後の風呂屋の風呂桶は材料が粗末なのか、いつも湿っぽく濡れているのが気味がよくないからであった。その気味の悪い桶に、赤い痔瘻のじいさんが尻をおろしているのを見かけたりすると、私はもうそんな桶で顔を洗う気がしなくなったからであった。

衛生を重んずる思想によるのだが、しかしもう一歩突っこめば、せっかく十六円も風呂銭をふんぱつしたからには、大きな洗面器でジャアジャア、湯をつかわなければソンだという考えがひそんでいるもののようであった。

ソン、トクは別としても、湯水をジャアジャアつかうのは気持がいいものである。もう五十をとっくに過ぎて、愉しみというものが、日に日にうすれてゆく身だから、この程度のゼイタクは神様も大目に見てくださることだろう。

私は風呂屋の前に来た。ところがいざ来てみると、風呂屋はまだ店を開いていないのであった。

〝営業は午後三時より致します〟と書いた木の札が玄関の板戸に、頓馬を嗤うかのような風情でぶらさがっているのであった。

では今は何時かとおもって、前のアイスクリーム屋をのぞいてみると、中学二年生位の少女が二人、いまどきの東京ではあまり見かけなくなった新調の浴衣をきて、黄色い三尺をむすんで、アイスクリームを食べているのがみえた。ちょっと私は避暑気分にそそられたが、肝心の時計は見当らなかった。

で、隣の散髪屋をのぞくと、やっぱり中学校の二年生位の男の子が二人、散髪台に腰かけて散髪をしてもらっているのが見えた。そしてその上の壁にかかった時計は二時十五分を指しているのが見えた。

あと、四十五分！

私は急にアイスクリームを食べたい衝動にかられた。髪は大分のびているけれど、散髪をしてみたい衝動はおきなかった。年が年だから、お洒落よりも食い気、ということになるのかどうか、二人の少女の横のテーブルに陣取って、ゆっくりゆっくり、一皿のアイスクリームを四十五分間かけて、食べてみたくなったのである。

ところが気がつくと、私は懐中に十六円しか銭をもっていないのであった。家内が気をきかして、十六円キッチリくれたからである。実際、いつだったか、私は千円札をもって風呂屋にいって、釣銭を九百何十何円かうけとった時には、入浴しながらその大金が気にかかって、ろくろく身体も洗わないで出て来たことがある。その時家に帰って、家内にぶつぶつ言ったので、以後は家内が気をきかすようになったものらしかった。

「しかしあんまり杓子定規に気をきかすのも困るなあ」

という考えが私にうかんだ。

「人生は時に、臨機応変でいかなくッちゃ」

私の友人の友人の、そのまた友人になるが、その坂田君という男の奥さんは大へんな潔癖屋で、坂田君は雨の日であろうが風の日であろうが、事前に必ず過酸化水素の何十倍か液で一物を洗わされるそうである。洗わなければ絶対に承知しないそうである。

医学的には大変結構な話で、子宮癌の予防にはなるかも知れないが、私はなんとなく坂田君の悲哀がわかるような気がしてならなかった。

尤も私の家から風呂屋までは、五分とはかからない。いそいで歩けば往復八分位の距離である。

それであるのに、私はどうしたものか、家にひきかえす気にはなれなかった。アイスクリームは食べたくてたまらないが、家に逆戻りして、家内にものなど言って、百円札一枚せしめて出替えたのでは、せっかくのアイスクリームも、味がなくなってしまうように思われたのである。

仕方なく、私は風呂屋の玄関先にもどった。工合のいいことに、風呂屋の玄関は東向きであるから、すでに西に傾きかけたお日様は、そこの部分に日陰をつくっているのが、ちょっと救いに似ていた。

前の道のアスファルトが日にやけて、かりにも涼しいとは言えないけれど、頭を天日にさらされているよりましなので、私は下駄をぬいでキチンと二つならべ、その上にぺたりと尻をおろした。

二

そこで退屈しのぎに、私は過去五十何年間を回想してみた。ものは順序で、いったい自分は過去五十何年間にどんなたのしい思いをしたであろうか。そんなアンケートを自分で自分に発してみた。が、これというたのしい目にあった記憶は、頭にうかんで来なかった。でももしそんなアンケートが本当に舞いこんだら、なにか返事をしなければ、あいつはバカだとおもわれるかも知れない。バカとおもわれなければ、イバっているとおもわれるかも知れない。

(アイスクリームをたべることです)

ひとつ、回答がうかんだ。が、これでは育ちがばれるみたいで、なるべくなら書きたくなかった。それにこれは、自分が実際に経験したことではなく、この夏色気がつき始めたばかりの、見知らぬ女学生のことではないか。

質問は経験に主眼がおかれているのである。

(経験で言うなら、自分が一生でいちばん楽しかったのは女房をもらった時です)

と書けば、これは必ずしも嘘にはならないが、ひとによっては、チェッ、あいつ女房をもらう時まだ童貞だったのか、とケイベツする向きがないとは限らない。

そう思うと、私は自分の結婚当時が、真にたのしかったのかどうか、疑問がおきてきた。二十七八年も前のことだから記憶はあいまいだが、しかし当時私は家内との性生活にあきることを知らなかった。日に三度でも五度でも八度でも、尤も西条高校対宇都宮高校のように延長十五回というのはなかったけれど、そんな日が三ヵ月だか半年だか、つづいた。

それから回数がへるにつれて、私もまた人並に倦怠期がきた。できることならもっと気立てのやさしい別嬪と取りかえてみたいと思わない日は一日とてないうち、いつの間にか二十七八年がずるずる過ぎ去ったようなものである。

言ってみるならば、家内は私の妻として間にあわせみたいなもので、たとえば、いま私が尻にあてがっている下駄のようなものであったのである。

（私のたのしみは、下駄を椅子がわりにして坐ることです）

私の胸にふとそんな回答がうかんだ。これだけでは人にはうまく通じないかも知れないが、通じる通じないは恋愛みたいなもので、くどくど説明するのは野暮というものである。

俳人芭蕉の俳話に、

「我門の人は、茶漬三石六斗食らわざるうちは、俳諧上手になるべからず」

という金言があって、これはどういうことを意味するのか判ったようで判らない文句だが、なべて金言というものは、あまり判りすぎては値打がへるのである。

私は若干得意な気持になって、前の道に目をうつすと、灼けつくような炎天をものともせず、買物籠をさげた婦人が、つぎつぎに、市場のある町の方に向かって買い出しにゆくのが見えた。下駄をはいたのもあれば、サンダルをはいたのもある。買物籠のなかにいま書きあげたばかりの手紙をつっこんでいるのもある。

私は体位の関係上、主として婦人のスカートから下の部分に目をとめることになったが、婦人が二本の足であるくのをあきもしないで見ているうち、ふと見覚えのある足をみつけた。で、足から目をあげて顔をみたが、その婦人が誰であるか容易にわからなかった。

もっともわからないのが道理で、あれこれ、クイズでも解くように考えているうち、

「なアんだ」

と謎だけはとけたのである。

とんでもない他人の空似だが、数年前、私は自分の郷里に所用で行ったことがあった。所用というのは主として金策で、貧乏の経験のある方は多分ご承知であろうと思うが、金というものはおいそれと右から左にできるものではなかった。

つい二三日だとおもって出かけたのに、まるまる二タ月もかかってしまったのである。なぜかと言えば、私にはもう親はないから、家は無人の空家（あきや）で、疎開を引き揚げてから六七年間も、戸がしまりきりだった。で、私が帰ると、近所の人が異口同音、

「まあ、ほんまに嬉しいですらあ。佐山さんの家の戸がしまっとるのを見ると、何だかさびしゅうて、うちら前を通る時でも、なるたけ家の方を見んように、横をむいて通っておりましたがな」

とよろこんでくれたり、

「相当雨もりがしとりますのう。雨もりは早う直さんと、家がくさってしまいますぞな」

と注意してくれたりすると、私もつい人情にほだされないわけにはいかないのであった。

「ところで、この雨もりを直すとなれば、なんぼ位かかりましょうか喃」

と修繕代にうとい私がきくと、

「そうです喃。少なくても十万はかかりましょう喃」

と見当をつけてくれて、私は目をまわさねばならないのであった。

いわゆる痛しかゆしというやつで、田畑はなくても家の戸をあけて居れば一戸の戸主に違いないから、葬式があればその手伝いにいったり、火事があれば見舞にいったり、用事はいくらでもわいてくるのであった。

が、その話はまた筆をあらためて書くことにして、或る日私が家の前の道にでて、しょんぼり冬枯の村景色を見ていると、東の方角からバタバタと一台のオートバイが走ってきて、私の目の前にとまった。

「おお、佐山、戻っとるそうじゃ喃。おお、なんと久し振りじゃ喃」

と声をかけた。

「おお」

と私は返事をしたが、その赤ら顔に口ひげを生やして腹がでっぷり太った男が誰であるかわからなかった。

「あんたは誰かい。ちょっと失礼じゃが、わしは咄嗟には思い浮かばんがな」

と私はこう言うて見るよりほかなかった。

「わかるまい。わからんのが当り前じゃ。わしかて、君とよそで逢うたらわからんぞ。わしは栗原じゃがな」

言われて私は思い出すことができた。栗原は村こそ違え、私の旧制中学の同窓で、そら、れいの電報とかけて何ととく、エムと解くという謎を私に教えてくれた男であった。

「ああ、君、栗原君か。そう言えば昔の面影があるのう。しかし君は越中だったか越前だかの方で、高校教員をしとるときいておったが、……」

「おう、それい、それがじゃ。停年がきて首になったんじゃ。君が東京にひきあげて間もなく、こっちへ戻ってきたんじゃがな」

「そうか、それは結構じゃ。じゃア、今は恩給がさがって、のうのう閑居の身分か。羨ましいのう」

「何をいう。恩給でくらせたのは明治大正のことよ。そんなら百姓でもしようかと思えば、土地はあれにひっかかって、菜園もないわ。だから五十の手習でわしは奮起一番、シュチクをはじめとるじゃ」

「シュチク？」私がきき直すと、

「シュチクとはつまり、牛や馬の種つけのことよ。はッ、はア、なるほどやるもんであろうが。今日もこれから谷口幸之助君のところへツケに行くところじゃ。君は小説をつくって雑誌に出したりしとるちゅう話じゃが、参考のために一つ見学しておかんか」

「おう、そりゃア、見学していいが、その肝心要の種牛はどこにおいてあるんだい」

「時世おくれのことを言うちゃアいかん。いまはオートメーションの時代だぜ。まあ理屈はとにかく、百聞は一見に如かずじゃ、君はこのケツに乗れ」

　栗原はひったくるように、私をオートバイの尻にすくいあげ、長靴の底でカチャーン、ばたばたばた、とオートバイを発車させた。

三

　谷口幸之助の家は字はちがうが、私の同村で、さびしい藪かげの一軒家である。兄の辰之助は私と小学校の同級生だが、幸之助は次男坊で一度どこかに婿に行ったが一年もたたぬうち追い返され、改めて分家した身分で、あまり裕福な農家とは言えなかった。

　やかましいオートバイの音がきこえたらしく、藪の小道をぬけると、主人の幸之助（約四十歳）が鉢巻の手拭を手に握りしめ、庭のはなのとこに待ちうけていて、栗原種畜師を迎えた。

「先生様、本日はご多忙中のところ、わざわざお差繰りいただきまして、まことに相すみませんでございまする」

　といんぎんに頭をかがめた。頭の中で何べんも稽古したような挨拶だった。

「いやあ」

と栗原が人間のお医者様でもあるかのように鷹揚な態度で、「どうかね、牛の工合は？」と口ひげをひねりながらきいた。

「へい。牛はようサカっとるようでござります」

「そうか。では、早速やろう。牛を牛舎から出してくれ」

栗原は威厳ある語調で命じた。

私は急に栗原がえらい人間になったように思われた。彼が長靴をはいていたことは前にかいたが、彼はその上に黒革のジャンパーを着て、肩にもやはり黒革のカバンをかけている風態が、今こそ一層威厳を加えた。

さあ、その風態は何にたとえたらよいか、昔風に表現するなら、陸軍の師団長とまではいかなくとも、まあ大佐か中佐、連隊長くらいの威厳はあるのであった。

「それにしても君、その君の肩にかけているカバンは何かね」

私は東京言葉で小声できいてみた。栗原がここに来てから、東京言葉をつかいだしたので、私もそれに準じた恰好であった。

「これがおれの商売道具さ。この中に精液がはいっているのさ」

と栗原がにやにやしながら言った。私が疎開中にはまだ、そういう人工妊娠の術はひらけていなかったのである。百姓は牛がサカると、こちらからタネツケ場まで牝牛(めうし)を連れて行っていたものであった。

がその時、幸之助が牛舎から一頭の白黒まだらの牛をひいて出て来て、庭の一隅にある柿の木につないだので、栗原はその方に向かった。私もそのあとに従った。

するとと栗原はまず牛の背後にまわって、牝牛の陰部をしらべた。しらべる時、牛の尻っ尾を指で持ちあげると、牛は手品にでもかかったように、尻っ尾が空に向かったまま、きんと突ったってしまった。

「おーい、オサキ、まだ湯はわかんか。早うせい。何をぐずぐずしちょる」

幸之助が家の台所の方に向かって叫んだ。

「へーい。いますぐです」

と叫ぶ女の声がきこえた。

「早う持って来んか」

「へーい」

オサキがバケツをさげて戸口からあらわれた。

何かせわしない雰囲気が庭いちめんにただよった。が、栗原種畜師はゆっくりおちついてバケツの中に手をつっ込んで、温度をしらべ、その温度がある度数にさがるまで待った。水をいれれば早くさがるだろうと私は思ったが、素人が口出しするのは控えた。

その間に勝手を心得たオサキが二個のりんご箱をはこんで来て、柿の木の近くに並べておいた。と、栗原種畜師も心得たもので、七つ道具の黒カバンを肩からはずし、りんご箱の上においた。

それから栗原種畜師は先ず第一に、カバンの中から一個のゴム・ポンプをとり出した。ポンプといっても、むかしよく、私たちが万年筆にインキをいれる時につかったあれを大型にしたようなもので、つまりこれは子宮洗滌器であった。

人間が使用するのと同型であるから、私はすぐ勘づくことが出来たのである。ただ、人間のとは大きさがちがって、その大きな洗滌器に栗原種畜師はたっぷり湯をふくませると、牝牛の陰部の奥深く挿入して洗滌をはじめた。

手なれたものであった。ベテランというのはこういう時に使う用語かも知れなかった。が、いくらベテランでも膣内の奥深く注がれた湯は、内部から逆流して陰門にあふれ、べたべた滝のようにながれて、地上をぬらした。

三四回くりかえす間に、牝牛はどんな気持であったのか、

「モー」

と鈍重な声で、一声だけ啼いた。その啼声は何を意味するものかは分らなかった。

洗滌がおわると、栗原種畜師はこんどは七つ道具の中から、一見したところペリカンのくちばしのような恰好をした金属性の器具をとりだした。その器具は何であろうかと見ていると、それは陰門を左右上下ひろげて、なかの子宮をのぞく道具であった。

その道具は見ればすぐわかるが文字で書くのはややこしいから、ここでは省略することにするが、その道具の先端から若干時間かけて熱心に子宮をのぞき込んでいた栗原種畜師が顔をあげると、

「やあ。こんどは十分に発情しとる。これなら、妊娠百%だと思うね」

と、牝牛の鼻輪を握ったまま種畜師の一挙手一投足にも目をはなさないで事の次第を見守っていた幸之助に、こう宣言すると、

「ハッ」

とびっくりしたように幸之助は直立不動の姿勢をとった。おそらくは軍隊で覚えて来た姿勢にちがいなかった。

「ハッ。では、どうか十分によろしくお願い申上げまする」

で、これで大体、事前工作は終ったのである。

栗原はふたたびりんご箱のところに戻ると、カバンの中からマホウ瓶のようなものを取りだして、その中から白い液体を一尺以上もある長い注射器のようなものに吸い上げた。うしろから見学しながら、

「それが精液か」

と私がはじめて声をかけて念をおすと、

「うむ。これが大事なんだ。保存に留意せんと、元も子もなくなるから喃」

と手もとに留意しながら栗原が言った。

ついでにこの精液はどの位銭を出して何処で買ったものか、また精液はどのような方法でもって採取したのかきいてみたかったが、時が時だけに差控えた。

「では幸之助君、君は牛を動揺させないように、しっかりたのむぞ」

栗原は本番らしく幸之助に一言注意を与えると、精液の注射にとりかかった。

で、私はどんなにむずかしい技術が必要なのかと生唾をのみ込みながら見ていると、技術はさしてむずかしいものではなさそうであった。

さっきから陰門に挿入してあるペリカンの口ばしのような器具の間から、栗原はそれでも精神統一してしずしずと注射器をさしいれると、最後の一瞬、

ちゅッ

ちゅッ

ちゅッ

と三回にわけて、精液を子宮のあたり目がけて注入しただけのことであった。私たちがお医者さんにカルシュウムの注射をしてもらう時よりも、考え様によっては簡単かもしれなかった。

それよりも私は、幸之助の女房のオサキがさっきからしていることが不思議でならなかった。オサキは女であるからであろう、現場より五六間（けん）もはなれたところにある枇杷の木の根本に行って現場をみていたのであるが、私がふと気がつくと、彼女は一生けんめい、両手を合せて、のりとか経文のようなものを唱えはじめたのであった。

ムニャ、ムニャ、ムニャ

ムニャ、ムニャ、ムニャ

何を唱えているのかはわからないが、体はちゃんと現場の方を向いて、その手の先はまがいもなく牝牛の尻っ尾の方に向いているのであった。

私はシュチクが終ると、不審な気持でオサキの方に歩いた。ちかよってみると、彼女の顔は真赤だった。もともときめの細かい女だから霜やけに弱い性分らしいが、霜やけだけの赤さではなかった。

「オサキさんあんたはいま、熱心に何か拝んでいたようだが、いったい何を拝んでいたの」

私はざっくばらんに訊いてみた。

「へい。何をちゅうて、あれは般若心経ですらい」

と彼女が言った。

「ほう、般若心経をねえ。で、般若心経を唱えると、何かいいことがあるの？」

「へい。ええことがあるかどうか知れんけれど、ええことがあるように祈念してみたんですがな」

「ほう、なるほど。それでそのあんたの祈念したええことッて、何ですか」

「それはなあ、あんた、どうせ高い銭をだしてタネツケをするからには、うちの牛がメンタを生んでくれた方がよろしいでしょうがな」

「ああ、そりゃア、むろんそうですなあ。牝（めす）の仔はこのごろ一頭五万円以上もしとるのでしょう」

「そうですともあんた。人間の子は男がええけど、牛の仔の男ときたら屁にもなりませんもん。屁にもならんどころか、タネツケ代だけまる損になって、借銭が残るだけですがな。だからわしも気が気でないから、どうか女子（おなご）の仔のタネがつきますように、メンタの仔牛が生れますように、拝んでおったのでするがな」

「なるほど。では、オサキさんのあの熱心な念力にほだされて、いまのタネツケではきっと女の仔のタネが、もうついているかも知れませんよ。わしは何だかそんな気がするなあ」

「ありがとござんす。でも、本当のことを言えば、生れてくるまでは信用はでけんです。うちら、もう何べんだまされたか知れんから、糠よろこびは一切せんことにしとるです」

私はやんわり一本ねじ伏せられた恰好だったが、しかしあの時のオサキさんが一生懸命神仏に祈りをささげていた悲壮な姿は、いつまでも美しい印象となって私の胸から消えないでいるのである。

その時、オサキさんは素足に冷飯草履をつっかけていたが、その素朴な足の姿も脳裏のどこかに刻みこまれて、忘れられないでいるのであった。

と言って年中思い出してばかりいるわけではなかったので、風呂屋の前を通った一婦人の足の形がオサキさんの足に似ていて、私はゆくりなくも改めて数年前の記憶をあらたにしたのであった。

こういう次第で、そのことを私はさきほど、クイズの謎がとけたという表現で言ってみたまでのことである。

四

そのうち、やっと三時がきて、風呂屋が営業をはじめた。

三時きっかりには、子供づれの女客が数人あったが、男の方は依然として私が一人であった。

私は下駄箱に下駄をいれて、番台のムスメに十六円わたした。十円と五円と一円とである。ところが着物をぬいで、まる裸になってから、私は洗面器のなかに石けんを入れ忘れて来ているのに気づいた。

でも忘れて来たものを、いまさらどうすることが出来よう。番台にはたしか二円か三円かで、一回きりしか使えない小型のものを売っている筈だが、それさえ今日は手に入れることが出来ないのである。

「しかしまあいいや。手拭を忘れたのより、百倍もましじゃ」

と私は思い直した。

それでそういう気になって、貸切風呂みたいな湯舟に一人でつかっていたが、盛夏のこのごろ、そうそう長時間湯の中につかっていることはできなかった。

私は流し場に出て、石けんのつかないたわしみたいな手拭でごしごし体をこすった。こすっていると、何となくこの自分の有様が、私の過去五十何年間を象徴しているかのように思えた。

あと何年生きる——か知らないが、あと何年生きたところで、おそらくはこの調子で過ぎて行くのであろうように思われた。

（一九五九年九月　別冊小説新潮）

冬晴

昨日、私は或る未知の女のひとに葉書の返事を書いていたところ、万年筆の先がポキリと折れてしまった。もう、二三カ月も前から、これは折れるぞ折れるぞ、と思っていたのが、折れたのだ。

未知の女のひとは、来たる××日の午後一時に、千駄ケ谷駅に来てくれというのである。終戦後、彼女が満洲で体験した話がしたいというのである。お宅にうかがってもいいが、某氏を訪ねた時の経験で、何となく嫁さんが恐くて行けないというのである。

その返事をかいている時、私の家内が私の部屋に入って来た。私が反射的に家内の顔をみあげた途端、万年筆がポキリと折れてしまったのである。

仕方がないので、私は町に出た。むろん万年筆を買うのが目的だったが、町に出ると名店会館の屋上にあがってみたくなった。

この会館が開店したのは、はっきりしたことは覚えていないが、なんでも桜の花のさく時分ではなかったかと思う。開店祝いの一等の景品に何とかいう名前の自動車の新品が店先にならべてあって、店の中はごったがえしのようであった。近所の子供がエスカレーターを面白がって、朝から晩まで群をつくって乗りつめているという噂もきいた。そんなことがもとで、私はまだこの会館にはいったことがなかったのである。

なるほど、エスカレーターは目的もなくのるのに限るようであった。乗る時、女の子がお辞儀をしてくれるのは少々気がひけるが、私の前に乗っていたのは二十歳位の洋装の女と四十歳位の和服の二人づれだったが、この二人が乗ったが最後、つぎの階までは途中下車はできない快感をむさぼっているのが、後からみると手にとるかのようであった。顔は笑うでもなく笑わぬでもなく、その境のような顔をして、その顔の表情が二本の足はむろんのこと、下駄の置き具合、靴のひらき具合にまで、ざっくばらんに表われ出ているのである。二人の女はじれったいような快感をむさぼったあと、四階の食堂にはいっていったので、私は歩いて五階に上った。

五階は学園だった。生花、茶道、日本画、洋画、洋裁、和裁、手芸、謡曲、長唄、舞踊、英会話、料理、カクテル、その他なんでもかんでも教えてくれる学園らしかったので、私はその入学規則書をもらって、六階に上った。

六階は屋上で、カンサンだった。子猿が二匹たわむれているのをしばらく見物して、それから私は子供用ののぞき眼鏡の『月光仮面』でも見てやれと思って、財布の中をさがしたがあいにく十円玉がなかった。木馬のところに行って掲示をみると「大人ものれます」と書いてあったが、これも同じく十円なので、あきらめることにした。

あきらめて金網ごしに地上のあちこちを見物していると、武蔵野の森の向うの農家らしい家の軒先に、大根らしいものが干してあるのが見えた。

冬晴れて関八州の干大根

と私はやってみた。こないだ、文壇俳句会にはじめて出て、私は俳句づいているもののようであった。少々インチキかも知れないが、昔の武将の誰かも山にのぼると、気が大きくなったと言うではないか。

さて名店会館を出た私は、その足で碁会所にいった。四局うって、四局ともぼろ敗けに敗けた私は、ぐったり疲れた。

疲れをいやすのは酒に限ると思った私は、行きつけの、駅前のマーケットの中にある酒場に、自然に足がむいた。

家を出たのはお昼すぎだったのに、いつの間にか夕暮がきて、酒場は三、四十人のお客が超満員の盛況だったが、顔見知りの女の子が、

「すみませんが、ここ、少々おつめねがいます」

と気をきかしてくれたので、私はいつもの場所に坐ることができた。

「ビールをくれ。エイちゃん」

と私は坐りながら言った。

隣の植木職人は、ぶどう酒わりの焼酎をのんでいたが、しかしこの店はその日の懐加減によって、自由自在に注文ができるところが、いわゆる大衆酒場なのである。

そのかわり女の子は、お酌はしてくれない。田舎の中学を出たばかりのほやほやな奴ばかりだから、店の内規がそうなっているもののようである。店に来て、数年になるのに、まだ銀座をみたことのないのもいる。そう言えば、ここの女の子は、どういうものか背が高くならない。

私は常連になってから、かれこれ六、七年になるが、この店ははじめの頃二坪か三坪かの小さな店だった。が、そのうち軒つづきの隣の店を買収し、それから次に裏の店二軒一時に買収し、太りに太ったのだから、マーケットのなかの成功者の一人に数えなければなるまい。

はじめの頃、

「わしもこれで、中学を出た時、京城の医専を受けに行ったです。ものの見事にすべりましたがね」

と、店主のおやじがポツンと言ったことがあった。

それから大分たって、

「このマーケットのなかでも、お客がきてから、裏からそっと酒を買いに行く店はざらです。どうも同業者というのはヤキモチヤキですなあ。ヤキモチは結構だけど、税務署にさすのですよ。さっき、あなたの隣で飲んで帰った男は、税務署員なんですよ」

と言ったこともあった。

人間の浮沈はさまざまだが、このおやじは夜は一時すぎにねて、朝は四時におき、築地の河岸にサカナの買い出しに行くような日を毎日くりかえしているのだから、やすいものが好きな酒飲みは、ツクわけである。

話がいささか修身的になったが、

「おい、エイちゃん、このごろあの人、見かけんなあ」

と、私はビールの三本目がきた時たずねた。

「あの人って、だアれ？」

「そら、あの人さ。いつもここに来て焼酎をのんでいた人さ。一日に、四、五へんから五、六回来ていた、あのひとさ」

「ああ、あの果物屋の小父さん？」

と、エイちゃんが言った。「あの、果物屋の小父さん、死んだよ」

「へえ、いつ？」

「去年のクリスマスに」

「ほ、ほんとかね？」

「ほんとよ。去年、クリスマスの前の日、十一時頃だったかしら、うちに来てのんで、あくる日の朝、七時か八時頃死んだのよ」

「へ、へ、え。そうか。道理でこのごろちっとも、見かけないと思った。死んだのは、脳出血か何かだったの」

「さあ、何かしらないけど、ポキッと死んだらしいわ」

ティーン・エイジャーの女の子が、一人の老人の死因の病名までつまびらかにしないのは、無理もないことである。

しかし私にとって、この話は初耳であるばかりか、大変なショックであった。なぜなら、その小父さんは、私と同年同月同日生れだったからである。世間は広いが、私は自分と同年同月同日生れの人に出会ったことは、後にも先にも、この小父さんが初めてだったからである。

話は前に戻るが、私がこの店（「共助」という）に行きはじめて間もなく、私は奇妙な人を見つけた。最初は気がつかぬほどだったが、この人は、「共助」にやってくると、黙って三十円きっちり、台の上におくのである。するとそれに応じて、店の子が焼酎を一杯、台の上におくのである。するとその人は、そのコップを手にとって、きゅッと焼酎を一合一気に呑みほして、すっと帰って行くのである。

つっ立ったままで、坐ったことはなかった。この間、時間にして一分はかからなかった。ツキダシは決してたべない。店にとって上乗の客ではないかも知れないが、回転率はこのひとに及ぶものはなかった。

そのうち、私はいつ行っても、注意さえしていれば、この人に会わないことはないので、このひとは一日に数回はやってくるお客であることがわかった。

「おい、スエちゃん、いまのあの人ね、一日何回くらい来る？」

と、私は、いまは店にいなくなったが、その頃いたスエちゃんに打診すると、

「そうねえ。五回か六回、ひょっとしたら七回かしら」

とスエちゃんが言った。

「そうだろうねえ。おれ、いつ来ても会わないことがないもの。あの人、何をしている人?」

と私はせんさくしたが、

「さあ……」

とスエちゃんは、後はにごした。どうやらお客さんの身分や職業は知っていても、女の子の口からおしゃべりしないのが、この店のエチケットのようであった。

が、或る時、私は二日酔の頭痛やすめに、朝の十一時頃この店に行ったことがあった。この時刻に、営業をはじめている店は、ほかにはないのである。

ところが私が一杯やっていると、この人がはいって来て、十円札を三枚、台の上においた。響きの声に応ずるが如く、スエちゃんが焼酎をついで出した。

その時、すかさず、私は声をかけたのである。

「小父さん、まア、坐りませんか。ぼくひとりでこうして飲んでいるの、つまらんですよ」

ものは試しで言ったのであるが、その人は別に立飲みに主義主張があったわけではないらしく、素直に腰掛に腰をおろした。却ってこっちが拍子抜けした位だった。

「しかし小父さんも好きですなあ。一日にどの位、おやりになりますか」

と、私は相手を坐らせた以上、何か話しかけねばならなかった。

「さあ、五合位でしょうかね」

と相手がすべすべした頤の軟毛をなでながら言った。

「やっぱり、晩酌なんかも、おやりになりますか」

「いや、家では絶対やりません。女房はともかくとして、娘がいやがりますから」

「ほう。娘さんがおありなんですか。小父さんはぼくなんかより、少し若いようにお見うけするんですが、娘さんはおいくつですか」

「二十二です。実はそいつがレンアイなどしましたもんで、思いきって出すことにして、昨日結納がきたばかりです」

「ほほう。それはおめでとうございます。しかし娘さんをお出しになるのは、言うに言われず淋しいもんでしょうなあ」

「なあに。まだ女ばかり、あと三人おりますよ」

「ほ、ほう。そいつはお愉しみですなあ。ところで、小父さんは、まだ白髪が一本も見えないようですが、失礼ながらおいくつでしょう。ぼくは三十七年なんですが」

と物は礼儀でこちらから年を打ち明けると、

「わしも三十七年じゃ」

と相手が頤の軟毛をさすりながら言った。

「ほんまですか」

「ほんまです。わしは三十七年の三月二十六日生れです」

「不思議なことがあるもんだなあ。実はぼくも三十七年の三月二十六日なんですが」

「あれ、あんたはお上手を言いなさる。どれ、わしはけえろ。じゃ、どうもお先に――」

相手は機を得たかのように、さっと腰をあげた。

その後姿をちらりと仰ぐと、相手の小父さんは頭はちぢれ毛の軟毛で白髪はないけれど、後頭部のまんなかに、二銭銅貨を三つ合わせた位の禿があるのが見えた。

しかし私はその後、この人と話をしたことはなかった。大黒様のように福々としたその顔は何度みかけたか知れないが、この人は例によって例の如く、ジャンパーのポケットから三十円を取り出して台の上におくと、きゅうっと一気に焼酎を一杯ひっかけ、帰って行くので、千載一遇みたいに同じ星の同じ月日に生れながら、二度と話をする機会はなかったのである。

しかも私が知らぬ間に、相手は一年も前に、ぽっくり死んでしまっていたというのである。

なんだか信じられないような気持のまま、私は「共助」をでて、万年筆屋に向った。

万年筆屋の店先にたって、陳列のガラス戸のなかを見ていると、何となく万年筆なんか欲しくなくなったが、でも無理に勇気をふるいおこして、ではこの千五百円のやつを奮発してやれと、決心をつけた。懐中に丁度、千五百円だけあるのを私は知っていたからである。

「ちょっと、ねえさん、この千五百円のを見せて頂戴」

と、私は店番をしていた少女に言った。

すると私の声をきくと、少女よりもっと奥にいた青年の店員が少女にかわって、

「はい、はい」

と威勢よく、千五百円の万年筆を三本、ガラス板にならべた。

「これ金かね」と私は万年筆のペン先をみながらきいた。

「金でございます。八百円以上は、みんな金になっております。はい」

「それにしても、この万年筆、少し形がへんだなあ。なんだか包茎みたいだなあ」

「は？」と青年がききかえした。

「いや、ここさ。ここが、皮をかぶってるみたいじゃないか。昔、ぼくらが使っていたのと、まるきり様子がちがうなあ」

「はあ、いまのメーカー品は、全部こうなっております」

「昔風の腰巻をぱっとひろげたようなやつはないかね」

「はあ、ただいまの所、おあいにくさまでございますが」

「じゃ、止むを得ん。これを貰おう。値段は一銭もまけられんの」

「はあ。お値段のところは、その、どうも、正値になっておりますので。……そのかわり、インキを一瓶おそえいたしましょう」

「よし。じゃ、君、この三本のなかで君が一等いいと思うのを択んでくれ。どうせ女房をもらうのと同んなじようなもんで、使ってみなければ本当の具合は判らんだろうけれど。しかし君、この万年筆が明日か明後日、ぽきんと折れるようなことがあったら、取っ替えてくれるだろうね」

「はア、それはもちろん、お取りかえいたします」

いくら酒がはいっていたとは言え、ずいぶん、念には念をいれて、私は家を出てから八、九時間目に、やっと目的の万年筆を入手することができたのである。

さてそのあくる日、つまり今日のことだが、私は別に仕事が多忙だったというのでもないのに、数日間もたまっていた新聞を読んでいると、朝の郵便が十二時半頃になって配達された。

たまる時にはたまるものらしく、なかの一通などは同じ都内の品川から出したものが、まる五日もかかっているのが不思議でならなかった。

「おや、皇后のお兄さんがなくなった。四日も前のことだぞ。なアんだ、年はぼくと三つ違いじゃないか」

と私は新聞を見ておどろきながら、郵便のなかの一通に目をうつすと、同じ都内の中央郵便局から出した手紙が六日もかかっているのである。

妙な気持で往復ハガキに目をうつすと、その往復ハガキは「こくりこ会」からきた忘年会の案内状だった。

この「こくりこ会」というのは、いまからざっと十年前、当時民選初代の杉並区長の任期を半分ものこしてやめたNさんが、発起人か世話人になってはじまった会である。

当時はまだ物資難の時代で、昔同じ杉並に住んでいた友人知人も、めったに顔を合わすことができないから、一つ会でもつくって、大いにだべろうではないかというのが主旨のようであった。

再上京したばかりだった私は、よろこんでその会の会場である杉並の喫茶店に出席して、

「Nさん。どうも大変しばらくです。しかし区長辞任はよかったですなあ」

と祝辞を申しのべると、

「ありがとう。やっぱり、野人は朝寝がしたいよ。朝の八時頃から、車が迎えに来て、ブーブー鳴らされるのは、かなわないよ」

とNさんが肥満した体をゆすぶるようにして言った。

さもありなん、Nさんのアナーキスチックの人柄を反映して、この晩集合したものは、画家あり、文士あり、学者あり、音楽家あり、代議士あり、男優あり、女優あり、アナウンサーあり、写真家あり、といった風な多彩なにぎやかさであった。

尤も人数は約三十名。

しかしこの三十名がもとになって、発足の時の多様な色彩が波紋を描いて、入会希望者続出、いまでは会員は百五十名ぐらいになっているのではないかと思うが、詳細なことは私は知らない。
七、八年前物故したNさんが知らないのは勿論のことである。
ところで私はいま、人数しらべなどするつもりではなかった。私は自分の恥をのべなければ、この話はつづかないのである。

さてそれで、丁度いまから六年前だったと思うが、その年の「こくりこ」の忘年会の日の朝のことだった。

私のところから歩いて十五分ばかりの所に住んでいる大学講師の新村梅三が自転車で遊びにきて、濡れ縁に腰かけたまま、

「今日のこくりこの会、行く?」

と梅三がきいた。

「ああ、今日の会ね。ぼくはやめようと思ってる」

と私は言った。

「どうして」

「だって実は会費がないんだ。だから残念ながら欠席するよ。君、出たらみんなによろしく言っといてくれ」

「行こうよ。君がいないと、さびしいよ。会費ぐらいぼくがあるよ」と梅三が言った。

そう言われてみると、梅三は今日の会に、私を誘いに来ているのがわかった。いくら近所とは言え、わざわざ誘いに来てくれて、会費まで立て替えてやろうというのを、無下に断るのも邪慳に思えた。

「じゃ、君が立て替えてくれるんだったら、ぼくも行こうか」

と私は言ってしまった。

「じゃ、そういうことにしよう。ただぼくは今夜、夜学があるんでね。二学期の最終講義だから、ちょっとだけでも顔を出さないと悪いから、少し遅くなるが、必ず行くからね」

と梅三は自転車にとびのって、帰って行った。

帰るのを追っかけるように、

「遅くなるって、何時頃かね」と私がよばわると、

「七時、七時。七時までには必ず行くから、先に行っといて」と梅三は陽気な返事をして、垣根の向うに姿を没した。

私はすぐに後悔が胸にうかんだ。つまらぬ約束をした自分が、いやになった。結婚パーティとか追悼会とかいったような義理のある会ならともかく、たんに遊び半分の忘年会に、借金してまで出るのは、どうかと思われた。妻子は米塩にも困っているのだ。考えてみると、自分はもう五十代に足をふみかけているのに、二十代の時よりも三十代、三十代の時よりも四十代、四十代の時よりも五十代、といったように、どうも段々品性がさがってきたように思われてならなかった。

にも拘らず、四時半になると、私はとびだした。梅三との約束もさることながら、夕方になって暗くなりかけると、家のなかにじっとしていられなくなったのである。

私は駅の方にいそいだ。駅に着くと四時四十分だった。私は十円区間のキップを買った。

それから五分ばかり考えて、「共助」からほど遠からぬ所にある「あかね」という酒の店にはいって行った。「あかね」はあまりいい顔はしないけれど、若干のツケはきかしてくれるのである。

「マダム、ちょっと二本ばかりのみたいね。今日は会があるんだが、まだすこし早いから……」と私は言った。

「何の会ですか」

「いや、こくりこの会の忘年会なんだが、むりに行かなくてもいいんだ。なにしろ今晩はばかに寒いなあ。昼はあんなにぽかぽか暖かかったのに、おかしなもんだなあ」

「でももう十二月ですもの。このくらい、当り前ですよ」

「それはそうだなあ。十二月の次は一月だ。一月の次は二月で、二月の次は三月だ。三月さくらの咲く頃に、井之頭公園の濠ばたで……、とかなんとか、ぼくももう少し若かったら、マダムとデートとしゃれてみたいところなんだが、あ！　煙草を忘れた！　マダム買い置きはないかい」

「ピースならございます」

「じゃあ、それを一つもらおう」

自分ながら呆れるほどの口辷りであったが、この要領は数日前、私の家にやってきた女の生命保険外交員から学んでおいたものであった。帰ってくれと相手が言うスキを与えては、身もフタもなくなるのである。

もっとも、それほど気を使う必要はなかったと気づいたのはおみきが腹に入ってから後のことであったが、それから二時間の間に日本酒を六本たいらげて、私はあかねを出た。

ずいぶん、待ち遠しい時間だった。梅三は先に行っといてくれと言ったが、この言に間違いはあるまいが、万一の事故でかれが来られなかった時、大恥をかくのが心配だったからである。十円区間、電車にのって、こくりこの会場であるF喫茶店につくと、忘年会はすでに半ばを過ぎているかのようであった。会場からはにぎやかな軽音楽がきこえて、誰か若い女歌手が歌謡曲を唄っているらしく、物見高い通行人が二、三十人、人垣をつくって、中をのぞきこんでいるのが見えた。

　正会員である私はその人垣をくぐるように抜けて、垣の内に入ると、喫茶店のポーチにテーブルをおいて受付係をしている二人の女の子に、

「あの、ちょっと」

　と声をかけて、あけひろげになった入口から中に入ろうとすると、

「あの、はいっては困ります」

と、女の子の一人が、後から甲高い声をかけた。どうやら私を群衆の一人と勘違いしたもののようであった。

　あとから考えると、私も横着をきめこまないで、女の子に事情を話すべきだったのである。しかし五十男がたかが四百円の会費をこれから梅三にかりて払うからというのは、何となくつらかったのである。

「あの、外に出てください」

　と女の子がもう一度、甲高い声をかけた時、クリスマスの時なんかにかぶる赤い紙の三角帽をあたまにのっけた梅三が、とぶように出てきて、

「おそかったなあ」

と、聞きようによっては私の遅刻をなじるように言って、私に四百円わたした。

「いやあ、どうもすまんなあ」

と私は言った。それでもまあこれで一安心、私はその四百円を持って、受付のテーブルに後戻りして女の子に渡し、参会名簿に自分の姓名を記入した。

女の子は、この風采のあがらぬ小父さんも、会員だったのかというような顔をして、私が姓名を記入するのを見ていたようであったが、別に先刻の非礼（？）をわびるでもなかった。

何にせよこれでやっと一人前の資格ができた私は、おそく来たバチで入口から一番近いテーブルの隅に腰をおろした。が、どういうものか、私は一人前の気分がわいて来なかった。二時間も遅刻して来たものが、すぐさま会の雰囲気になじめないのは当然なことであるが、私はちょっとやりきれない違和を感じた。軽音楽に合わせて流行歌をうたっている女歌手に、やんやと喝采をおくっている三角帽子をかぶった参会者一同が、みんなアホウのように思われた。

せっかく四百円の会費をはらったのだから、早く料理の皿でももってくれば、料理でもぱくついて気分をごまかそうと思うが、コックまでが女歌手にうかれているのか、一向に私の料理ははこばれて来ないのである。

もっとも時間にして、一分や一分半の間のうちに料理が運ばれて来ないのは、これまた当然であったが、酒が六本も腹にはいっていた私は、ああ、おれはやっぱり来るんではなかったと思うと、自分自身の間抜けさ加減に腹がたってきて、

「くらくらくらッ」

と頭が宙にういた時のような衝動で椅子から立ち上った。かと思うと、まるで意志をなくした人間のように、つかつかと二間とは距離のはなれていない受付の子のテーブルの前に行って、

「おれは帰る！」

とかみつくように叫んでしまった。

「帰るから、会費を返せ！」

と叫んでしまった。

あとでわかったが、この女の子は誰かの会員のお嬢さんが、特別に受付奉仕に来てくれていたもののようであった。なぜなら、もしもこの受付の子が、飲屋の女の子であったら、「まあまあ、小父さん、そんなにおこらないで、お坐り」とかなんとか、うまくなだめて、再び席につかせてくれたに違いないのである。心の中のどこかのスミで、私はそれを予期していなかったとは言えないのである。

が、実際は予期に反した。受付のお嬢さんは、酔っぱらいの語気におそれをなしてか、会費入れの菓子箱の中から百円札を四枚とり出して、ぶるぶる震えるような手つきでテーブルの上にならべた。札は私が三分間前に梅三から借りたのと同じものだった。

一瞬、私は取り返しのつかぬことをしたものだと思った。が、ここまで来れば、キコの勢、後には引けなかった。

参会者の誰も、取りなしてくれようとするものもないので、私は暴漢のように四枚の百円

札をひったくり、再び人垣の間をはねのけて、往来に出た。

が、外に出ると、私はゆっくり歩いた。夫婦喧嘩で家をとび出した女なら、また戻って来て三本指をついてあやまれば、事は収まろうけれど、それとこれとはわけが違うようであった。

私は会場からものの三丁とは離れていない、或る未知の飲屋に入って行った。しょんぼりとまり木に腰をかけると、ぬすみ見するように壁にかかった短冊形の定価表をながめて、

「お酒をください」

と私はなるべくやさしい声を出して言った。

マダムとも物を言わず、相客とも話を交わさず、お酒の二本目をのんでいる時、どやどやと騒々しい足音がして、「こくりこ」の会の会員が頭に三角帽をのせたまま、四、五人づれで入ってきた。

その四、五人づれは、私は知ったような知らないような、言い換えれば顔と名前だけはうすうす知っているが付合ったことはない、と言ったような間柄の画家系統の人たちだった。連中は先刻からの話のつづきがあるらしく、ビールを注文するのももどかしいかのように、話をつづけた。その陽気な話しっぷりは、いたく今夜の忘年会に満足しているかのようであった。

私はその会話の内容はわからず、いやわざわざ耳に入れようともせず、すねこびたように

ひとりでちびりちびり、杯を口に持って行ったり、台の上においたりしていると、およそ五分ばかり過ぎた時、私の右隣に腰かけていた松岡菊太郎という画家が、ふと私に気づいたかのように、

「あんた、さっきは、少しまずかったなあ」

とぽきり一口言って、また連中の話に加わっていった。

実際、私はまずかったのである。だからたった一口でも、そう言ってくれた松岡が私はうれしかった。

しかしそれ以後、春夏秋冬、年に四回ある筈の「こくりこの会」の通知は来なくなってしまった。何かの時、知り合いの会員に顔を合わすと、

「こないだの、こくりこの会、こなかったね」

と私がなまけてでもいるかのように言ってくれる者があるたび、

「ああ、行かなかった」

と私はカンタンに片付けておいたが、本当は通知が来なかったのである。

ていのいい除名に似ていた。百五十名にもふくれあがった会だから、誰が通知を出しているのか、ひっこめているのかも分らなかったが、私は除名になっても仕方がないと思っていたのである。

一たん出した会費を、かよわい婦女子からふんだくって、逃げ出すなんて話は、自分以外

に聞いたこともないのである。

ところが、今日、全く思いがけないことに、その会の通知がまる六年ぶりでやってきたのである。

通知を見ながら、これは時効というものなんだろうかと私は思った。あるいは、罪はまだはれぬが、執行猶予というものになったのだろうか、と私は思った。

法律的なことはよくわからないが、理由はなんにせよ、私は出席欠席の判断を自分でくださなければならなかった。出ようか、出まいか、と私はまよった。まよった末、もう少しの間、われと自ら謹慎しておいた方が、無難のように思われた。

こう決心すると、私は一刻も早く返事が出したくなって、机の上から昨夜買ったばかりの新品の万年筆を手もとにひきよせた。

言ってみるならば、〝筆おろし〟というのは毛筆にかぎるようであるから、万年筆の場合は処女運筆とでも言ったらよいであろうか。

私は往復ハガキの復片をちぎると、まず「出席」と印刷してある三号活字を二本の棒線でもって消した。それから「欠席」と印刷してある三号活字をマル印でもって囲んだ。その次に「御住所」と印刷してある「御」の字と、「芳名」と印刷してある「芳」の字を、二本の棒線でもって消し、その下に自分の住所氏名を書きこんだ。

が、この作業はあまりに簡単すぎて、せっかく千五百円の万年筆の処女運筆にしては、何か不満のような気がしてならなかったので、ふと思いついて、昨日名店会館の屋上でつくっ

た俳句を座興のつもりで、葉書の余白に書きこんだ。――冬晴れて関八州の干大根

午後、私はその葉書をもって、散歩に出た。散歩とは言え、碁会所に行って見ようとの魂胆だった。昨日、私に四タテをくらわせた大学生がきていたら、四タテとまではゆかなくとも、二タテぐらいはくらわせてやりたかったのである。

が、碁会所の前まできた時、碁会所は後回しにすることにして、私はその先の細い横丁にはいっていった。

その横丁に、私と同年同月同日生れだった小父さんの果物屋があると、「共助」のエイちゃんが昨夜教えてくれたのを思い出したからであった。

用がないので、めったに通ったことのない路地だが、小父さんの果物屋を見つけるのに手数はかからなかった。

二間間口の小さい店に、柿だの、蜜柑だの、りんごだの、バナナなどが、一通りおいてある店の土間にしゃがんで、二人の女が今日入荷したばかりのような蜜柑箱に手をつっ込んで、かいがいしく蜜柑の粒を選別しているのが見えた。

一人は次女か三女かはわからないが、小父さんの娘に違いなかった。まるまると太った色白の、頭の毛がちぢれ気味のかわいらしい娘だった。

一人は小父さんの細君だった人に違いなかった。まだ五十には少し間がありそうだが、福々とした口もとは小父さんにそっくりであった。口もとばかりでなく、体つきまでが小父さんにそっくりであった。

私の観察によると、どうも女の人は結婚して二、三カ月たつと、その口の形が夫の人と相似形になってくるもののようである。これは接吻のためにこうなるのではないかと思うが、真偽のほどは知らない。

口の形は別としても、女の人が結婚して十五年か二十年たつうち、腰つき体つきまでが、夫なる人に似てくるのは、どういう理屈によるのであろうか。仲がよければよいほど、それだけ早く似てくるのであろうか。

果物屋の店先を通りすぎる時、小母さんの体つきが、小父さんにそっくり似ているのが、私はたいへん嬉しかった。

（一九五九年十二月　別冊文藝春秋）

苦いお茶

数年前、正介はある新聞の文芸欄に短文を寄せたことがある。その時読んでくださった方には恐縮になるけれども、話の順序としてその短文を次に筆記してみる。

谷岡というハンコ

私の机の引出しの中には、谷岡というハンコがころがっている。もう印肉のあとも消えうすれた、ありきたりのつげのハンコである。

昭和二十何年であったか、新宿のハモニカ横丁の飲み屋が繁昌していたころ、ある夜、駅前の聚楽の横で人を待っていると、俗にいうパンパンがしつこく私を甘誘した。私は全面的に辞退したが、人を待ち合せているのだから、逃げだすわけには行かなかった。

するとさいごに、

「このじじいめ。お金がないんだね」

と彼女が図星をさして言った。

「そのとおり。戦争犠牲者にお金がないのは当り前さ」

と答えてやると、

「お気の毒になあ。ではこれ、小父さんにあげる。あした、銀行からお金をおろしておいで」

と、妙なことを言って私にハンコをくれたのである。

このハンコが彼女自身のものだとすれば、どうして彼女はその大切なハンコを私にくれる気になったのか、私にはよく判らなかった。

昭和二十年の八月十四日だったが、私の属していた部隊は新京のある地点からある地点に移動した。むろん軍隊のことであるから、行くさきなどは教えてはくれなかった。わかっているのは今日の晩か明日の朝、北方からおしよせてくるソ連の戦車と白兵戦を交えねばならないらしいということだけだった。

あほらしいことだったけれど、死んでしまうかも知れないものにハンコなどアクセサリーにもならないと思った私は、移動の途次、水晶の実印と水牛の認印と、二つとも高粱畑の中に捨ててしまった。

ついでに肩にかついでいた鉄砲（といっても木銃であったが）も畑の中に投げ捨てて、あくる日班長殿から、もしこれが不断なら重営倉だとおどかされたりしたが、そうこうしているうち、終戦の勅語が出て、まぐれ当りながら、無敵関東軍五十万の兵隊のなかでは、私がいの一番に武装解除をした結果になってしまった。

その点見事であったが、しかしその反面、またハンコの必要がおきて不便な目をみた記憶のある私は、彼女のくれたハンコも大事にしてやろうという気をおこして、家に持ち帰ったのである。

もっとも長い年月の間には、貯金通帳も添えてない他人のハンコなど邪魔っ気で、何度も屑籠の中に捨てたりしたが、その都度また思い直して、またもとどおり引出しの中にしまい込んでおいたのである。

ごくさいきん、私はふと出来心から週刊雑誌のクイズに熱中しだした。とはいっても、クイズにはおとし穴のような個所があったり、着物のことがあったり、運動のことがあったりで、ひとりでわからない個所は、手近な家族のものの援助を仰がねばならなかった。

クイズが出来て投書する時、私は谷岡淑子というペンネームを考えついた。淑子の淑は新宿の宿のオンからとったものであるが、このペンネームがいま、私たち一家の代名詞になっているのである。

もちろん、近いうちにクイズに当選して、百万円の賞金が書留で配達された時には、私は彼女がくれたつげのハンコをとり出して、しゃあしゃあと百万円を受け取るつもりである。

以上のような雑文で、名文でも何でもないが、小っぽけな文章にも運命のようなものがあって、正介はこの新聞の切抜をなくした。終戦までの自分の書いたものの切抜を全部、満洲から持ち帰れなかった正介は、戦後は神経質に思われるほど気をつけていたのであるが、だんだん歳をとるにつれ、脳に欠陥ができたのであろう、なくしてしまったのであった。

そうかといって新聞社に出かけて写してくるのも大儀だった。お情けで買ってやったあんな拙い文章に、お前はまだ未練があるのか、と笑われそうな気がしてならなかったのである。いつとはなく忘れていたが、今年の四月はじめ、上野の博物館に用事ができて出かけた時、思いついて近所にある図書館に立寄った。むろん自分の短文を写しておこうという所存であったが、入館してから正介は思いがけない壁にぶっつかった。つまり新聞はちゃんと保存してあるが、一カ月ずつ区切って綴ってあるので、何年何月ということが分らなければ、とうてい捜せたものではなかった。

帰宅した正介はおそるおそる新聞社に照会状を書いた。社務御多端の折柄、格別急ぐことではないから、ほんとに文字通りお手隙の時で結構だから、月日しらべておいてほしいと書いた。すると新聞社はおそろしくスピードがある所と見えて、翌日の夕方には速達郵便で返事が戻って来た。

ところが正介は図書館に飛んで行くでもなかった。言訳ではないが、一昨年交通事故で足の骨を折って、骨の中に22A鋼という金属がいれてあるのを、引抜く用件が目前にひかえていたからであった。本当は一年目に抜き出す所を延引して、一年八カ月にもなっていたから、もうこれ以上延ばすわけにはいかなかった。

ふんぎりをつけて、正介は入院した。思ったよりも早く退院できて、一カ月ばかり自宅で療養したあと、足の試運転をかねて、図書館に行ってみることにした。

国電の上野駅からおりると、正介はまず博物館に行った。別に用事はなかったが、この前きた時の道筋を辿るのが、何となく順序のような気がしたのである。入場券を買って構内にはいり、博物館の玄関前にあるユリノキを見物した。三分間ばかり見物して、正門の方へ引返した。

それから図書館に行って、こんどは新聞の綴込を出して貰うのに、たいして時間はかからなかった。閲覧室にはいって、かたい椅子に腰をかけて自分の文章を写しはじめた。自分の文章を写すのは妙に照れくさいみたいで、奇妙に一所懸命になった。

すると正介の椅子に近づいて来た女の子が、

「もしもし、煙草はやめてください。ほかの閲覧者の方に迷惑になりますから。そういう規則になっておりますので」

と注意した。青い上っぱりを着ていたから、女子館員のようであった。

「ああ、そう。それはどうも、失礼」

と正介は慌てて煙草をもみ消した。

併しあとは何となく味けない気分になった。室にかかっている「禁煙」の札が大げさに言えば暴力みたいに正介を威圧した。

気分が悪くなると、正介は筆記のスピードが落ちて、意外な時間がかかった。これで随筆集の出版の約束でもあるのなら話はわかるが、自分という男は、一生こんなつまらぬことばかりしているように思われた。

　ともかく用事だけは片づけて、廊下の喫煙室（室ともいえないが）に出て、館の庭にそびえているヒマラヤ杉の枝を見ながら、放心したみたいに煙草をぷかぷかふかしていると、

「あの、もし……」

　と正介の前に痩せぎすの女の子が佇った。いい歳をしてこんどは何を叱られるのかと思った正介が、無意識に煙草の火を灰皿になすりつけると、

「あの、大変失礼ですけれども、小父さんは、もと満洲にいらしたことのあるキー小父さんではないでしょうか」

　と女の子が言った。青い上っぱりを着た女ではなかった。

「ああ、そうだけど、キミは？」

　と正介が応じるまでにはかなりの時間がかかった。

「あたし、ナー公です。ほら、小父さんによく負んぶしていただきました、あのナー公です」

　と女の子が言った。

「ああ、キミがナー公か」

　と正介は思い出した。が、なかなか、当時四つか五つかだったナー公と現在の彼女との顔が、合致しなかった。

「大きくなったでしょ」

　とナー公が先手をうった。

「うん、大きくなったもんだ。背丈がわしくらいあるじゃないか」

　と正介は言って、あらためてクリーム色のカーディガンを着て、赤い革カバンを手に持ったナー公の姿をながめた。

「いま、大学生かい？」

　と正介がざっくばらんの調子できくと、

「うん、でも短大なの。来年の三月には卒業して、幼稚園の先生になるつもりなの」

　あまえる調子でナー公が言った。

「で、お父さんやお母さんは元気？」

「お父さんはついにシベリヤから帰らなかった。お母さんは引揚げて三年目に死んじゃった」

　とナー公が歌でもうたうように言った。

「郷里は新潟県だったね」

「うん、新潟県の佐渡ケ島よ。でもあたしたち、お母さんは九州生れだから九州に引揚げたの。ね、小父さん、ちょっと食堂に行ってお茶でものみましょ」

　とナー公が誘った。

　廊下づたいに図書館の食堂の方に歩きだした。勝手を知った手なれた物腰であった。

「キミはくわしいなあ。ちょいちょい、この図書館へ来るのかい」

「うん、ちょいちょいでもないけれど、たまにくるわ。さびしくなったら、やってくるの。小父さん、ここのコーヒー、とっても不味いのよ。でもわたし、さびしい時には、まずいコーヒーがのみたくなるの」

「わしは生れてこのかた、うまいコーヒーなんかのんだことがないね」

「お酒がのみたいんでしょ。でもしばらく我慢なさいね。残念ながらここの食堂にはお酒は売ってないの」

「そりゃ、我慢するよ。せっかくキミに逢ったんだから」

「すみません。あたし、はじめてここに来たのは、アルバイトできたのよ」

「アルバイトにきて、キミもあの青い上っぱりをここで着ていたのかい。わしはあの青い上っぱりというのは何となく好かないがね」

「ううん。あたしのアルバイトっての、本の貸出しなんかするんじゃないの。あたしのはある学者先生にたのまれて、古い本を筆写に来たの」

「ふーん、なるほど。それでその筆写料というのは、どのくらい呉れるのかね」

「原稿用紙の四百字詰に写して、一枚が十円だったわ」

それが世間相場だとすると、正介は今日、四十円ばかり儲けたような気がした。

食堂を出て、二人は上野公園の方にあるいて、赤煉瓦の美術館の横でタクシーをひろった。

梅雨時の空はくもって、もう夕暮に近かった。が、ナー公は寮の門限は十時だから、それまではつき合ってもいいと言った。自分は酒はのめないけれど、小父さんが酒をのんでいる顔はすきだから、そばで見ていたいと、彼女の方から希望したのである。

あの当時、正介は長春（もとの新京）郊外のホテルにいたのだった。前の短文に書いた軍事召集も、そのホテルで受け、召集解除になって帰って来たのもそのホテルだった。が、帰った時はすでにホテルは廃業していて、行く先がなくなった。困った正介は、無理にたのみ込んで、ホテルにおいてもらうことになり、食事はホテルの主人夫婦、女中、番頭などと一緒にしていたが、女中、番頭が先ず独立したので、正介も自然的に自分で自炊をしなければならなくなった。

丁度その時分から、北満の避難民が長春におしよせて、それまでがらあきだったホテルの客室が一杯になった。つまりホテルは避難民の収容所に変貌したわけであったが、ナー公もその避難民の中の一人であったのである。

正介ははじめ、そのことごとくが子供づれの避難民にうんざりした。ぴいぴい泣いたり、ばたばたあばれたりする子供に腹が立って、どこかへ追放してやりたいほどだった。女親の半後家が、ヒステリーをおこしてめったやたらに子供を叩いたり、叱りつけたりする声にも、腹が立った。腹立ちまぎれに廊下に出て、

「こら。もっと静かにせんか。やかましいぞ」

と怒鳴ってやることもあったが、

「贅沢、言うな。戦争に負けやがって、何をぬかすか」

と正介が戦争の責任者にでもなったような反撃をくらっては、取りつく島もなかった。

そのうち正介はなれてきた。というよりも、もとからの住人とはいえ、今は彼女たちと同じ難民にすぎない正介は、生活のために白酒(パイチュウ)の行商などはじめて、昼はウチをあけるようになったからであった。その代り夜はウチにいた。黒時(こくじ)といって、日没から日の出まで、日本人の外出は禁止されていたので、夜はウチにいるよりほか、手がなかった。

秋が深くなり冬が迫るにつれ、正介は長い黒時をもてあました。十何年も前のことだから、そもそものきっかけは忘れたが、正介は半後家たちの室に遊びに行くようになった。

手ぶらで行ってもつまらないから、正介は商売用の白酒を持参した。そうして一杯やりながら、半後家たちと雑談をかわした。ろくな雑談でもないのは御想像のとおりであるが、そのろくでもない雑談が正介はもちろん、半後家たちの無聊をなぐさめる役にたったから、世の中は不思議なものである。

自慢するわけではないが、夕方、正介が行商から帰って電気焜炉で飯を炊いていると、

「小父ちゃん、ウチの母ちゃんが、小父ちゃんにあそびにおいでって。白酒を持ってね」

と子供が使いにきた。

使いが多すぎて困ることもあったが、そこは四十男の知恵をはたらかせて、なるべく公平を旨とするようにつとめた。事情によっては一晩のうちに二、三軒、ハシゴをすることもあった。

彼女たちの室には電燈がなかった。電球が払底して高値をよんでいた為であったが、彼女たちは一室に二世帯ずつ同居していたから、お互いに金は出したがらない傾向があった。かりに出し合うにしても、二世帯で等分にするか、或いは人数割にするか、そんな点がむずかしいものらしかった。

そのかわり彼女たちは油を買って、藺草（いぐさ）の燈心がわりに、木綿糸を代用にして灯をともした。そのかぼそい燈火の下で正介は一杯やるわけであったが、たとえばそれは銀座裏あたりのうす暗いバーで一杯やっているような錯覚をもたせるから、飲むにつれ、酔うにつれ、奥床しい気分がわいた。

奥床しいといえば、子供たちは正介が飲んでいるそばに端坐して、大人たちのろくでもない話に耳を傾けた。

「こら、お前たち、もう寝てしまえ。子供のくせに、いつまで起きてるんだい」

と母親が大きな音をひびかせて、子供の頭をなぐっても、

「だって小父さんの話、面白いんだもの」

と子供たちはしゃあしゃあしていた。

「何が面白いか。この小父さんに子供が面白がる話なんかできるか。さあ、ガキどもはねた、ねた」

母親たちは腐ったみたいな寝床に無理に子供をおし込むが、しばらくたつと、子供はきょとんとした顔でまた正介のそばに端坐しているという工合だった。

子供たちにはフンイキを愛する本能があったようである。父親が全然行方不明だから、正介のような代用品でも、父親がわりに男性の匂いがかぎたい本能も、子供は持っていたようである。

ところがナー公の母親の坂田直枝（仮名）は入居早々から病床にふせりがちで生彩がなかった。北満の同じM地区からの避難者の言によると、直枝は避難の途中、無蓋車の中で流産したので、かなり子宮をいためているらしいとのことであった。

或る夜正介は、直枝と同室の早川房江の招待で一杯やっていた時、もののはずみで率直に直枝にきいてみた。

「坂田さん、もう子宮はいいのかい。素人目でみても、大分顔色がよくなったように思われるが」

すると直枝が夜具の中から顔を出して言った。

「もういいよ。出血がほとんどなくなったから」

「赤ん坊は何ヵ月だったんだい」

「四ヵ月半だったね。ことしの四月十二日にできた子だから」

「四月十二日といえば、いい気候だなあ。しかしどうして、そんな日日（ひにち）まで、はっきりしているんだい」

「父ちゃんの兵営にわしが慰問に行ったんだよ」

「へえ、それで兵営の中でやったの……」

「まさか。ソトでしたよ。父ちゃんは男の子をほしがっていたのに、その男の子ができていたんだよ。赤ん坊にはちゃんと、オチンチンがついていたんだよ」

「それは残念なことをしたもんだなあ」

「うん、でも小父さん、わしは流産したおかげで、ロモーズ（ソ連兵のこと）にはやられなくってすんだんだよ。その点、父ちゃんが帰ってきた時、言訳はせんでもすむから、気のうちはラクだよ」

「それはそうだ。赤ん坊はまた、こしらえればできるからなあ」

正介がなぐさめてやると、直枝には後向きの位置で黙ってきいていた房江が、

「…………」

わにのような大口をあけて、呆れたような表情をした。それから片手を顔にあてがい、大げさな赤んべをしてみせた。その動作を面白がって、房江の子供と直枝の子供のナー公が一緒になって、赤んべをしてみせた。

断わっておくが難民宿舎では、不断なら下品と思われる言葉が堂々とつかわれていたのである。いや、女でももったいぶったお上品な言葉など使おうものなら、ぶん殴られるかも知れないようなフンイキが渦巻いていたのである。

タクシーは上野の山をくだって街に出た。街の四つ角を曲る時、ビルの横に十二夜か十三夜ぐらいの月がかかっているのが、ちらッと見えた。

「しかしナー公は、満洲のことはどのくらい覚えているのかなあ」

と正介は呟くように言った。

見ぬもの清しとか、知らぬが花とかいう諺が正介の頭をかすめたのである。五歳の幼児が記憶にのこしている以上のことを、いまさら教え込む必要はなかった。

「なんでも覚えていますわ」

とナー公が先手を打った。

「じゃあ、ナー公やわしが一緒にいた宿舎は何階建てだったか覚えている?」

「二階だったような気がするけれども」

とナー公が赤いカバンを胸にかかえるようにして言った。

本当は三階建てだったのである。

もっともナー公は三階にあがったことはあるまい。なぜなら、そのホテルは、三階には避難民はいれていなかった。はじめ正介は、その理由が分ったような分らないような気持だったが、冬がきて雪が降り積むようになったある日、その三階が女郎屋になったのであった。ホテルの主人は貸間代をかせぎ、ホテルの番頭が女郎屋の管理人になるという、かねてからの計画が実行されたのであった。出資者は別にあった。(もっとも主人は貸間代をかせぐことができなかった、という話をきいたのは、ずっと後のことであるが)

「木川さん、今晩、三階で女郎屋びらきをするから出席してくれね」

とある朝、管理人の金山が正介の部屋に招待にきた。正介はちょっとびっくりした。朝鮮人の金山は敗戦まぎわに正介と一緒に飯を食っていた時分、女郎屋の開業を夢みて、正介にもよくその話をしていたが、その後はそんな話題はおくびにもださなくなっていたからであった。

「うん、それは行くよ。いよいよ始めるのかね」

「いやあ。わしが始めるんではないが、わしはあれこれ雑用を頼まれたもんだから」

金山は言葉をにごした。

しかし正介は女郎屋びらきに出席する積極的な気持はなかった。が、敗戦直後本当は何処かへ出て行かなければならないところを、もとの宿泊人のなかではたった一人だけ、このホテルにおいてくれるようにしてくれたのは金山であった。二階では一番日当りのいい部屋から、ほかの室に転室しないですませてくれたのも、金山のおかげだった。義理のある男のいうことを、ムゲにははねつけられず、その晩は半後家たちの室に遊びに行くのも遠慮して、自室にこもって、ちびりちびりやっていると、

「木川さん、来いと言ったら来いよ。もうみんな飲んでいるんだぜ」

金山がスリッパの音も荒々しく迎えにきた。

正介は出席することにした。

二階から三階にあがるのに、時間はかからなかった。

「木川さん。あんたの好きなのがいたら、どれでもやっていい。今日は無礼講だ」

階段を半分ほど上った時、金山が正介の耳に口をつけて言った。

三階の一室にはいって行くと、金山が先刻いったように、すでに酒宴ははじまっていた。もとは宿泊用につかっていた黒檀まがいの四角な机が並べられて、制服を着た中国の巡査が三人、床柱を背負って坐っていた。

「警官さん、このひとは内地から一年ばかり前にやって来た木川さんという文士です」

と金山が自慢でもするように正介を紹介した。

正介はひやひやした。敗戦後は日本人は身分や年齢はもちろんのこと、できうれば名前までかくしておきたかったからである。そういう点は、ずっとこのホテルにいた正介は条件がわるかった。わずか二週間でも兵隊にひっぱられた経歴を、金山たちの記憶から抹消するわけにはいかなかった。

巡査の次に二人並んでいた土建屋風の男が、この女郎屋の出資者のようであったが、金山は表立って紹介はしなかった。

それから室の壁にはりついたみたいに並んでいる数人の女が、今日から女郎になることを決心した女のようであった。女たちは今時珍しい日本着物をきて、大きな帯を結んでいるのが、むしろ滑稽であった。借りて来た猫みたいに、爪の垢ほどのエロチシズムも匂わせないでかしこまっている図は、どこかの留置場の女部屋を思い出させた。

それにひきかえ、一番生き甲斐を感じているのは、新参のやりて婆であった。やりて婆は敗戦まではどこかの料理屋で女中奉公でもしていたものらしく、酒のつぎ方も、肉のとり方も、巡査のとりなし方もうまかった。

大分のんだ時、

「金山さん、わしはやりて婆が一等いい」

と率直な意見を述べると、

「駄目、駄目、あれにだけは、絶対に手をつけてくれるな」

と金山が言った。

それでは選挙管理委員会の言種ではないが、次善の人は誰かと物色すると、思いきり点をあまくしなければならないが、愛子という女郎が（あとになって知った名前だが）一等よさそうに思えた。

それで万が一という場合には、大体そういうことにすることに決めておいたのであるが、もう暫く宴がつづいて、女郎屋びらきももうここいらで終宴に近づいたような気がした時、つと立ち上った警部補巡査が、愛子の肩に手をかけて、意気揚々と別室にひき揚げて行ったのである。

「しまった」

と正介は思った。

やむなく正介は、次善のそのまた次善の女郎を大急ぎで物色した。しかしあまりに気が急きすぎて、敬子とも仁子（これも後になって知った名前だが）とも決しかねた。どちらがいいだろうかと思案している時、つと立ち上った巡査部長が、ひったくるように敬子を連れて別室に去った。

「そんならわしは仁子だ」

と正介が決心した時、もう一人の平巡査がつと立ち上って、仁子の腕をかかえて、別室に引きあげて行ったのである。

三人が三人とも、全部、とられた。とられてしまうと、正介はもう、あとに残った礼子や孝子や信子や義子（これも後になって知った名前だが）を選択する意欲を失ってしまった。自分がハボマイ、シコタンにでもなったような、うらがなしい気がして、やけくそ気味で二階にかけおり、ぐうぐう大鼾をかいて、寝てしまったのである。

ところがこの大鼾が思わぬ波紋をよんだ。二階の半後家どもは、正介がてっきり、三階で肉体を満悦させて来たように誤解したのであった。

正介が半後家の室にあそびに行くと、半後家たちはあぶらげの煮つけだとか、おからのカライリだとか、たまにはサービスしてくれたものであったが、そういうサービスを全然止めてしまったのである。

あぶらげやおからくらい、呉れなくても平気だったが、衣類が破れた時、ツギをあててくれないのには、ちょっと弱った。

「今日はあいにく糸をきらしていてね。急ぐんだったら、三階へ上って、きれいなおねえさんに頼んでみたら、どう?」

とはねつけた。

もっとも困ったことは、半後家たちは半後家たちの子供をかしてくれなくなったのである。

セリフは馬鹿の一つ覚えで、

「三階のおねえさんだって、子供は沢山持っとるよ。三階へ行って、おねえさんの子供を借りたらどう?」

と皮肉をいうのであった。

長春では捕虜狩りが間歇的に行われた。ソ連が中国巡査を手下に使って、日本人の男子を路上で拉致し、シベリヤ方面に持って行くのであった。

そういう場合、外出中、子供をつれていれば、子供まで捕虜にするわけにはいかないから、シベリヤ行きをまぬがれるのであった。

どこからともなく拉致警報がつたわると、日本男子は外出をひかえた。どうしても用事があるものは、女房を代りに外出させた。けれども女房子供が日本にいる正介は、銭を出してひとの子供を借りなければならなかった。貸す方はぼろい儲けの筈だが、そのぼろい儲けさえ犠牲にしても、なお正介をとっちめてやろうという半後家どもの意地悪だった。

閉口した正介は、坂田直枝に当ってみることにした。

坂田直枝はどちらかというと、宿舎では孤立した状態にあったからである。流産したあとの病気で、精神面もくらく、正介もほかの女たちほど交際がなかったが、当ってくだけることにした。

すべて交渉ごとには、ゆっくりと話をして相手を面倒がらせてウンと言わせる場合と、一分の隙もなくまくしたてて、つい相手をウンと言わせる場合と、二通りあるようだが、正介はその後者を択んだ。

坂田直枝の室の前まで行くと、直枝は廊下に出て焜炉に火をおこしているところだったが、

「早川さんは、いないよ。いま、買物に出たところだ」

と少し近視のある眼を細めて、先手をうっていった。青黒くて長い顔が不断よりも一層、長く見えた。口元はにこりともさせなかった。

「早川さんじゃないんだ。実は今日はあんたに用事があって来たんだ。きいてくれるかね。実はなあ、わしが白酒（パイチュウ）の行商をやっているのは、あんたも知っているだろう。ところが最近、競争者が激増して、ショウバイはあがったりの状態なんだ。わしがこの商売をはじめた頃は、この宿舎の中でも白酒屋といえばわしのところがただ一軒だったんだが、いまは三軒にも殖えて来たからなあ。それはまあ、自由競争の時代だから、わしの方が先だったなんて言ってみても、埒はあかんよ。そこは何といっても、商売は誠実主義でお客様本位に考えなくちゃいけないと思うんだ。あんたの主人は召集で出征するまで、会社ではどんな仕事をしていたの？」

「M炭鉱の技術屋さんだったよ」

坂田直枝は焜炉をぱたぱた扇ぎながら、かすかに微笑をうかべた。

「なるほど、理科系統なんだね。そういう人は概して誠実味があるんで、たとえシベリヤへ連れて行かれても、とても向うで優遇されるんだそうだ。そのかわり法文科系統の判事だとか検事だとかは、こっぴどくいじめられる率が多いそうだ。わしが満人からきいてきた話だ

から、間違いはないよ。ところでわしの商売のことだが、商売を誠実にやるためにはどうしても品物を吟味しなければならないんだ。それでわしは城内の一流店で一流品を仕入れてくることにしているんだが、このごろ街が物騒でなあ。わしは仕入れにも行けないでいるんだ。このままでは口が干上ってしまうから、明日あたりは勇気を出して行って見ようと思っているんだ。で、ついてはあんたに折入ってお願いがあるんだ。というのはつまり、あんたのところのナー公を、半日ばかりわしに貸して貰えないだろうか」

正介はここまでしゃべると、あとは直枝の返事を待つばかりだった。ポケットから煙草を出して、焜炉の火で火をつけると、

「いいよ。小父さんはショウバイ人だけあって、口がうまいなあ。まあ、中にお入りよ」

と直枝が真赤におこった焜炉を両手にかかえた。

「いや、わしは女が一人だけでいる時は、中には入らないことにしているんだ。ところであとでいざこざが起きるのはお互いに後味が悪いから、先にきめておいて貰いたいが、ナー公の借り賃はいくらにしてくれるかね」

「いくらって、そんなもの、わしは貰わないよ」

「そうはいかん。世の中には通念というものがあるからなあ。この宿舎ではだいたい子供半日の借り賃が米二升ということになっているんだが、あんたもそれでいいかね」

「うん、そんなら、それでいいよ」

坂田直枝は焜炉の火で手が焼けるのを防禦するかのように、半びらきになっていたドアを

足で蹴って、室の中にはいって行った。

棄てる鬼あれば助ける鬼あり、正介は翌日、ナー公をねんねこに負んぶして、一里の道を城内にでかけた。不断であるなら、一升瓶を八本から九本、肩にかついで行くのであったが、その日は欲を制して五本にとどめた。左手に二本、右手に三本、これが最高の持ち量であろうと判断したのである。

ところが両手に瓶をさげていると、正介はナー公の尻に手がかけられなかった。当然のことであるが、それがため、ナー公は正介の背中にぶらさがったみたいな恰好になるのであった。

はじめの間、正介は当然のことだと我慢していたが、だんだん癇癪がおきた。癇癪は立腹とは少しは違うけれども、結果は同じようなものだった。

「こら、ナー公、しっかりと小父ちゃんの肩につかまっとれ」

と正介はナー公を叱った。

するとナー公は、正介の肩につかまるが、三分間と続いて、つかまってはいなかった。

「ナー公、また離したじゃないか。ぎゅっとつかまっているんだ」

「ぎゅっとつかまっていなければ、満人の乞食のところへ置いて来ちゃうぞ」

「こら、ナー公、もっとぎゅっとつかまらんか。そう、そう、じっとそういう風にしているんだ。ナー公はえらいなあ。いまに城内に着いたら、おいしい饅頭（マントウ）をどっさり買ってやるぞ」

叱ったりおだてたり、正介はこんなひどい苦労をするより、一層のことシベリヤの捕虜になった方が、まだましではないかとさえ思われた。

それでも往きはまだよかったのである。帰りには瓶に白酒が入っているので、五本の瓶の目方は二貫五百匁位はあった。そいつを両手でさげて歩いていると、腕がちぎれて落ちそうであった。零下三十度の外気のなかで、正介の額からは黒い脂汗がコールタールのように流れた。こんな苦労をするより、道ばたの雪の中に頭を突っこんで、一層のこと死んでしまった方がましのように思われた。

いい気なもので、城内でたらふく支那饅頭を食って満腹したナー公は、帰りは殆ど、ねんねこ袢纏の中で、死んだみたいに眠りこけて、振っても揺すっても、目をさまそうとはしなかったのである。正介は背中にオシッコまでひっかけられた。

三階の女郎屋はかなりの繁昌ぶりをみせた。

お客は主としてソ連兵で、正介は二階の階段で、息をはずませて登楼してくるソ連兵に、金をとられたりした。自炊用の水くみに行く時、左手にはバケツ、右手には釣瓶（つるべ）を持っていたので、ポケットに手をつっこまれても、抵抗の仕様がなかった。一ぺんだけではなく、三べんもやられた。

ところがある夜、女郎屋びらき以来、実に久しぶりで三階へ上って行ったのには、理由があった。正介はその頃、白酒の行商を中断して、さつま揚げの行商にきりかえていたが、行商の成績はさっぱりで、売れ残りができて始末にこまっていたのである。売れ残りができると、小商売の経験のある人なら誰でも知っていようが、一口にいえば、元がとれないのであった。

　自分の室でやけ酒をのみながら、

「よっしゃ。三階へ行ってさばいてやれ。わしの銭を盗んだ兵隊が、女郎にいれあげた金なら、わしに戻って来ても、罪にはなるまい」

　とうまい所に正介は気がついた。でも半後家たちに見つかると、折角前の総スカンのほとぼりがさめかけている時、またどんな波紋が再発するか分ったものではなかった。警戒して正介は、金輪際、人目につかないように気をくばって、三階に上った。

「今晩は。今日はわしは行商にきたんだ。よかったら買ってくれ」

　正介は溜り部屋にはいって行くと、まっさきに意思表示をした。

溜り部屋にはストーブがかッかと燃えて、二階にくらべれば別世界のような暖かさだった。女郎たちは着物を着て帯を結んで椅子に腰かけてお客さんを待っていたが、返事はしなかった。

　正介は手持無沙汰をもてあました。ストーブに手をかざし、大馬鹿になったつもりで、壁にかかっている女郎の一覧表をぽかんと見ていた。中国の古典か貝原益軒の「益軒十訓」からでも取ったらしい修身のような源氏名が面白かった。これで飲み食いをする酒保があればもっと面白いのだが、女郎屋は酒保の方はすでに廃止していた。最初はつくっていたのであるが、ソ連兵は女郎屋にきて酒を飲んだりするのは、嫌いのようであった。

「小父さん、お茶はどう？」

と女郎の一人が手づかみではあるが、お茶を持ってきてくれた。面白いもので、それは正介が女郎屋びらきの晩、一番まっさきに目をつけた愛子であった。

「ありがとう。大分なれたらしいね。こうなったら思いきり陽気にやるんだね。じめじめしてはいかんよ」

と正介は長上めいたことを言った。

「それはそうと、きみは何という名前なんだい」

「あの成績表のおしまいから二番に書いてある愛子」

と愛子がてれたように言った。

「へえ、あれは成績順なのか。面白いことをするもんだなあ。そうすると、一番右のはしに書いてある礼子というのはだれだい」

「………」

「それから、その次の信子は？」

「………」

正介は退屈まぎれに女郎の名前を覚えることにした。しかし一ぺん愛子に言ってもらっただけでは、なかなか名前と顔が重なり合わなかった。

そのうち銃を肩にかけたソ連兵が続々とあらわれた。別室にいたやりて婆が出て来て、采配をふるった。やりて婆はロシヤ語も少々できるらしく、てきぱきと事を運んだ。正介は白酒の一升を三十円で売ることもあれば、六十円で売ることもあったが、どうやらあれと同じ商法のようであった。

　女郎屋の下男にでもなったような顔をして見学していると、正介は具体的新知識を得ることができた。なるほど中国の警部補巡査や正介が一番好きになる愛子のように愛嬌のある女でも、ソ連兵は見向きもしないのである。彼等は愛嬌はきらいらしく、背の高い大女子（おなご）を重点的にねらった。大きくさえあれば、ちんばでも目っかちでも、美人に思えるらしかった。

「愛ちゃん、わしは理由が分ったよ。きみたちは美人すぎるんだ。もう少し中国人がお客につくと、きみたちも、もっと威張れるんだがなあ」

　愛子と仁子が二人だけ売れ残っていた時、正介は言った。

「うん、そうなんだ。でも中国人もはじめは来てくれていたんだが、鉄砲をもったロモーズにおびえて、だんだん来なくなったんだ」

　と愛子が言った。

「でもわしはロモーズの方がすきだよ。中国人はいやにしつこいんだもの。風邪をひいちゃうよ。ねえ」

　と仁子が愛子に同感をもとめた。

　なるほどそういわれてみると、ソ連兵は事が早いらしかった。女郎たちは、客室に去ったかと思うと、あっという間に溜り部屋に戻ってきた。

　戻ってきた女郎は、正介が部屋の隅のテーブルの上においていた重箱のところに寄って、

「小父さん、このさつまあげ、一つなんぼ」

ときいたりしていたが、正介が壁の方を向いて原価で値段を答えると、「割合に安いじゃないか」「一つたべて見ようか」とささやいていたが、重箱の底にいくらも残っていないさつまあげは、いつの間にか売り切れになってしまった。

そういう時、販売人は素知らぬ顔をしているに限るのである。売れなくても平ッちゃらのような顔をしてそっぽを向いていると、ちゃんと向うで気をきかして、代金は重箱の中にいれてあるのであった。

しかし正介はさつまあげの商売は十日ばかりで打切りにした。収支決算がどうしてもマイナスになって引合わないからであったが、丁度その頃から坂田直枝も商売をはじめた。

直枝は敗戦直後、内地に帰るつもりで、貯金を全部おろしたりしていたので、ほかの半後家たちから幸運を羨ましがられていたが、月日がたって少々の持金などなくなってしまえば、却って持たなかったものの方が、強くなっているような時機であった。

おそまきながら、当時はすでに入手が困難になっていた机の引出しをどこからか見つけてきて、彼女は煙草や饅頭の商売をはじめたが、営業成績はかんばしくなかった。夜、正介が煙草を買いに行くと、直枝は煙草を買ってもらったお礼みたいに、

「小父さん、これ、おあがりよ」

と正介の前に饅頭を出したりした。

「きみ、これは商品なんだろう。商品を人にふるまってはいかんね」

正介はきびしく訓告した。

「だって売れ残りだから、仕様がないよ」

「それがいかん。たとえ売れ残りの腐ったものであろうと、知恵をはたらかして人に売りつけるんだ。そういう精神をやしないたまえ」

「だって、そんなことをしたら、神様が見ていらっしゃるじゃないか」

「バカをいうな。戦争に負けた難民に神様なんかついて居るものか。神様なんか当てにしていたら、飢え死にしちゃうぞ」

と正介はどなりつけた。

白状すると、正介はこうした処世訓は、朝鮮人の金山から教わったものであった。ずっと先、正介が白酒屋をはじめたばかりの頃、金山が白酒を買いにきてくれた時、正介がほんのちょっぴりオマケを添えてやると、金山は顔を真赤にして、正介をどなりつけたのであった。その金山の訓告の受け売りをしたのに過ぎなかったのであるが。

言葉がはげしすぎたと見えて、直枝は両の拳を顔にあてて泣きだした。色の青黒い三十女の泣面くらい、見ていられないものはなかった。

「よっしゃ。では、その箱こっちに出し給え。今日のところは、わしが始末をつけて来てやる。この饅頭、原価はいくらだい」

正介は机の引出しをひったくるようにして、廊下に出ると、三階への階段をのぼった。

そして女郎の溜り部屋へ行って、愛子からお茶をよばれ、暖かいストーブにあたって煙草をふかしながら、アホウのような顔をして天井など見ているうち、引出しの中の饅頭は全部、売切れになってしまったのである。

それから何日かして、ある晩、正介はナー公を借りてきた。故郷の日本を出てから、数えてみれば一年二カ月、ひとり寝ばかりつづけていた正介は、代用品といっては語弊があるが、コドモでもいいから一緒の蒲団にねてみたくなったのである。直枝に交渉すると快諾してくれたし、当人のナー公の方が母親以上によろこんだ。ただし借り賃は、捕虜狩り対策とは性質がちがうから、半額の米一升代ということで妥協が成り立った。

誰も時計など持っているものはない時だから、時間はわからなかったが、推定でいえば夜の九時頃、正介はナー公と枕を共にした。

寝物語に正介はアリババの物語をしてきかせた。物語が終ると、ナー公はもう一つとせがんだ。正介はもう一つ、舌切雀の話をしてやった。どうやらナー公は、物語そのものよりも、話のフンイキに魅力を覚えているかのようであった。

丁度真上の室でダンスをする靴音がきこえた。真上の室は土佐生れの信子の部屋で、今日はソ連の将校が来ているらしかった。共産国と自由国とをとわず、将校は暇があるから遊興時間が長く、金も出し渋りをせぬから、大女の信子がほくほくしている顔が、目に見えるようであった。

ダンスのステップを子守唄にしてナー公と正介は眠りにおちた。が、それからどの位時間がたった時であったろうか、ふと正介は枕もとに人の気配を感じた。熟睡している正介の鼻をぎゅっとつまんだものがあったのである。

「いたずらはよしてくれ。わしは睡いんだ」

侵入者からのがれるように、正介が蒲団の中に顔を埋めると、

「小父さんには悪いけれど、ナー公が寝小便をしはしないかと思うと、気になって仕様がないからやって来たんだよ。黙って入ってごめんなさいね」

と坂田直枝が言った。

「寝小便なんか気にしないでくれ。借りてきた子供は、わしが全責任をもつ」

と正介は蒲団の中から怒鳴った。少々怒鳴っても満洲の壁は厚くできているから、隣室にきこえる心配はなかった。

すると坂田直枝は沈黙した。闇のなかで怒鳴られて、どんな顔をしているかはわからなかったが、しばらくすると、それほどこたえた様子もなく、

「小父さんは、いい蒲団にねているんだねえ。わしもM街にこんないい蒲団を何枚もおき去りにして来たんだけど、今ごろは誰があの蒲団の中でねているのかなあ」

「…………」

「ねえ小父さん」

とひとりごとのように言った。

「わしにもちょっとこんないい蒲団の中に入れさせておくれよ。ほんのちょっとでいいから」

「…………」

坂田直枝は正介が承諾もしないのに、するすると蒲団の中にすべり込んだ。

しばらく身をこごめるようにしてじっとしていたが、正介が無意識に彼女の項(うなじ)に手をかけたとき、直枝の足先が正介の足にさわった。瞬間、ぴくっとしたような衝撃が正介の全身に伝わった。久しく忘却していた本能がもくもくと頭をもたげた。正介は直枝のモンペの結び目をとくのに骨が折れた。

本能の遂行中、ちょっと休憩があった時、直枝は正介の耳に口をあてて、ささやいた。

「生れてはじめてのようだわ。でも、小父さんの奥さんにすまんなあ」

正介が無言で直枝の尻をつねってやると、直枝はつづけた。

「うちのトウちゃんはもう死んだらしいわ。一昨日と昨日と今晩、三晩もつづけて夢枕に立ったんだもの。きっと本当に死んだと思うわ」

用事がすむと直枝は自室にひきあげて行った。そして同室の早川房江の寝息をうかがい、忍び足で自分の寝床にもぐり込んだであろうと思われた時、

「小父ちゃん、おしっこ」

とナー公が目をさました。

「うん、よし。いま、小父ちゃんが電燈(でんき)をつけてやるからね。こぼすんじゃないよ」

と正介が起きあがって電燈をひねると、直枝が置き忘れて行った紫色の足袋の、片足が目についた。正介はあわてて蒲団の下にかくした。

寒い廊下を正介はナー公の肩を半分抱きかかえるようにして便所に行った。正介は何となくたのしかった。ナー公も正介に便所につれて行ってもらうのが、たのしそうであった。が、ナー公を女便所にいれ、あけたままの戸口の外に立って、正介が待っていると、

「ねえ、小父ちゃん」

とナー公が中からあまえ声でよんだ。

「なんだい」

「すまんなあ。でも、そこにいてね」

「いてやるよ。へへえ。ナー公はウンコもしてるのか」

「うん」

「紙はあるのかい?」

「ない。小父ちゃん、向うへ行って、持って来て」

「持って来なくても、ここにあるよ。ほら」

うすくらがりの中に手をつっこんで、ちり紙をわたすと、

「スパシーバ(ありがとう・ロシヤ語)。この紙、まっ白だねえ、……まッちろちろけの、チンチロリン、チンチロリン」

とナー公がはしゃいだ。

「ふざけなくてもいい。さッさとウンコをせんか」

「してるよ。ねえ、小父ちゃん。小父ちゃんにも、オクさんがいるの?」

「そりゃあ、いるさ。だけど、遠い、遠い、遠いところにいるんだ」

「ふーん。おもちろいんだねえ。だから小父ちゃんは、オクさんにすまんの？」

とどこかで聞いたみたいな口をきいたので、正介はひやっとしたのであった。


タクシーが新宿に着いた。

新宿には行きつけの店が数軒あったが、正介は今日は見知らぬ酒場で飲みたかった。行きつけの店では、どうしても顔見知りに出あうから、ナー公と二人きりで、しみじみとした話ができなくなるおそれがあったからである。何年ぶりかでむかし東海横丁といった通りを歩いて、その次あたりの路地のなかに正介は、とある焼鳥屋を見つけた。大衆焼鳥屋で、店いっぱいに煙がもうもうとたちこめているのが、景気がよかった。土間にしっくいがかけてなく、生土（なまつち）のままであるのが、何となく満洲気分をそそった。

焼鳥屋の木の腰掛に腰をおろし、ビールをのみながら、

「ナー公の名前は何というんだったかな」

と正介はきいた。

「布目、那子（な）です。ナの那は、はじめお父さんが満洲の満をとって満子とつけたんだそうですけれど、お母さんが反対して、支那の那にかえたんだそうです」

とナー公が言った。

「そりゃ、わしも、満子よりも那子の方がいいと思うね」

と正介が言った。

「でもなんだか支那の子供みたい。あんまりはっきりしすぎていると思うわ」

「そんなことはないよ。明治大正時代ならともかく、昭和三十年代の今日、那の字を見て支那の那を連想するものはないよ。いまは中国というんだもの」

正介はなるべく当り触りのないことだけ喋ろうと思った。酒に酔って、余計なことを口走るのは、警戒しなければならなかった。思春期の女の子が、これから長い一生、気にするようなことに触れてはならなかった。

「でも小父さん、引揚者って、なんとなく、うらがなしいわね。小父さんは、時々、そんな気がすることはない？」

とナー公が言った。

「ないね。わしは何でも忘れることにしているんだ。だから、ほんとを言えば、ナー公の名前も顔も忘れていたんだ」

「だって、それは、あたしが小さい子供だったんだから、当然だと思うわ。小父さん、ナー公もビールいただいてもいい？」

とナー公が言った。

「のめれば、のむさ」

正介はナー公のコップにビールをついでやり、

「ナー公はあの満洲の宿舎で一緒にいた人と、引揚げて来てから、誰かにあったことがあるかい」

ときいた。

「一人もないんです。みんなちりぢりばらばら。どうしてかしら」

「実はわしもないんだ。それで思い出したがね、あの引揚船が佐世保に着いて上陸した時、団長さんが金を集めたんだ。大陸で共に苦労をしたわれわれも、ようやくなつかしの母国に帰り着くことができたからには、将来とも連絡を緊密にたもって再起の一助にしたいものだ、なんて演説をぶってね。団員名簿を作ってあとで郵送すると約束しておきながら、名簿は来ずじまいだったよ。恐らくナー公のところにも来なかったろう」

「来なかったと思うわ。その団長さん、何ていうひと？」

「さあ、何といったかなあ。それも名前は忘れたが、鼻の下にヒゲをはやしていたね。恐らく初めから詐欺をするつもりではなかったろうが、郷里へ帰った途端、急に気が変ったんだろうよ。人間は時に気がかわることがあるもんなあ」

「まあ、あんな暢気（のんき）なことを言って。でもナー公は、小父さんが昔から暢気だったから、すきになったんだと思うわ。小父さんにおんぶされて、どこかにぎやかな街に連れて行ってもらったこと、ナー公は今でもようく覚えていてよ」

「あれは城内というところだったんだ。街の商店に赤い布が沢山ぶらさがっていたの、覚えている？」

「そんなの覚えてないけれども。何だか赤い火がもえていたのは覚えている」

「ああ、あれは中国の料理店だよ。中国の料理店には大きな竈が土間のまん中に据えてあるからなあ。小父さんがくたびれ休みに一杯やりながら、ナー公に煙草の火をつけさせにやったんだよ。あの頃はマッチが不自由な時代だったからなあ。こう紙ぎれを長くして、竈の火でつけて、その紙の火から煙草の火をつけるんだ。何べんも君にやらせたから覚えているんだよ。そのほかに、どんなことをナー公は覚えている?」

「小父さんが、うちのお母さんをうんと叱ったことがあるでしょ。何だか知らないけれど、うち、怖かったなあ」

「話はちがうが、きみの言葉には関西弁がはいるなあ」

「ええ、あたし、姫路で育ったんです。お母さんがなくなって、姫路の伯父さんのところへ引取られて行ったんです。伯父さんって、父の兄だけど、その伯父さんは姫路の製鉄所に今でもつとめているんです」

「学資もそこから送ってもらっているの」

「はい、そうです」

ナー公は神妙に姿勢をただした。両親のない子の姿勢であった。

「ところで話はさっきに戻るが、わしがお母さんを叱ったのはわしも覚えているが、あれはお母さんがあの時分やっていた小商売の商品をゾンザイにしたから、わしが男役に訓戒してやったんだよ。決して腹をたてたりしたんじゃないんだ」

「おぼろげながら、わかっています」

「そう、神妙にならんでくれ。さ、もう一杯のめ。それよりも、ナー公、わしはきみにうんこをさしてやったことがあるんだよ。覚えているかい」

大分酔いが廻ってきた正介が、つい口をすべらすと、

「あら、いやだ」

ナー公は顔をまっかにして、両手で顔をかくした。

それから暫くしてナー公は酔ってきた。やはり飲みつけない酒をのんだもののようであった。そしてその酔いっぷりは、たった一度きりではあったが、母と正介との肉体関係を、カンで知っているもののようであった。

正介のすすめでしばらくテーブルの上にうつぶせになって、酔いをさましていたナー公が、ふと首をもちあげると、

「ねえ、小父さん、十何年ぶりで逢えた記念に、あたしを負んぶしてくれない」

と色気をふくんだ目つきで言った。いまのいままで、ナー公にそんな色気があるとは思わなかった。

「うん、負んぶする位、わけのないことだが、女子大生ではこちらが気がひけるなあ」

正介がしりごみすると、

「あたし、四十キロしかないのよ。体重は、まだ子供だわ」

「四十キロといえば、十貫あまりだね。よし、そんなら小父さんが負んぶしてみてやる」

正介は威勢よく洋服の上衣をぬいで、立ち上り、ナー公に背中をむけると、ナー公が飛ぶ

ように正介の背中にのっかった。

　正介は彼女の二本の足を脇腹にかかえた。そうして両手を彼女のお尻に添えて二、三歩歩いた。歩いてみると、ナー公は軽かった。十何年前、城内の行き帰りに、死ぬるような思いで、ナー公を負んぶしていた時の苦労にくらべれば、月とすっぽんのような違いであった。

「もう、いいわ、小父さん」

　とナー公が背中から言った。

「うん、でも、負んぶついでということもあらあ」

　かなり酔っていた正介は面白くなって、客席の間を縫うように、距離にして七間か八間歩いた時だった。

「すけべえ爺、もういいかげんにしないか。ここの、この、大衆酒場を何だと心得ているのか」

　土間の一隅から一人の学生が立ち上って叫んだ。さっきから、わあわあ騒ぎながらのんでいた、今ではあまり見かけない、紋付羽織姿の学生であった。どこかの大学の柔道部か剣道部に籍をおく選手なのかも知れなかった。

　正介がしまったと思った時、ナー公が正介の背中からとびおりて叫んだ。

「誰がすけべえ爺か。もっとはっきり言うてみ。人間にはそれぞれ個人の事情というものがあるんだ。人の事情も知らないくせに、勝手なことをほざくな」

　数十人の飲み客が総立ちになった。

その中でナー公は、きりっとした顔を学生の方にむけて睨みつけ、微動もしなかった。

学生の中の二人が小走りに、ナー公に近づいてくると、

「きみ、かんべんしてやってくれ。あいつは今日は泥酔しているんだ。ぼくらが、代ってこの通り深くあやまる」

二人とも帽子をとってナー公にお辞儀をしたので、事は円満におさまった。しかしそばにいた正介は、もしこの世の中に引揚者精神というものがあるとすれば、それをいまこの目で見たような思いだった。

焼鳥屋を出ると、正介は都電通りまでナー公を送って、タクシーをとめた。タクシーのフロントガラスにとりつけたワイパーが、カッタンコットン動いていたので、雨がふっているのにはじめて気づいた。

扉があいて、ナー公が座席に納まると、

「ナー公、今日は見事だったなあ。わしはきみを見あげたぞ。しかし寮の門限は大丈夫かい」

「うん、大丈夫。今日はうれしい日だったわ。小父さん、また図書館であいましょうね」

「うん、気がむいた時には、また出かけるよ」

「そしてあの苦いお茶、じゃあない、あの不味(まず)いコーヒーを一緒にのみましょうね」

二人が別れの挨拶をした時、タクシーが動きだした。

正介は雨にぬれながら、都電通りの舗道をあるいた。そしてある銀行の前まで来た時、銀

行横のさびしい場所から、傘をさした若い女がでてきて、

「旦那、お茶でものみません？　ね、いいでしょ」

と正介を誘った。正介はちょっとたちどまったが、

「お茶はもうのんだよ。上野で」

と割合ていねいに答えると、さっさと歩き出した。その色の白い女は、いつか正介につげのハンコをくれた女にちょっと似ていたが、十何年も前のあの女が、まだそんなに若くている筈がなかった。

正介は雨にぬれながら新宿駅の方へ急いだ。


（一九六二年八月　新潮）

川風

仕事ができないので、やけくそ気味で週刊誌をめくっていたら、女優某野某子が、

「わたし、へんな癖があるんです。男の方を見るのに、いちばん初めに背中を見ちゃうんです。どういうわけだかわからないんですけれど」

と座談会でしゃべっているのが目にとまった。

「かなり変ってますね」と相手をしているのは司会役のある漫画家であった。

「やっぱり男の方って、背中に魅力があるような気がするんです。わりと背中はお留守になっているでしょ」

私は虚をつかれたような気がした。

私も戦後、女の裸を見る機会が多くなった。ストリップとかいうものも、二、三回見た。もっともそれがみんなロハであったのは恐縮であるが、雑誌類にでるグラビヤ写真や、その他いろんなところでみた印象で、日本の女子は膝から腰にかけて欠陥があるように見受けられた。私の新発見というわけにはいくまいが、女の裸を見る機会にめぐまれなかった私は実

感としてそう受けとった。

そもそも日本の女性がズロース（婦人用のパンツ）をはきだしたのは大正十二年の関東大震災の頃からのことで、最初は東京の女学生がはきだしたのがはじまりではなかったであろうか。詳細に女学校めぐりでもして調査すれば、博士論文とまでは行かなくとも、家庭科の卒論くらいにはなるかも知れない。

「ええ、ええ、その時は大へんだったんです。学校の至上命令ではくことになったんですが、わたしの家は旧弊でございましょう。私が家に帰って、ズロースを買ってくださいと母親にたのんだところ、母親が泡を食って父親に注進に及んだんでございますよ。そうしたところ、父親がカンカンにおこって、女のくせに猿股をはくとは何事か、そんな不埒な真似をする奴は今後はわしの娘とは思わないから、隅田川にでも連れて行って投げ込んでしまえと大憤慨だったんでございますよ」

六十年輩の婦人をインタビューすれば、こういった種類のエピソードはたちどころに、五つや六つ集まるのではあるまいか。

しかし大勢（たいせい）はいかんともしがたく、ズロースは大正デモクラシーと肩を並べて発達した。それがため女子の体格はいちじるしく向上した。姿勢はよくなり、足はのびた。同時代に生きるものとして、うれしい現象であると私は思っていたが、戦後まだ女の臑（すね）から腰にかけて多少の欠陥がのこっているのを発見した時、かなりの打撃であった。

やはり畳の生活が女の腿（もも）の発達を阻害しているのであろうことはおよその推察がつくけれ

ども、それを私が、今の今、どうのこうのしようと思っても、手のとどくことではなかった。よく発達した日本の女性の腿が見られるのは、二十年も三十年も先のことかも知れないと思うと、私はうらさびしい気がした。

「おい、洋服をだしてくれ」

と私は茶の間に行って、老妻に言った。

「はい。どこへいらっしゃるんですか」

と老妻が言った。

「ちょっと散歩してくるんだ。ぶらりと両国あたりまで行って来る」

と私は言った。

その週刊誌の紹介欄に某野某子の住居は、両国何丁目かにあると出ていたからであった。もっとも直接訪問しようというのではなく、なんとなくその方面へ行ってみたくなったまでのことである。

「あら、わかったわ。相撲を見にいらっしゃるんでしょう。だったらわたしも一緒に行きたいなあ」

「いや、相撲ではないよ」

「なんだかあやしいわ。でもあなた、相撲はいまは両国ではなく、蔵前（くらまえ）なんですからね。間違えてベソなんぞおかきにならないようになさいませ」

「そんなことは百も承知だ。だから相撲見物に行くんではないと言っているんだ」

郊外の住居から国電の駅まで出て、私はキップを買った。

「浅草橋一枚」

窓口で駅員に声をかけると、

「七十円」

と駅員が言った。

百円玉を出したら、三十円釣りをくれた。私はその釣りをバラでポケットに入れながら、七三桂という将棋言葉を連想した。

将棋をさす人なら誰でも知っていることだが、桂という駒はなかなか油断がならないのである。義経の八艘とびではないが、実に妙なとび方をするからである。盤の左の方でいえば、ちょんちょんと七七から六五へ飛び出し、敵の七三の隙をねらう鬼殺しという戦法など、やる方は極めて痛快だが、ひっかかった方はきゃッと叫んだ時はもう、王手飛車の奇襲をくらっていて一溜りもないのである。

電車は割合にすいていた。前にBGみたいなのが三人のっていて、その三人が三人とも、膝小僧をまるだしにしていた。

私はゆっくりその膝小僧を観察することにした。近年、女性のスカートは短くなる一方で、膝上二寸というのはざらである。この勢いで行けば三寸になり五寸になり、しまいには腿のつけねまで出すのではないかと危ぶまれた。それではさらでだに貧弱な日本女性の腿がむきだしになって、見ちゃアいられない光景が出現するのではないかと、私はひそかに気をもんでいた。

ところがつい先日の新聞に、流行の本場パリでは、今年の冬あたりからスカートは長くなる傾向にあると出た。そうなるとパリの流行はすぐ東京にもやってくるから、女の膝小僧をみておくのも、今秋あたりが最後になるかも知れなかった。また何年かたつと、元に戻るのは流行の通則であるが、それまで私が生きているかどうか、誰も保証してくれるものはなかった。

二律背反というのかも知れないが、そう思って見ていると、女の膝小僧はなかなか面白い存在であった。あそこはさすがの女性も顔のように念入にみがきをかけたりしないらしく、生のままの姿がでているように思われた。漫画風に一筆あそこへ墨を入れてやりたいような気が、私はした。いや、墨はいれなくても、見ていると、そこには目のようなものもあり、鼻のようなものもあり、口のようなものもあり、つまり膝小僧には各人別様の個性があるように思われた。

一番左にいる女の子の膝小僧は、何となく炭屋の丁稚小僧を連想させた。説明するのはむずかしいが、いつだって鼻の下に炭の粉をくっつけて、そのくせ何時もにこにこしているような感じだった。その次にいる二番目の子の膝小僧は、いつも私の所へ豆腐をうりにくる、豆腐屋の小僧の顔を連想させた。いくらか焦げすぎた黒いあぶらげのような感じだった。その次に腰かけている三番目の女の子の膝小僧は、今年の三月埼玉県の中学校を卒業して石神井郵便局に就職して、練馬の大根畑の中を自転車で駆け廻っている、郵便配達夫の顔を連想させた。

要約して言えば、女の膝小僧は若い労働者に似ていた。そうだ、だからあそこを膝小僧というのだ、昔のひとはうまいことを言ったものだ、と私がつくづく感心している時、

「やあ、どうも、しばらく」

と肩幅の広い一人の四十男が私の前に立ちふさがった。しかし私はその肩幅の広いその四十男が誰であるか、咄嗟には思い出せなかった。

「どうかね、足はまだ治らないかね、杖などついて」

と男は私が手にしているステッキを見ながら横柄な口調で言った。

「いや、これは杖ではなくてステッキなんだ」

と私は弁解した。

それで思い出すことができたが、その四十男は一昨年私が足の骨を折って病院に入院した時、同じ病院にいた腰椎ヘルニヤ患者であった。入院はその男の方がずっと早く、私が入院した時には、もう一年半以上も入院していて、病院の主(ぬし)のような存在であった。

オートバイにはねとばされ、救急車で病院にかつぎこまれて、私がうんうん唸っていると、医者でもないのに様子を見にきて、

「まあ、その怪我では、二カ月はかかるね」

とその男が言った。

「でもお医者さんは、二十日位で退院できると言ったんだが」

と私が言い返すと、

「それは医者の気やすめというもんだ。絶対に二カ月はかかるね」

とその男が言った。

恐喝的なことをいう男だとむかむかしたが、結果はその男の言ったとおりになって、私はまる二カ月入院生活を共にしたのである。

「ほう。杖とステッキは違うのかね。そういうことを言うようでは、あんたもまだ足が治りきっていないね」

と男が睨むような眼つきで言った。

「いや、そりゃまだ少しは痛むがね。これは杖ではなく、本当にステッキなんだ。これがなくてもわしは十分歩けるよ」

と私はステッキに拘泥した。

「銀線（22A鋼）はもう抜いたのかね」

「ああ、ぬいたよ。ほんとうは一年目に抜かなければならなかったんだが、十カ月ばかりのびて、あれはいつだったかなあ、今年の四月ごろに抜いたよ」

「こんどの入院は短くてすんだろう。でも十日ぐらいはかかった？」

「なに、そんなにかかるものか。四日ですんだよ」

「でも、そのあと、外来には相当かよったんだろう」

「いや、二回通っただけだ。そうそう、病院にばかり通ってはいられないからね。わしは通い出すと、通うのが面白くなる性分だから、二回でうち切ったんだ」

「で、銀線を抜いた時、あんたはその銀線を見た？」

「みたとも。ぴかぴか光っていたよ。さすがは一万円もする金属だけあってすげえもんだったよ。わしは所有欲がおきて、先生にたのんでゆずり受けようと思っていたが、つい失敗しちゃったよ」

「失敗って、どうして」

「退院する時に言おうと思っていたんだが、わしが退院する前に先生がほかの患者の骨の中にいれちゃったんだよ」

「へえ、あの銀線というのは、何度でもつかうのかね。美鈴病院も渋いことをやるもんだなあ」

「うん、渋いよ。しかし女房と畳は新しいほどいいと言うが、あの銀線というやつは、古いほど価値があるんだって」

「まさか、葡萄酒じゃあるまい」

「いや、本当にそうなんだ。何故かと言えば、あの22A鋼という金属も、しょせんは人間の製造したもんだから、中には錆びるやつがあるんだそうだ。錆びる奴を骨の中に入れては、入れた方も入れられた方も災難だからなあ」

「で、こんどあんたのお古をいれてもらったのは、男？　それとも女？」

「残念ながら野郎だ」

「その野郎に逢った？」

「逢わずじまいだ。何しろ今度の入院は、わしは大部屋に入ったんでね。実を言うと、その大部屋に入る時、あんたがまだいてくれたらいいなあと思って入ったんだが、いなかったので、わしはちょっとがっかりしたよ」

「おい、おい、冗談を言わないでくれ。いくらわしが病院ずきでも、そんなにだらだらとはいられないよ」

「しかしあんたは全部でどのくらいいたの？」

「二年と三カ月だ」

「それで、脊椎の方はもうすっかりよくなったの？」

「いや、まだすっかりとまでは行かないがね。しかしまあ、あわてないで、ゆっくりと静養するつもりでいるんだ」

「そうそう、それが一等いいよ。ぼつぼつやれば田もにごるというからなあ」

電車が御茶ノ水についたので私は下車した。下車するとき、前の席に目をやったが、三人のBGはすでに、三人とも姿が見えなかった。

総武線にのりかえ、浅草橋で下車すると、私は左の方へあるいた。左に行くとたしか蔵前の国技館がある筈だった。でも確かなことは知らないので、念のために途中の煙草屋できいてみると、果して私の思った通りであった。

何となくゲンがいいような気がした。それで有名力士などの名前を書いた幟が林立してい

る館の前のキップ売場へ行って、

「まだ入れるかね」

と打診してみると、

「はいれる」

と大男が答えた。力士は大男だとは知っていたが、キップ売りまで大男だとは、私は知らなかった。

たっつけ袴とかいうものをはいた若者に案内されて、二階にあがると、私の席は二階の一番後部だった。

土俵上では十両がとっているところだった。まず若杉山が麒麟児をよりきりで敗かした。次に栃王山が新岐山をよりきりで敗かした。その次が岡ノ山と大緑の一戦であった。私は岡ノ山のファンであった。もともと相撲の技術のことはわからないが、岡ノ山が私と同郷出身であるからであった。

私の郷里は力士の出ないところで、常の花以来何十年ぶりかで二、三年前ひょっこりこの岡ノ山がでてきた。

私は何となくよろこんでいたところ、十両から幕内にあがる瀬戸際みたいなところで、岡ノ山は足の骨を折って足ぶみしてしまった。それでもどうにか幕内にあがるのはあがったが、たった二場所つとめただけで、また十両におっこちた。

行司のかけ声が終ると、西の検査役の隣に坐っていた岡ノ山が土俵にあがって四股をふんだ。椅子から乗り出すようにして私はその有様を凝視した。が、四股をふむ時、まだ片一方の足をかばうようにしているのが見えた。塩をつかみに行く時も、ほんの少しではあるが、ちんばをひいているのが見えた。

三分がすぎて岡ノ山は立ち上った。が、突進力はなかった。それでも上背にものを言わせて、大緑を向うへ押し出そうとしたが、大緑はうまくこらえた。こらえると大緑が反撃に出て、岡ノ山の足を蹴とばそうとした。悪い足を蹴るとは卑怯ではないかと私はムッとした。が、岡ノ山は蹴られる足を横にふんばって、大緑を向うへ押して行った。しかし大緑は土俵際でよくこらえて、岡ノ山を打っちゃろうとした。が、その時岡ノ山が最後の馬力をかけて、大緑を向うへ寄りきって、やっと勝ちがきまった。

私は思わず、

「オカノヤーマ」

と大声を出して、パチパチ手を叩いた。が、気がついてみると、パチパチ手を叩いたのは、広い館内で私一人だけであった。近くにいた七、八人の客が振り返って私の顔をみた。その顔が、なあんだ、十両どころで手を叩くなんて、ツウではないぞ、と言っているかのようであった。

私は照れかくしに、ポケットから持参の磁石を出してながめた。するとこの国技館の土俵の上に東とかいてある方が私の磁石では西であった。西と書いてある方が東であった。

途中で退屈して逃げ出そうという気がおきたが、とにかく頑張って、私は相撲を最後までみた。結びの一番が終って、弓取がすんでも私はすぐには席を立たなかった。どうせ最後まで見物したからには、一番最後に館を出てやろうと思った。

最後に館を出ると、私は売店で買った甘栗の赤い紙袋をさげて蔵前橋をわたった。戦後、隅田川を向うへ越すのははじめてのことであった。戦後の十七年があまりに早く過ぎたように思えた。橋の袂にある水上バスの発着所に水上バスが着いて、国技館から出て来たお客を満載していた。数年前、私は老妻と銀婚記念にはせめて温泉とまではいかなくとも、この水上バスに乗ってみようかと約束したことがあった。しかしまだ実行はしていなかった。それなのにもう来年あたりは、象牙婚記念がやって来そうであった。

蔵前橋のまんなかあたりまで歩いた時、橋の突当りの向うから大きな月がのぼった。新聞でみていたから知っていたが、今日は仲秋の明月であった。橋の向うの家並はひくく、ひろびろとして、何となく下総の葛飾(かつしか)あたりから上っているような感じだった。

橋をわたりきると、私は石の段々を右に下りて、川に沿ってあるいた。もっともコンクリートの塀のような土手が邪魔をして、川の中はよく見えなかった。

残念な気がしていると、コンクリートの塀のようなものの間に、水上バスの発着所が見えた。こんな所にも発着所があるのなら、せめてここまででも、水上バスに乗ってくればよかったというような気がした。

それからしばらく歩くと、私は両国駅をみつけた。

「おや、両国駅はまだあったのか」

と私は思った。どうも迂闊な話であるが、私は両国駅はずっと以前何かの都合で取り払いになったように思いこんでいたのだ。万世橋駅と混同していたのかもしれなかった。国技館が両国になくなったから、駅までなくなったと思いこんでいたのかも知れなかった。

駅の近くの焼鳥屋に私ははいった。店の前の立看板にビール一本百三十円と書いてあるのを見つけたからであった。かなり大きな焼鳥屋で、四、五十人の先客があった。男の客ばかりで女の客は一人もいなかった。畳席に二人、ざんぎり頭のお相撲さんが一杯やっているのが、いかにも両国らしい風景であった。

私はまずさらし鯨を注文した。ずっと昔は両国あたりまで、鯨がのぼってきたという話を思い出したからであった。

さらし鯨で一杯やりながら壁に目をやると、焼鳥の解説表がでていた。

たん（舌）
れば（肝臓）
はつ（心臓）
なんこつ（咽喉骨）
こぶくろ（子宮）
がつ（胃）
かしら（頭肉）
しろ（大腸）

こういう見出しがついて、その下に人間がたべたあと、人間のスタミナがどう変化するか、何は何によく効くか、というようなことが詳細に説明してあった。

私はたんとはつとがつを取り、ビールを三本のんで店を出た。出る時、後ろの畳席にいたお相撲さんはどうしているかと、ふり返ってみたが、二人のざんぎり頭はもういなかった。明日の一戦にそなえて、早く帰ったものらしかった。

都電通りに出て、両国橋にかかると涼しい風がふきだした。蔵前橋の上も涼しかったが、この橋の上も蔵前橋にひけは取らなかった。

橋を三分の一ほど渡った時、私は橋の欄干にもたれて、月見をしている一人の女をみつけた。

すると私も月見がしたくなって、女から一間（けん）ばかりはなれた所に行って、月見をはじめた。葛飾の方から出た月は、どこをうろついたのか、いまいるところは、水天宮の上か兜町の上あたりのようであった。

しかし月見を一人でするのは何となく間がぬけていた。幸いなことに、酒が入っていた私は、気持もそぞろになっていたので、

「いい月ですなあ」

と一間はなれたところにいる女に声をかけてみた。しかし見知らぬ女に声をかけるのは、この年になってもなかなか上手にはやれなかった。

「はあ？」

とけげんな顔をして女がこちらをふりむいた。

「いい月ですなあ」

と私はもう一ぺん言った。

「はあ？ なんですって」

と女があるいて私の方に近よった。

年は二十六、七、丸顔の形はいいが、色が少し黒いのではないかというような感じがした。が、そう感じた時、私は女がヘソをまる出しにしているのが見えた。スカートが短いのではなく、ブラウスが短かすぎたもののようであった。それはつまり、わざとそうしているのではなく、何か経済的なものがからんでいるように思われた。

「お月さまがいいですなあと言ったんです。それはともかくとして、変なことをおたずねしますが、あなたはこの近くのひとですか」

と私はなるべくヘソを見ないようにして言った。

「ええ、つい、そこの先です」

と女が元の国技館の方へ顔をむけて言った。

「それでしたら、あなたは、某野某子という女優さんの家をご存じでしょう」

と私は言った。

「ええ、知っています」

と女が言った。何か自慢げな口吻だった。私は何か少しあわてた。いくら話のついでとはいえ、言わないでもいいことを口にしたような気がした。

「小父さんは、これから某子さんの家を、たずねていらっしゃるんですか」

はたして女が積極的になった。

「それでしたら、わたし、ご案内してあげてもいいんですよ。夜分ですと、道が複雑ですからわかりにくいかもしれません」

「いや、ご親切はありがたいが、この白髪のじじいが、若い女優さんをたずねて行くなんて、ちゃんちゃらおかしくって……」

「いいですよ、かまいませんよ。家にいれば、サインぐらいしてくれますよ」

「いや、いや、ほんとにいいんです。実はぼくはサインがほしいほど彼女の熱烈なファンではないんですから」

私は断わるのに骨が折れた。

しかしこうした押問答は、二人の気持を何となく接近させた。女は自動車の運転手の女房で、東両国何丁目かの荒物屋の二階に間借りしているが、今日は何とか鉄工所の門衛をしている将棋ガタキが訪ねて来て、昼頃からずっと将棋をさしつづけているということであった。

「で、あなたの旦那さんたちは、将棋をやる時には賭けるんですか」

「ええ、かけるんです。はじめは一番が百円なんですけれど、段々とせり上って二百円にも三百円にもなるんです」

「ははあ、なるほど。そんなに尻上りにせり上っては、敗けると大変ですねえ。もっとも勝つとすごいでしょうけれど」

「ところが、うちの亭主、今日は敗けてばかりいるんです。明日は両国はお祭りだというのに、女房の身ともなれば気が気ではありませんよ」

「ごもっともです。しかしあなたも気が気ではないでしょうが、当の旦那さんも気が気ではないでしょうね。勝負というやつは、敗けはじめると際限がないもんですからね。そういう時に、ひょいとインスピレーションのようなものがわいて、七七桂、六五桂というような奇手がでると、そこからまた立直ることもあるんですが」

「はア？」

女がせきこんで私の顔をのぞいた。

「いや、ちょっと思いついたことを言っただけのことですが、ご亭主が敗勢に陥った時、女房までが力みかえると、かえって逆効果を生じることが、ちょいちょいありますからね。そういう時には女房は亭主を亭主とも思わんことが必要ですね。つまりあれはどこの馬の骨かいな、というような顔をしていると、亭主がまたついてくるもんですよ」

「ええ、そうなんです。でも、その実行はなかなかむずかしいですわ。こっちもいらいらして来ますもの。だからうちの亭主が癇癪をおこして、お前がそばにいるといらいらして仕様がないから、ちょっと二、三時間、外へ出ていてくれと言ったんです」

「ははあ、なるほど」

「でも、外へ出ると言っても、わたし遊びに行くところもないでしょう。やむをえず、この橋の上にきて、月見でもしているような恰好をしていたんです。小父さんははじめきっと、わたしをへんな商売女だとお思いになったでしょう」

「いやいや、へんな女だとは毛頭思わなかったが、ちょっと思いつめたことのあるひとだとは思いましたね」

だんだんビールの酔いがさめて、川風が老いの身には少々さむくなった。

「じゃ……。どうか気持をゆったりとね」

と私が女に別れを告げると、

「ありがとう。小父さんもお元気でね」

と女が言った。

左手にステッキをかかえ、右手に甘栗のはいった紙袋をぶらさげ、私は浅草橋の方へ急いだ。


（一九六二年十一月　風景）

太宰治

詩作を知ろうと思ったら、
詩人の国へ行かねばならぬ。
詩人を知ろうと思ったら、
詩人の国へ行かねばならぬ。

ゲーテ

というほどの動機からではなかったが、私は去年（昭和三十八年）の七月、青森県北津軽郡金木町の太宰治の生家を訪ねることができた。しかしこれは後の話ということにして、何か他のことから書きはじめることにしよう。

ところが実を言うと私はうかつにこの文章をひきうけたものの、頭の中はちりぢりばらばらなのだ。太宰の小説からは随分長い間遠ざかっていたから、出来ればみんな読んでからにしたいと思ったが、いまはその暇もなくなった。苦しまぎれにペンをとって、太宰の初期の作品『葉』の冒頭にある、

撰ばれてあることの
　恍惚と不安と
　二つわれにあり
　　　　　　　　ヴェルレエヌ

の真似をして、ゲーテの文句を引用して見たが、もとより真似はあくまで真似で本物には遠く及ばない。

昭和八年二月四日の晩、同人雑誌「海豹」の第一回同人会が東中野の古谷綱武邸であった。私を同人にさそってくれたのは近所住いをしていた神戸雄一であったから、神戸と同道で行ったか、それとも同じく近所住いをしていた塩月赳も一緒であったか忘れてしまったが、あまり捜し廻った記憶がないのは、誰かに連れて行ってもらったのであろう。古谷家は邸というにふさわしい立派な家だった。一階の大広間に机がコの字形にならべてあって、議会でもやるような調子で同人会がひらかれた。当夜、参集した同人はだいたい次のような面々であった。

大鹿卓、今官一、岩波幸之進、塩月赳、新庄嘉章、神戸雄一、藤原定、古谷綱武、小池旻、太宰治、木山捷平。

この夜の会では凡そ三つのことが行われた。

原稿ならびに同人費の持寄り。

誌名の決定。誌名は各人が思いついた名前を書いて提出したものを投票によってきめられた。神戸が提出した「海豹」が最高点になり、大鹿が提出した「欅」が次点になった。雑誌の編集は大鹿卓、神戸雄一、古谷綱武が共同責任でやることに決定。

神戸雄一は、もと宝文館の婦人向きの雑誌「令女界」「若草」の編集長をした男で、編集にはなれていた。ちょうどその前にも、大鹿卓と共同で「ヌーヴェル」というかなり分厚な小説の季刊誌の一号を出したばかりであったが、おそらくこれが経営的に行きづまったので、それが同人雑誌に解消的発展して行ったというのが、その時の成り行きだったかも知れない。同人の寄せ集めは殆ど神戸が知恵をしぼったように思われる。

私の場合、誘いがかかって来たのは、同人中で一番しんがりだったかも知れない。ある日、神戸が私の家にやって来て、

「君は同人費が出せるかどうかあやしいと思って、今まで黙っていたのだが……」

ときり出した。

「とにかく、二、三日考えさせてくれ」

と私は返事をした。

それが同人会のある一週間くらい前だった。

同人会に私は同人費をちゃんと持参したが、原稿は間に合わなかった。まだ書いたことのない小説がそんなに早く書けるわけがなかった。神戸は十枚くらいでもいいと言ったが、私は書けなかった。

同人会のあと、古谷が地元の東中野のおでん屋に私たちを引っ張って行った。酒をのんで

いるうち、私は殆どの同人と初対面であったが、だんだん親しくなった。

東中野の駅で下りの省線にのったのは、十一時頃であったと思うが、数人の連中がもう一軒のみ直しをやろうということになって、高円寺で下車した。私が電車からプラットホームに足をかけた時、

「君は、謡曲をやるかね」

と太宰が大きな声で私に言った。

「いや、やらない」

と答えると、

「そうかねえ。ちょっとやるように見えるんだが、……」

と太宰が言った。

私はその時着物を着ていたのは確かだが、トンビを着ていたかどうかが確かでない。私が生れてはじめてトンビを買ったのはその前後であった。同じく近所ずまいをしていた「海豹」とはすこし兄貴分にあたる同人雑誌「麒麟」の同人であった蔵原伸二郎が世話をしてくれた。蔵原は若くて骨董の通人であったので、質屋の流れ品を世話してくれたのであったが、私は当初のうち、そいつを着て外出するのが何となく気恥ずかしくて困った。爺むさいというのか、その頃の用語でいうとプチ・ブル的というのか着て歩くのが気はずかしかった。

話は別になるが、太宰を尊敬していた上林暁がずっと後年（昭和二十九年）に書いた『インバネス』という小説の中に――

或る夕方荻窪へ出て、木山捷平君と落合つたことがあつた。木山君は晩酌と称して、焼酎を一杯飲んでゐた。気がついてみると、二人とも外套無しで、寒風に吹きさらされながら帰つてゐた。

「僕はインバネスを一つ欲しいと思つてるが、今はどこにも売つてないやうだねえ」と、私は肩をすぼめながら言つた。

「うん。僕も欲しいと思つてるが、どこにも売つてないねえ。質屋に頼んどけば、どうかすると、手に入ることがあるらしいよ」

「質流れがねえ。僕も一寸知つてる質屋があるから、頼んどくかな」

「頼んどくといい。品にもよるが、大体三千円くらゐのものらしいよ」

「案外安いんだねえ。……君は、インバネスを持つてたやうだが」

「うん、あれは売つちやつた。売つて、馬鹿見たよ」

と木山君は苦笑した。

「惜しいことをしたねえ。僕は最初から持たないんだからねえ」

「さうか。よく我慢したね」

——こういう会話がでてくるが、私はその時、焼酎の勢いで上林に質流れ品のことを得々と喋ったものらしかった。

高円寺駅の改札を出て、通りを南へくだって行きながら、私は前を塩月赳と並んで行く太宰の後姿に目を見張った。まだ東大の学生のくせにトンビ（インバネス）など着ているのはともかく、その毛皮つきのトンビが、太宰の肩から背中、背中から足へと流線を描いている後姿が、寸分の隙もないほど見事だった。

それから十何日すぎた二月二十一日の夕刊に「格闘して逮捕され、小林多喜二急死」とか「小林多喜二氏、築地署で急逝か」とかいう見出しで小林多喜二（三一）の急死が報道されたその翌日であった。

私は編集部からの通知で編集所へ出向いた。自分が小説とは何かもわからずに書いた短編小説の校正をするためであった。

女中の案内で古谷邸の二階にあがって行くと、先着の太宰が机に向って『魚服記』を校正しているところだった。

「君のはまだ出て来ないよ。出て来るまで一丁、将棋でもひねってやろうか」

と古谷が言った。

私は将棋は覚えたてであったが、ひまつぶしに盤をはさんで古谷と対坐した。飛車落ちであったか二枚落ちであったか何でもその位の手合でやっていると、私は自分ではそれほどとも思わないのに、随分考える方であるらしかった。

「まあ、ゆっくり考えてくれ。ぼくは一眠りするからね」

古谷は顫に手を支えて、目をつむりいびきをかいて居眠りの真似をした。

「古谷君、君は原稿を夜書く方かね」

校正をしながら太宰が声をかけた。

「うん、だいたい夜だね」

「一晩に何枚くらい書く？」

「そりゃ、その日によって、一概には言えないけれど」

「どうかね、一枚一本という契約を奥さんと結んでは？」

「一枚一本というよりも、一本一枚にした方が合理的じゃない？」

「そうすると契約違反という場合が起りかねないが、まあ君の立派な体格なら、いずれにしても一晩に五、六枚の能率はあり得るね」

「五枚はとても無理だ」

「じゃ、せいぜい三枚というところか」

私はきいていながら吹き出した。

小林多喜二の年齢を新聞記事どおり数え年の三十一歳としたから、同じく数え年で書くと、その時太宰は二十五歳、古谷は太宰よりも一歳年長の二十六歳であった。私は三十歳であった。

なおも将棋をつづけていると、階段に足音がして、その頃古谷の近所に住んでいた尾崎一雄が着流し姿で、女中の案内もなしにあがってきた。

尾崎は窓の敷居に腰をかけて二人の将棋を見ていたが、

「へえ、見ちゃいられないや」

と一言つぶやいて、また階段をおりて行った。

太宰は長い時間をかけて校正した。太宰は赤と茶を混合したような渋くて華やかな罫のある半ぺらの原稿用紙をつかっていた。用紙は和紙の上質なものだった。そういう原稿用紙に彼は毛筆で楷書で原稿をかいていた。三度も四度も書き直したあとの原稿らしく、ところどころ黒い消しがあるのが却って美的であった。

やがて校正が完了して太宰がその原稿をまるめて屑籠にすてようとした時、

「太宰君、ちょっと待った。その原稿はぼくに進呈してくれないか」

と私が声をかけると、

「こんなもの、何にするんだい?」

まさかお手本にするとも言えないので、

「君が将来大文豪の列に列した時、わが家の財産にするために保存しておきたいんだ。たとえぼくの娘の間(ま)にはあわなくとも、孫娘の時には箪笥の一棹ぐらい買ってやれるかも知れないからね」

と冗談をいうと、

「じゃ、進呈しよう。ここにおくよ」

と太宰は苦笑いして、原稿を机の脚の下においた。

折よく私の校正が届いた。私は太宰のあとに坐った。太宰は私の後に坐って古谷と将棋を指しはじめた。

私が校正にはげんでいると、

「君の将棋はいやに目まぐるしいんだねえ。ぼくは目がまわりそうだ」

と古谷が厭味を言っているのが聞えた。

「だって、君に居眠りされたんじゃ、折角の闘志もにぶるからね」

私は太宰が江戸の仇を取ってくれているような気がして、のぞいて見ると、太宰の飛車がめったやたらに左へ行ったり右へまわったりしている最中だった。

「この歩はいらないの？　取っちゃうぞ」

「どうぞ」

「小説家志願者は歩と雖も大事にすべきだと思うがなあ」

「みみっちい批評はごめんだ。要は敵の王様を血祭りにあげればいいんだろう」

私の校正が終るのを待っていたかのように、女中が酒をはこんできた。そこまでは覚えているが後は忘れた。私は太宰が気持よく進呈してくれた『魚服記』の原稿を持ち帰るのも忘れてしまった。

その頃は文士になるには、へべれけになるまで酒をのまねば一人前の文士にはなれないといったような気風があった。古谷は若くして小林秀雄とか河上徹太郎とかその他その道の先達の薫陶を受けていた。私などその又弟子といったような恰好で、何度も何度もへどを吐き、修練にこれつとめた。

すこし後の話になるが、私が古谷家へ出向くと、先客として大岡昇平がきていた。大岡はスマートな背広など着こんでいたが、すでにへべれけに酔っていた。古谷がこれが木山捷平だといって紹介すると、大岡が滅茶によろこんで私に抱きついた。「お前もショウヘイか」「おれもショウヘイだぞ」「こらショウヘイ」「ショウヘイもっとしっかりしろ」と二人は抱き合ったまま畳の上をころげまわって、危うく階段からころげ落ちそうになった。

つまらぬことを思い出したものだが、実をいうと当日小林多喜二の死について、太宰がどんな感想をのべたか、思い出せないのが残念なのである。私は太宰がその前、非合法運動に関係していたことを、その時ちっとも知らなかった。

年譜によると、

昭和六年（一九三一）二十三歳

二月、上京した小山初代と同棲し、五反田に住む。

夏、神田同朋町に、さらに初秋、神田和泉町に移り住む。ほとんど登校せず、非合法運動に従事した。

九月、満洲事変起る。

昭和七年（一九三二）二十四歳

早春、淀橋、柏木に転居。朱麟堂と号し俳句にこったりした。非合法運動のため、警察に留置され、その度に先輩の言にしたがい転居した。

晩春、警察の出頭命令を避け、日本橋八丁堀に移る。

初夏、同棲以前の初代の過失を知り、強い衝動を受け、自首した。

検事の取調べを受けた後、八丁堀から白金三光町に移転。飛島定城と同居した。

十二月、青森検事局から呼ばれて出頭した。この年で太宰のコミニズムの非合法運動はピリオドが打たれた。

（奥野健男作製の年譜より）

――とこうあるような事情をちっとも知らなかった。
思い出せぬことは書けぬので、かわりと言っては変になるが、その次の日（昭和八年二月二十三日）に出た新聞記事を次に引用して見よう。

「帝大、慶大、慈大も解剖を拒絶、お通夜参会者は検束、小林多喜二浮ばれず」
『急死した小林多喜二の遺骸は、友人と遺族間に解剖に付して死因を確かめようとする希望があつたが、葬儀委員長江口渙氏は「二十二日解剖を依頼したが帝大分院でも、慶大病院でも拒絶され、慈恵医大では承諾したので同日午後一時同病院玄関まで遺骸を運んで又俄にここでも断られた。やむなく遺骸を又自宅に運び戻つた」と語つて同夜杉並区馬橋三ノ三七五の同家で通夜が行はれた。夕刻杉並署はこの通夜集合を不穏と認め、集まつてゐた作家同盟財政部長淀野隆三、左翼劇場女優原泉子を始め、花束を抱へて弔問に来た中条百合子さんも門口で検束され、検束総数十六七名その中にはただ故人の作品の読者であつたといふお嬢さん夫人連など、自家用自動車で弔問に乗りつけてゐた三四名も混つてゐた。結局同夜は残る母と弟、葬儀委員長江口渙氏のみの三人で通夜を営んだ。尚廿三日午後一時から同家で告別式、終つて堀ノ内火葬場でだびに付す予定である。』

（朝日新聞8・2・23）

この朝刊記事を見た私は、多喜二の葬式に行って見ようと考えついた。それまで私は全然知らなかったが、多喜二は私と同じ馬橋（まばし）の六十五番地違いに住居を持っていたことが新聞記事でわかったからである。多喜二は私よりも歳が一つ上だという年齢的な親近感によったのか、解剖を拒絶した医者への反感が手伝っていたのか、滅多にはない葬式の様相をこの目で確かめておきたかったのか、うまく行けば線香の一本もあげたいものだと思って私は家を出た。ところが家を出て、二、三町ゆくと、もうそのへんの淋しい路傍に私服らしいものがうろちょろしているのを発見したので、私はこれは危ないと思ってあたふたと家へ引きかえした。

私がこれは危ないと思ったのはほぼ妥当だったようで、その日の夕刊に次のような記事が出た。

「小林多喜二葬儀　物々しい警戒」

『解剖を拒絶されて浮ばれぬ作家小林多喜二氏の告別式は、これも猛烈に厳重な警戒のうちに、二十三日午後一時から杉並区馬橋三の三七五の自宅で行はれた。自宅入口近くに葬儀には全く希な警戒本部が作られて、三四十名の正私服が頑ばり極く近親だけしか自宅に入れず、花環も城東労働者クラブ、作家同盟婦人委員会、関鑑子、村山籌子等その他の贈り物は許されたが、文芸家協会の花環は追帰されるといふ始末、結局自宅座敷に赤い布に包まれた棺の前には、残されたせい母堂、弟三吾君、それにラヂオで知つて遥々小樽から上京した姉佐藤しま夫妻が子供のかづえ（五歳）を抱いて参列、友人では江口渙、佐々木孝丸の両氏が告別を許されたばかり、午後三時堀之内火葬場でだびに付された。なほこの日左翼劇場並に新築地の俳優十五六名が検束された。』

（朝日新聞8・2・23）

右は私たちが「海豹」をやり始めた頃の、時代的空気の一端を示すつもりで書きつけた。さてその「海豹」の創刊号はその月の月末に出たが、編集部の古谷が率先して前評判をたてたとおり、太宰治の『魚服記』は大へんな反響をよんだ。といっても時代が時代だったから文学青年仲間の域をこえる所は少なかったように思うが、気をよくした太宰は、つづけて「海豹」の四月号、六月号、七月号に小説『思ひ出』を発表した。この『思ひ出』は太宰が『魚服記』よりも前に書いていたものであったが、編集部の都合で分載を余儀なくされたもののようであった。

太宰が「海豹」に発表した作品は以上の二編で、八月号以後書いていないのは、太宰が「海豹」の同人を脱退したためであった。実は私はそんなことを悉皆（すっかり）忘れていたが、こんど「海豹通信」（半紙一枚のガリ版ずりのハサミコミ）を調べていたところ、そのある号に「海豹」同人住所録（昭和八年九月四日現在）というのが載っていて、太宰の名前が出ていないのに気づいた。はじめはガリ版屋が書落したのかと思ったが、なおも私の古ぼけた日記帳を調べて見たところ、昭和八年八月五日の項に、

『夜、「海豹」同人会。集るもの、大鹿卓、神戸雄一、新庄嘉章、塩月赳、小池旻、市

林貞致、石浜三男、小生の八名。太宰君同人脱退の由きかさる。』

とあるので、ほぼ脱退が間違いないことが判明した。

ついでに、翌六日の項には、

『塩月君と二人で高円寺の本屋に「海豹」を置いてくれるよう頼んで歩いたが、どこでも断られた。』

とあるのも発見した。

太宰の脱退がきっかけになったのでもあるまいが、「海豹」はその後やっと三号ばかり出してつぶれた。でも三月号から十一月号まで欠号なくよく出した。おしまいのころは編集部が解体して、持ち廻り編集のようになったのが、見方によっては雑誌がつぶれる原因になったのかも知れなかった。

「海豹」がつぶれたあと、「海豹」同人の一部が同志を掻き集めて、別に「散文」という同人雑誌をおこした。こんどの大将格は塩月赳のようであった。塩月は私のところにも誘いに来たが、私は入らなかった。太宰のよき理解者であった塩月は、太宰も誘ったのに違いないが太宰もはいらなかった。

この「散文」の創刊号にかいた山岸外史の『横光利一論』がたいへんな反響をよんだ。当時文学の神様といわれていた横光利一をこてんこてんにやっつけて、その論旨が明快かつ壮快であった。

一方、古谷綱武を大将格、檀一雄を副大将格にして「鷭（ばん）」という雑誌が起った。「鷭」とは志賀直哉の小説から取った鳥の名前で、古谷はこの名前にぞっこん惚れこんでいた。古谷が私に随筆五枚をたのみに来た時、その鳥はどんな鳥かときいたら、それはよく知らないと言っていた。太宰は「鷭」からたのまれて小説『葉』を書いた。つづいて、第二号にも小説『猿面冠者』を発表したが、この季刊雑誌は第二号をもって、昭和九年の前半につぶれた。

その年の秋、私は郷里の備中に帰っていた時、中村地平から長文の手紙を受取った。中村は塩月よりも年が一つ上だが、塩月が小学校五年から中学へ進んだような関係で、台湾の高等学校、東大の美学科とも、塩月の尻を追うような恰好で卒業し、その年の春、都新聞社（東京新聞の前身）に入社したばかりだった。中村の長文の手紙は要約すれば、こんど「青い花」という同人雑誌をはじめるから、お前も是非加入せよとの勧誘だった。私は加入することにした。

私は随筆三枚をおくった。間もなく創刊号が出た。ところが送ってきた雑誌を見ると、太宰治の小説『ロマネスク』は出ていたが、中村地平のものは何ものっていなかった。小説がのっていないばかりか、同人名簿にも名前が出ていなかった。

ついでだからその同人名簿を次にうつして見る。

岩田九一。伊馬鵜平。斧稜（小野正文）。太宰治。檀一雄。津村信夫。中原中也。太田克巳。久保隆一郎。山岸外史。安原喜弘。小山祐士。今官一。北村謙次郎。木山捷平。雪山俊之。宮川義逸。森敦。

年があけて上京すると、前にも書いたとおり私が一番の近所づきあいをしていた塩月赳を一番に訪ねた。塩月の所へ行くには歩いて五分もかからなかった。

「『青い花』がつぶれたそうじゃないか」

「散文」の大将格の塩月が私の顔を見るなり鬼の首でもとったように言った。

「へえ、つぶれたのか。道理でぼくは何だかへんだとは思っていたんだ。ぼくは中村に手紙をもらって加入したんだが、創刊号の同人名簿には、中村の名前が出ていなかったんだ」

「その中村だよ」

「中村がどうしたんだ？」

「太宰と喧嘩をしたらしいんだ」

「どんな喧嘩をしたのかね」

「どんな喧嘩か外部からはよく分らないが、『青い花』の連中は同人一同、その喧嘩に巻き込まれているらしいぞ」

「へーん。それはちっとも知らなかった。ではぼくは高見の見物ではなくて、藤見の見物だったということになるのかなあ。実はぼくは中村の名前がないのは、ひょっとしたら勤務先の新聞社の方に遠慮しなければならない事情があったのかと思っていたんだけれど」

そこへ塩月のお母さんがお茶をはこんで来た。私はしばらくお母さんと話をした。

お母さんが座を立つと、

「話はかわるが、ぼくはこの間太宰の『道化の華』という新作を生原稿でよまされたよ。かなり長いものだ」

と塩月が言った。

「ほう、長いって、何枚位？」

「そうだね。百十四、五枚だったかな」

「へえ、書くもんだなあ。彼はちっともなまけものじゃないんだね」

「君のように時たま書いたかと思うと、随筆三枚というのとは、比較にならないよ」

「ご忠告、ありがとう。時に君は太宰と同年だから、今年は二十七歳になった筈だね。ぼつぼつ結婚にゴールインしてはどうかね」

若いのに似ず、前頭部がはげかかっている塩月の頭を見ながら、私がそういうと、

「そういう君は何かいい話を持って来てくれているのか」

「いや、本日只今は持っていないが、……自分の細君くらい、自分でさがすのも若い時の特権というものだろう。ぼくはこの頃つくづく思っていることがあるんだよ」

「何だ、いやにあらたまって？」

「いや、よく考えて見ると、太宰のやつはぼくらに較べると、いやに早く結婚しているだろう。結婚も一種の才能だとぼくは思い出したんだ。小説を書くには早く結婚した方が、どうもトクらしいよ」

お喋りをして私は塩月邸を辞去した。

ちょうどその頃、「日本浪曼派」発刊の下準備が行われていて私にも勧誘がかかった。

「ついては君、太宰と中村と山岸を君の腕で勧誘してくれないか」

大将格の中谷孝雄が言った。

「それはいいことだ。さっそくやって見よう」

私は二つ返事でひき受けた。

まず私は塩月のところへ行って山岸の住所をしらべ、本郷千駄木町に赴いた。千駄木町の山岸家の玄関を叩くと、美しい奥さんが出てきて、裏二階の物置然とした場所に私を案内した。

私が初対面の名乗りをあげると、

「きたない所だが、ここがぼくの仕事場だよ。まあ坐りたまえ」

と気品ある顔をした山岸が言って、

「じゃ、君は今日はこれで帰りたまえ」

と机の前に坐って英語のリーダーをひろげていた中学生に言った。山岸は家庭教師の授業中だったのである。

「いいんだよ君、ぼくは話をしたらすぐ帰らなければならないんだから」

私が中学生と山岸と両方に向って言うと、

「もう今日の課業は終ったね」

山岸は中学生の顔をのぞいて、中学生を帰した。

私がさっそく用件を持ち出すと、

「じゃ、ぼくも入ることにする」

山岸は二つ返事で承知して、

「ぼくは漱石のようになりたいんだよ。つまり学究というか、何というか頭の透徹した文学者になりたいんだよ」

山岸はこう言った。

気持よく辞去して、私は中村地平の勤め先の都新聞社へ向った。内幸町にあった都新聞社の応接室にあがって、用件をきり出すと、

「ぼくは保留にしておいてもらいたいね」

と中村地平が言った。

「保留ではぼくが困るんだよ。ぼくは使者なんだからね。そういうことは残念ながらきいて来なかったから、ぼくの顔を立てると思って入ってくれないか」

「今日はそういう話はぼくはこれ以上したくないね。ぼくはいま社務が忙しいんだ」

中村地平が大きな図体を椅子から持ちあげて、編集室へ消えた。まだ太宰との喧嘩のほとぼりがさめていないようだった。

私が杉並区天沼の荻窪駅から五、六分の飛島定城方の玄関に立ったのは、その日ももはや夕方に近い時刻だった。声をかけると小柄で色白な奥さんと覚しきひとがあらわれて、私の名前を階段の下から二階へ通じた。

太宰が飛びおりてきて私を二階に案内した。二階には部屋が二つあって、私は南の太宰の書斎にとおされた。

「いつ出て来たの。……君がこんど『青い花』に書いた随筆はよかったねえ」

いきなり太宰が私のたった三枚の随筆をほめた。

「ぼくは巻頭に組もうと主張したんだが、編集長の今官一がそれでは雑誌の体裁にならないといって却けたんだ」

「それよりも雑誌はつぶれたんだってね。ぼくは数日前塩月からきいて知ったんだが、いったいどういういきさつだったのかね」

「ちょっと一口ではいえないね。君が東京にいて呉れれば、或いはつぶれないですんだかも知れないね。そうそう、あ、そうだ、君が来たら言ってやろうと思っていたことがあるんだ」

「何だい」

「あそこに立っているあの木、あれは何の木か知っている？」

太宰は飛島の庭の一隅に見える一本の樹木を指さした。

「さあ、何かね」

「きっと知らないだろうとぼくは思っていたんだ。あれがコブシだよ。君が『海豹』の創刊号に書いていたコブシがあの木だよ」

「ほう、あれがコブシの木か」

「自分で書いておきながら知らないとは、呆れたもんだねえ」

「だってぼくの書いたのは花だもの。花ならよく知っているよ。ぼくはローマン派だからね」

「ローマン派？」

「うん、実は保田與重郎らの『コギト』が『日本浪曼派』発刊の広告を出しているのは、君もとくに承知のことだろう」

私は徐々にきり出した。中村地平のところでは地平が勤務中なので、なるべく時間を食わせまいと単刀直入に切り出して失敗したので、ここではゆっくりやろうと思った。ところが徐々にやっても、結果は同じようなものだった。

「ぼくは同人雑誌にはくたびれたよ。同人雑誌はもうごめんだ」

急に胃痙攣でも起したみたいに両手でみぞおちのあたりをおさえて、太宰ははあはあと苦しそうな息をついた。地平は編集室へ逃げる手があったが、太宰はその手はないもののようであった。

そこへ奥さんが隣の部屋から襖をあけて、ライスカレーの皿を二皿のぞけた。太宰は立って行って、一尺ばかりあいた襖の間からライスカレーの皿を受取ると、私の前においた。

夕飯時になっていたから、ありがたく頂戴したが、自分の外交手腕のゼロを意識しながら食べるライスカレーの味は、ちっともおいしくはなかった。

しかしそれからおよそ二個月ほどすぎて、太宰も中村も「日本浪曼派」に加入してきた。なかなかもたつかせるもんであった。しかし太宰は加入すると早々「日本浪曼派」に『道化の華』を発表してそれが芥川賞候補になり、中村も少しおくれてのせた『南方郵信』が芥川賞候補になり、まずはめでたしめでたしということにおさまった。

この『道化の華』あたりから太宰治が世間の注目をあびて文壇に登場し、以後倦まずたゆまず小説の筆をふるったことは、私が今更喋々することもないことだろう。

昭和十六年十一月中旬、太宰治に文士徴用令書が来た。

その徴用令書は突然秘密裡にきた。私はその頃高円寺に住んでいたが、ある日小田嶽夫が自分の家へ帰る途中、少し廻り道をして私の家に寄ってくれ、一昨日徴用令書が来て今日は本郷区役所へ呼び出された帰りだと告げた。東京出発は四日後で、その次の日が大阪集結だと言った。ついては今日の阿佐ケ谷会には出られないから、皆なによろしく伝えてくれと言った。阿佐ケ谷会の連中で、小田と同様に徴用令書がきているのは、井伏鱒二、中村地平、太宰治の三人だと言った。何のことだかよくは分らないが、私にとっても驚きの日だった。

阿佐ケ谷会というのは略称で、正しくは阿佐ケ谷将棋会と言った。中央沿線にすむ文士連が、適当な時期に午後一時頃から夕方まで将棋をさして、夜は酒を飲む会だった。

うまい文献が見つかったから、次に拝借してみよう。

日記抄　　　　井伏鱒二

第二回阿佐ケ谷へボ将棋大会に出席した。午後一時半開会、十一時ごろ閉会。今回の幹事は小田嶽夫。なかなかの盛会で二十人近く集まつたが、私はあまり芳ばしからぬ成績であつた。

閉会後、劣敗者の塩月君が来会者一同を代表し、優勝者に起立を求めて賞品を贈呈した。一同、拍手をもつてその労を謝した。

一等は安成二郎（賞品は黄楊の駒一組）二等は古谷綱武（賞品は駒台一組）但し第三位は石川淳、第四位は平野零児、第五位は佐々木孝丸、第六位が私であつた。浅見淵、中村地平、小田嶽夫、田畑修一郎、太宰治、木山捷平等みな黒星と白星が半々であつた。亀井勝一郎は殆ど黒星であつた。

第一回大会の時には私が優勝し大いに鼻を高くしたものだが、今回は小敵とあなどつてつひに不覚をとつた。尤もおなかのすいてゐたせゐもある。

（朝日新聞13・7・3）

この「日記抄」は昭和十三年七月三日の朝日新聞に載ったものであるから、これで第一回の将棋会があった年月も凡その見当はつくというものである。将棋の腕の次第も、だいたいこんなところを上下して、ずっと後々まで飛びぬけて上達したものはなかった。

ところでこの阿佐ケ谷会は阿佐ケ谷の「ピノチオ」でやるのが常例であったが、この日は同じ阿佐ケ谷ではあっても「エコー」という喫茶店で行われた。理由がうまく思い出せないが、ひょっとしたらもう「ピノチオ」は閉業していたのかも知れない。将棋はやらない夜だけの会であった。

私は高円寺の「伊勢元」という居酒屋が今日限りで閉店だというので、名残りをおしんでコップ酒を一、二杯傾けてから出席した。

出席したのは七時過ぎだったと思うが、集まっているのは十人にも足りなかった。さびしそうな会であった。「ピノチオ」は奥座敷の畳席なのに、「エコー」は普通の椅子席を先客順にとっているような恰好で、何か落着きがなかった。話をしているものも大声など出しているものはなく、何か内証のひそひそ話の気味があった。

突然、表の扉があいて、長身の太宰がにょこっと入ってきた。

「おや」

一同は声をのんで太宰の方を見た。太宰が今夜ここにあらわれるとは誰も想像していなかった。

「ぼくは落ちたんだよ。だらしがないねえ」

太宰の方が先に言った。

「へえ、落ちた?」

誰かが叫ぶように問い返すと、

「今日ね、本郷区役所であった体格検査で、ぼくはペケを食ったんだよ。みんないやにしんみりしているんだねえ。もっとじゃんじゃん飲んだらどう? これではまるでお通夜でもしてるみたいじゃないの」

太宰が一同にハッパをかけた。

太平洋戦争がはじまったのは、それから約二十日後のことである。それまでの日華事変はいわば勝ちいくさであったから、従軍文士にもどこかハデなところがあった。従軍文士になるのは一種のメイヨでないこともなかった。そういう社会通念はまだどこかに残っていたの

で、

「やあ、それはどうもおめでとう」

と一同も大っぴらに拍手喝采するわけにはいかなかった。

だいたいそんな空気であったが、太宰にハッパをかけられて、次第に座がはしゃいできた。電燈の暗い会場であった。私は高円寺で下地をいれてきていたので、一番酔っていたかも知れなかった。

太宰が土間のストーブに椅子をひきよせ、一種の孤独状態になった時、私はチャンスとばかり太宰の横に席をうつし、

「おい、祝盃」

と盃を太宰につきつけた。太宰が微笑して私の顔をみた。

「きみ、軍医をだましたね」

私は太宰の耳にささやいた。

「うん」

太宰がうなずいた。

「軍医がどれもこれも名医とは限らないよ。へっぽこ軍医にちょっとした結核の診断などつきゃしないよ。そこをうまく衝いたんだろう」

「うん」

太宰が私に握手をもとめた。

握手しながら私の頭の中には、いつか私が「日本浪曼派」の使者になって、飛島家の二階を訪れた時、太宰がみぞおちあたりをおさえて、苦しそうに息をついていた時の姿が思い浮んだ。あんな風にして太宰はやりとおしたのであろうと思った。

以後再びそのことについて話をしたことはなかった。本当のことであったか嘘であったか、今はたしかめる術（すべ）もないが、しかし私は太宰は骨の髄まで戦争ぎらいな男なのだと、その時思った。

年があけて昭和十七年の二月初旬、阿佐ケ谷会は奥多摩へ遠足した。この時の参加者は前年の十一月「エコー」でやった時の人数よりももっと少なかった。名前をあげると、上林暁、太宰治、青柳瑞穂、安成二郎、浜野修、木山捷平の六人に、名取書店の林宗三青年を加えても僅か七人というさびしさだった。

七人は午後十二時半、立川駅に集合してローカル線の青梅線に乗りかえた。遠足だから終点の一つ手前の沢井でおりて、多摩川の川っぷちを歩いた。青柳と太宰と私が着物で、あとの四人は洋服だった。上林の洋服姿をみるのはこの時がはじめてだった。私はともすると一行からおくれがちになったが、太宰は常に先頭をきって歩いた。とても徴用の体格検査で、ペケを食った男とは思えなかった。

ある場所で、枯草の上にならんで写真をうつされている時、

「君、海苔巻弁当でも持参しているのかい」

私が太宰のトンビの下の懐ろのふくれ具合に目をとめてきくと、

「ああ、これか」

太宰がてれたみたいに懐ろをおさえた。

「いったい、何なの？　後生大事に？」

私が更にきくと、

「岩波文庫だよ。家を出るのが早かったので、三鷹駅で電車にのる前、本屋をひやかしているうち、つい買っちゃったんだよ。バカを見たよ」

どうやらその岩波文庫は三冊や四冊ではなく、十冊以上はある気配だった。

小春日和のひなびた村落を御岳（みたけ）まで歩いた一行は、御岳橋の袂にある玉川屋という茅葺のそば屋に入った。林青年の何かの関係で、ここがこの日の会場で、酒もよくサカナもよく、ことに鯉のあらいが素晴らしかった。そばの味は言うまでもなかった。しかしせっかくの阿佐ケ谷会だというのに、飲んでも食っても、歯の抜けたような淋しさはかくせなかった。従軍中の井伏鱒二と小田嶽夫に寄書をして、淋しい気持の穴埋めにした。

とは言っても三時頃から九時頃までは飲んだので、おしまい頃はみんな相当酔った。九時何分御岳発の終電車にやっと間にあった。ふと気がつくと、トンビの襟に首をすくめ、片頬を片手でおさえ、青梅線のすいた電車の片隅で一所懸命、岩波文庫に読みふけっていた太宰の姿が、私はいまでも印象的である。太宰はあの時、多分酔ってはいなかった。

それから二個月ほど過ぎて、北京から塩月赳がやってきた。塩月は東大の美学を出てから七、八年もぶらぶらしていたが、誰も知らないうち、一、二年前北京に渡って、企画院のような所に就職していたのである。送別会はやらなかったから、歓迎会でもやろうということになった。

昔の同人仲間が六、七人集まった。場所は新宿の樽平だった。そのころの樽平は廓ちかくの東海横丁にあった。

そのあくる日の朝、私が眼をさますと、

「あなた、下駄がかわっていますよ」と私は女房に言われた。

「柾目の十何本もとおった上等な下駄ですよ。あの下駄はきっと太宰さんのでしょう」

二日酔いで私は頭が痛かった。

「どうしてお前はそれが分るんだ?」

「だって、あなたは昨夜、太宰さんが湯呑茶碗を呉れたんだって、大自慢だったじゃありませんか」

「とにかくその湯呑茶碗をここに持ってきて見せろ」

私は蒲団の中から言った。

女房が背の高い青みがかった湯呑茶碗を持ってきた。

私は次第に思い出すことができた。樽平の会が終るとシャンタンという店へ行った。シャンタンを出て屋台のすし屋に立寄った。

すしの立食いをしている時、

「ほい、これは君の奥さんへのお土産」

と太宰が私の袂へ放り込んで呉れたものだった。

午後になって、私は頭は痛いし陽気は暖かいし、散歩がてら太宰のところへ行ってみることにした。三鷹駅でおりて、桜が満開の玉川上水をくだって行くと、柾目の十何本もある下駄がからころ鳴った。

畑ばかりの所を過ぎ、家のある所まで行くと、太宰の家はすぐに見つかった。

「ごめんください」

と声をかけると、新婚早々の美知子夫人がでて来た。私は初対面だった。

「ぼく、木山ですが、太宰君はいらっしゃいましょうか」

私がそういうと、

「あの、主人は昨日、塩月さんの会に出かけたんですけれど、……」

「まだお帰りにならないんですか」

「はあ、もうやがて戻る頃だと思いますけれど」

私はあわてた。そういうことはちっとも考慮の中にいれていなかった。

「実はぼくも塩月君の会には出たんですが、つい大酒をのみまして、人の下駄をはいて帰ってしまったらしいんです。で、ひょっとしたらこの下駄が太宰君の下駄ではないかと思いまして……」

下駄を半分ぬいで玄関のたたきの上におくと、

「いいえ、それは太宰のものではございません」

「ああ、そうですか。それではまた……」

私は逃げるように玄関を出た。

それからその翌年、あれは昭和十八年の秋ごろであったろうか、めずらしく井伏鱒二と太宰治が同道で私の高円寺の家を訪ねてきた。時刻は夜の八時頃か九時頃で、私と井伏鱒二はさっそく将棋をさすことになった。成績は勝ったり負けたりといいたいところだが、多分十五対五くらいの割合で、私の方の分が悪かった。

「太宰君、こんどは君もやらないか」

私は一戦終るたびに太宰に誘い水をかけた。かりそめにもせよ、私は一家の主人であるから、そういってやるのが客を遇する礼であると思った。ところが太宰はその都度、

「いや、ぼくはやらない」

の一点張りだった。太宰は私の本箱からがらくた本を取り出してばらばらめくったり、たまには拾い読みなどしていた。

私は太宰が気の毒になった。

「太宰君、寝床を敷いてやろうか、きたない夜具だけれど」

私はそうも言ったが、

「いや、ぼくは眠くはない」

太宰はその必要はないと頑張った。

いつしか夜があけて帰る段になって、

「君、この本をちょっと貸してくれね」

と一冊の本をちらりと私に見せた。その本というのは、高校生のためにどこかの出版社が出した、西鶴の文章を抜萃した受験参考書みたいな本だった。私がきまぐれに古本屋から一冊五銭で買ってきておいた本だった。

「どうぞ」

というのも気がひけるほど、とても一流文士に貸せるような本ではなかった。

ところが太宰はそれから間もなく、『武家義理物語』の中から材を取った『裸川』を皮きりに、後に『新釈諸国噺』の一冊になった一連の作品を続々と書き出した。

その年の冬のある夜、私は荻窪の青梅街道に面した或るおでん屋に、井伏鱒二、太宰治と一緒にいた。

話題にそのすこし前田畑修一郎が小山書店から出した『新風土記叢書』の一つ『出雲・石見』の話がでると、

「ぼくも実はあの叢書の中の『津軽』を引き受けてるんだが、弱ったなあ」

太宰が本当に弱りきっているような顔で言った。時局が時局だから、書きたいことが書きたいように書けないのは、言わずもがなの時代であった。

ちょっと苦しいような沈黙があったあと、

「もしぼくが書くんだったら、ぼくが津軽を旅行するように書くがね」

井伏鱒二がぽつりと言った。

ところが私はその後満洲の旅舎でこの『津軽』をよんだ時、びっくりした。その『津軽』は井伏鱒二がぽつんと一言いったような要領で書かれていたからであった。伝家の秘伝というものは、ああいう風にして教え、ああいう風にして受取るものかと、感嘆これを久しゅうした。

年譜によると、太宰治が短編小説『佳日』を発表したのは、昭和十九年一月の「改造」となっている。この小説はすぐ映画化の申し入れがあり、太宰は八木隆一郎らと熱海の山王ホテルに籠って脚色した。映画は『四つの結婚』と題されて、その年の十月に封切された。この小説のモデルが実は前記の塩月赳であったのである。

私の手もとにいまこの作品がないので読み返すことができないが、それは太宰が塩月の結婚の仲人をした経験をもとにした滑稽談のような小説であった。時世が時世だから結婚式は非常に簡単にしたらしいが、それはともかくその時仲人をつとめた太宰治が三十五歳、花婿の塩月赳も同じく三十五歳であった。前にも書いたように私は昭和十年ごろ塩月に早婚をすすめたことがあったが、彼の結婚はそれから十年近くもおくれた。頭が半分はげてしまってからのことであった。

私が満洲から引揚げ、塩月は北京から引揚げた。私が備中に鬱屈中、塩月は東京からもう一度同人雑誌をやろうと、意気込んだ手紙をよこした。まだ同人雑誌など一部も出ていない時のことであった。

しかし間もなく塩月は病を得た。肺結核であった。薬石効なく、彼は世田谷の有隣病院で死去した。奥さんから私が通知を受取ったのはもう葬式もすんだ後のことであった。太宰が玉川上水に没したのと相前後してのことである。

昨年の夏、私が青森へ行ったのは、筑摩書房と東奥日報と、審美社とこの三社共催による「太宰治を語る講演会」に講師として行ったのである。私は講師は柄でもないので、第一の推輓者である檀一雄に、「五分でよければ」と答えた。そう答えれば相手が手を引くだろうと考えたのだが、将棋でいえば早見えのする檀一雄は、「五分で大いに結構」と上手に出た。失敗も甚だしいところだったが、この五分という言い種には、講演はいやだが、太宰の郷里へは行ってみたいという欲がふくまれていたのに違いなかった。

着いた日は、浅虫温泉泊りだった。先ず一風呂あびて旅館に小憩の後、東北大学臨海実験所を見学することになった。歩いても行けるそうだが、私たちは旅館の下からボートに乗った。

水族館でいろんな魚類を見た。タイだのヒラメだのカレイだのスズキだのタコだの、その他沢山の魚の顔を見ているうち、私はつい一行から置き去りにされた。あわてふためいて水族館を飛び出ると、待ちうけていた一行の中の、今度の講演の講師である奥野健男が、

「木山捷平が魚を見ていたんではなく、魚に木山捷平の顔を見せてやっていたんだろう」

と私をひやかした。魚には美男も美女も少ないが、つまりは私の顔が魚類に似ているということを言ったものらしかった。しかし私は不思議に腹は立たなかった。こんなうまい表現

をする講師は、今夜の講演会でも所定の時間以上喋って私の講演は三分くらいですまされるのではないかと思われた。

帰りには遊覧船にのった。

旅館に戻ってもう一風呂あびたあと、

「ぼくは夕飯までに、ちょっと小山初代（太宰の元夫人。飛島家の二階で私にライスカレーを出してくれた人。昭和十九年青島（チンタオ）で死去）の家へ行って来る」

と一行の中の檀一雄が言いだした。

「へえ、小山初代の出身は当地だったの。そいつはちっとも知らなかった」

「知らない人はいい。昼寝でもして旅の疲れをなおしておきなさい」

檀一雄は長身の足を蹴って廊下へ出た。

夜、青森の公会堂で講演をやった。

あくる日、十一時すぎ浅虫を出発した。この日は途中で太宰の生家に寄り、夕方までに弘前に着くのが、定められた予定だった。

一行は貸切バスに乗って、太宰が中学時代を送った青森の市街をざっと見学した。それからはまっすぐ金木の町へ向った。青森を出ると林檎畑の見える丘陵地帯がつづいていた。その丘陵地帯を越えると、にわかに視界がひらけた。

「もうこの辺は、北津軽郡でしょうか」

「ええ、もう北津軽郡に入っております」

東奥日報社の文化部長が言った。

北津軽は明るい感じだった。昨日一泊した浅虫は後ろに山を背負ったせせこましい町だったが、ここまできて私は何かほっとした。

東北といえばすぐ暗いものを連想しがちだった私の既成概念は、一掃せねばならなかった。青森県は東の太平洋側よりも、西の日本海側に近づくほど文化的になるのではないかと思われた。

「ほら、あそこに見えているでしょう。あれがぼんじゅ山脈ですよ」

同人雑誌「詩と真実」の同人で津軽出身の小野才八郎が右手を指して言った。

「ぼんじゅ山脈？」

私がききかえすと、

「『魚服記』の冒頭にでてくる、あのぼんじゅ山脈ですよ」

「ああ、そうか。ぼくは固有名詞には弱いんだよ。ほう、あれがねえ」

やっと思い出してそちらを眺めると、はるか彼方の山脈の上を白い雲が悠々と飛んでいるのが見えた。

五所川原を過ぎた頃、広い平野に稲が一杯うわった水田を眺めながら、

「この広い田圃が全部、もとは津島家（太宰の生家）の所有だったのでしょうか」

私は筑摩書房の野原一夫にきいて見た。

「さあ、それはどうも、ぼくも」

と野原一夫が言った。太宰全集の編集主任でも、そこまでは知らぬらしかった。無理もないことで、たとえ太宰が生きていたとしても、大体同じような返事をするであろうと思われた。

バスが斜陽館の前でとまった。下車した一行は休憩する前、お寺を二つ見学することになった。津島家の菩提寺と、もう一つは雲祥寺というお寺だった。

この雲祥寺というお寺のことが太宰の処女作『思ひ出』の中で、こう語られているのである。そこの部分を次に書き取って見る。

『六つ七つになると思ひ出もはつきりしてゐる。私がたけといふ女中から本を読むことを教へられ、二人で様々の本を読み合つた。たけは私の教育に夢中であつた。私は病身だつたので、寝ながらたくさん本を読んだ。読む本がなくなれば、たけは村の日曜学校などから子供の本をどしどし借りて来て私に読ませた。私は黙読することを覚えてゐたので、いくら本を読んでも疲れないのだ。たけは又、私に道徳を教へた。お寺へ屢〻連れて行つて、地獄極楽の御絵掛字を見せて説明した。火を放けた人は赤い火のめらめら燃えてゐる籠を背負はされ、めかけを持つた人は二つの首のある青い蛇にからだを巻かれて、せつながつてゐた。血の池や、針の山や、無間奈落といふ白い煙のたちこめた底知れぬ深い穴や、到るところで、蒼白く痩せたひとたちが口を小さくあけて泣き叫んでゐた。嘘を吐けば地獄へ行つてこのやうに鬼のために舌を抜かれるのだ、と聞かされたときは恐ろしくて泣き出した。

そのお寺の裏は小高い墓地になつてゐて、山吹かなにかの生垣に沿うてたくさんの卒塔婆が林のやうに立つてゐた。卒塔婆には、満月ほどの大きさで車のやうな黒い鉄の輪のついてゐるのがあつて、その輪をからから廻して、やがて、そのまま止つてじつと動かないならその廻した人は極楽へ行き、一旦とまりさうになつてから、又からんと逆に廻れば地獄へ落ちる、とたけは言つた。たけが廻すと、いい音をたててひとしきり廻つて、かならずひつそりと止るのだけれど、私が廻すと後戻りすることがたまたまあるのだ。秋のころと記憶するが、私がひとりでお寺へ行つてその金輪のどれを廻して見ても皆言ひ合せたやうにからんからんと逆廻りした日があつたのである。私は破れかけるかんしやくだまを抑へつつ何十回となく執拗に廻しつづけた。日が暮れかけて来たので、私は絶望してその墓地から立ち去つた。』

私たち一行は寺の住職にたのんで、この文章の中に出てくる地獄極楽の掛字を見せてもらった。掛字は十幅ほどあった。私は大人ながら気味がわるかった。寺の本堂は暑かった。板の廊下は足の裏がつめたかった。汗をふきふき外に出て山門の方へ向った。

その途中、審美社の青年社員で同じく津軽出身の高橋彰一が、

「あそこにも鉄の輪があるんです。ちょっとやって見ましょうか」といった。

高橋は先になって右の方へ歩いた。境内の右のはずれのような場所に四角な卒塔婆が数本見えた。太宰の小説には寺の裏となっているが、鉄の輪はそんな所にもあった。

「ちょっと廻してごらんなさいよ。金木へ来た記念に……」

高橋が言った。

私は廻してみた。鉄の輪がくるくると動いて地獄行と出た。もう一度やり直すと、また地獄行と出た。五、六回やったが、みんな地獄行と出た。

「ついてないなあ」

高橋が言った。

私は迷信家ではないが、あらわれたものは、いくらかかつぐ方である。

「これは金木の恥だよ」

私は言った。

「宗教は阿片なりというが、こんなものを一九六三年の今日のこしておくのは、金木の自慢にはならないよ。金木の警察署長はどうして、こんな封建的遺物の温存をゆるしておくのかなあ。明らかにこれは信仰に名をかりた恐喝的物件だよ」

私がウップンをぶちまけると、

「どうも相すみません。こんど警察署長に会ったら、呉々もそう伝えておきます」

高橋は冗談にまぎらして、一つお辞儀をした。

たとえ五分間教師でも、講師先生のご機嫌を損じては、今夜の弘前の講演会が案じられるようなお辞儀の仕方だった。

斜陽館は写真で見て知っていたから、さして驚かなかった。でも、津島家とことのほか関係の深かった（支配人とでもいうのか）中畑慶吉老をわずらわして、もと二百六十町歩の大地主だった津島邸の重要な部屋々々を見せてもらった。太宰が何かのことで帰郷した時、父母の勘気で会ってもらえず、長時間しくしく泣いていたというのは、階段をのぼりきって二階のとっつきの部屋であった。

一階の広い土間に面した大きな部屋で、

「ここは毎年、小作米の収納期になると津島家の当主が頑張っていた部屋です。ここに屛風をたてて、ここに帳面机をおいて、ここに朝から晩まで当主が頑張っていたものです」

中畑老は当主が坐っていた場所まで明らかにした。

一番最後に中畑老は津島家が昔金融業をやっていた頃の事務室を見せてくれた。事務室の壁際にはまだ黒い大きな金庫が残っていた。私たちは座敷の方から入ったが、その室は街路に面した玄関から気軽にはいれるように出来ていた。三尺幅ほどの土間があって、その土間に人間が立つと、人間の胸くらいの高さの所に台があった。

私はふと三十年の昔、蔵原伸二郎につれられて、流れ物のトンビを買うべく、生れて初めて質屋ののれんをくぐった時のことを思い出した。それに付随して、「海豹」の同人会で初めて太宰に逢った時、太宰が着ていたスマートなトンビのことを思い出した。

気がついた時、私は事務室で一人になっていた。あわてて宴会場の方へ飛んで行った。

宴会は元津島家で一等神聖だった部屋で行われた。太宰など、羽織袴に威儀を正して新年の御慶を当主に言上する時以外、出入りを禁じられていた部屋だった。宴会には警察署長は来なかったが、町長はじめ町会議員、小中学校長、教育委員、婦人会の役員も列席して総勢は五、六十人を越える賑やかさだった。

　午後三時頃、斜陽館を後にした。貸切バスが広くて豊かな稲田の中を走って、平地に林檎園がつづいている辺りまで来た時、一天にわかにかきくもり、沛然と夕立がふってきた。ボルドー液がコバルト色に染んだ林檎の葉にふり注ぐ雨の色が美しかった。

　私は老齢のゆえをもって、運転手席の間近にいた。若い連中は宴会酒だけではアルコール不足で、罐入りビールなど車内に持ち込んで騒いでいたが、突然次のような会話が私の耳にきこえた。

「それでは太宰文学は結局、六男坊の文学ということになるのか」

　一人が言うと、

「へえ、太宰は六男坊だったの?」

「そうだよ、六男だよ。君はそれをまだ知らなかったの」

「ぼくは三男だとばかり思っていたんだ」

「バカだねえ。君も太宰ファンの一人なら、全集くらい買って読みなさい」

「宣伝はやめてくれ。はるばる津軽くんだりまで来て、出版社の宣伝はききたくない」

「買うのが厭なら、ぼくが貸してやるよ。『太宰治、明治四十二年六月十九日、青森県北津軽郡金木町大字金木字朝日山四一四番地、津島源右衛門の六男として生る』とこう年譜に出ているんだ」

　すらすら立板に水のように、誰かが暗誦した。

「それで六男ということはよく分ったが、六男坊の文学というのはどういう意味かね」

別な一人が言った。

「一言で言えば、庶民の文学ということだなあ」

「それはわかるよ。しかし彼の生家は二百六十町歩の大地主だったんだよ」

「生家と文学には何も関係はない」

「ないことはないよ。ぼくは断然あると思うね」

賛否は両論にわかれたような形勢になった。

「うるさいなあ、それでは逆に六男坊の文学でない文学といえば、何男の文学だ？」

一人の別の声がした。

「きまっているじゃないか。長男の文学だよ」

「長男の文学といえばどんな文学だ？　具体的に例をあげて言ってくれ」

「むろんそれは、言わずと知れた志賀直哉の文学だ」

「なあーんだ。君はその一言が言いたくてうずうずしていたんだね」

車内に笑い声が渦まいた。

ちょうど、その笑い声がおさまった瞬間、

「あ、岩木山が顔を出したぞ」

誰かが大声で叫んだ。

私も窓外に目をやった。いつの間にか夕立はやんで、窓の外の右手のはるか彼方に、岩木山がその端麗な容姿を雲の上にのぞかせているのが見えた。いい山だと思った。だが間もなく弘前の市街の一部が見え始めると、私はいらいらして来た。昨夜、青森でやった講演があまりにも不出来であったからである。短時間の演説中、私は三度も立往生をした。死んでしまいたくなるような思いだった。もう演説は一生やるまいと心にきめたが、今夜だけはどうしてもやらねばならぬ義理がたたなかった。

（一九六四年七月　新潮）

月桂樹

一

文平が一大決心をすると、とかく故障が起りがちである。一年半ほど前、あと一カ月で還暦を迎えようとしている時だった。交通事故にでも遇ったら、折角目前にひかえた還暦もフイになると、外部ばかり警戒していたところ事故は内部でおきた。ある宴会の席上で、ある紳士が親愛をこめて文平に握手をしたのが元で、文平は手の指に故障をおこした。何のちょっとした怪我だから三日もたてば治るだろうと思っていたところ、それが何カ月も治らなかった。あとから考えると、一大決心をして何事も平和に無事にと自重して、自動車にばかり気を取られていたのがよくなかった。事故は盲点をついて畳の上でおきたのである。どうやら決心というやつは、文平にとっては魔物のようである。

それとはやや範疇（はんちゅう）を異にするけれど、文平は今年の立秋前後のある日、阿井家訪問を思いたった。阿井家は文平の家とは同じ関谷町内にある。もっとも町（ちょう）の字がついたのは戦後のことで、以前は単に関谷とよんでいた所である。もっと詳しくいうと、昭和初年までは東京府北豊島郡石神井村字関谷とよばれていて、その時分にはこの関谷には農家がわずか四軒しかなかった。阿井家はその四軒の中の一軒である。

昭和二十七年の暮、文平はこの関谷にバラックを建てて移住して来た。御多分にもれず、それまではしがない貸間をアチコチしていたのであるから、バラックでも出来あがった時の気分はまた格別であった。もっともその為には過分な借金が残ったので、手放しで有頂天になるほど爽快でなかったのは残念であったけれども。

日常茶飯で一番こまるのは、物売りがトンボのように自由自在出入りすることだった。道路と敷地との間に一線を画するものが何もないので、物売りは形ばかりの玄関など黙殺して、いきなりバラックの濡れ縁に坐りこんで商談をはじめるからであった。かといって道路と敷地との間に塀のようなものをつくる資力はなかった。

もてあました妻の志以は疎開時代の知恵をしぼって、バラックのまわりに唐もろこしの種子を蒔いた。唐もろこしは成長すると人間の背丈よりも高くなって外から中が見えない。茎は頑丈だから犬や猫はともかく、人間がくぐり抜けるのは困難である。成長のあかつきにはヒゲの生えた実がなって、焼いて食べると北海道旅行をするような気分になれる。そういった一挙三得をねらっての播種であったが、この播種は百パーセント成功して、一挙三得どころか、唐もろこしの実が食べられる頃には、夜空に星を仰ぎながら、さやさやと鳴る葉ずれの音までたのしむことが出来た。

しかしこの播種の成り行きがまだ海のものとも山のものとも分らない五月中旬のことであった。文平は町内の散歩に出た。家を出て北へ進むと三町ほどで、もうその辺は一面の麦畑であった。麦畑にはつきものの雲雀(ひばり)が空で鳴いていた。麦畑を前にして藁ぶきの一軒の農家があった。その農家の庭先に火の見櫓(やぐら)が見えた。櫓といっても高さは二間(けん)あるかなしかの背の低いもので、背のびをすると下からでも半鐘に手がとどきそうであった。が、それはこの部落に家が四軒しかなかった時代の消防組織を物語っているかのようであった。

道を北に突き当ると上水に出た。上水の土手は道になっていたので、文平は上水に沿って西へ進んだ。上水の幅は一間ぐらいで、水は澄んで流れは速かった。速い流れに野茨(のいばら)の白い花が垂れさがっていたりするのが、武蔵野の古い情緒をしのばせた。

出来るだけ上流まで行ってやろうと文平は決心した。ところがゆっくり歩いて十分ほど行くと道が尽きた。いや道が尽きたのではなく、上水の土手に林がおしせまって、その林をよけて道が左にまがっているといった方が正しかった。いわば林の通せんぼである。やむを得ず道に沿って左にまがると柊(ひいらぎ)の垣根があって、その奥の方に一軒の農家が見えた。広い農家の庭には樹齢何百年かの欅(けやき)が数本植わっていて、木の枝が天に向って葉をひろげて、この家は空から飛行機で見ても見えないのではないかと思われた。

農家は東に向いて建っていた。前に書いた火の見のある農家もそうだが、この付近にある農家はみんな東向きだった。文平ははじめはその理由を敷地の具合によって止むなくそうなったものと考えていたが、大きな屋敷の中のこの一軒もやはり東向きなのを発見して、これは何か理由があるように思われた。

道がまがるにまかせて左へ折れ、換言すれば関谷町内をぐるりと一周した結果になってわが家に引き返した文平は、

「おい、ちょっとここへ来て呉れ。実はこういう具合なんだ」

鉛筆を手にして紙の上にいま散歩して来たばかりの行程を地図に記した。

「ここのね、ここはわが関谷町の最西端ということになるらしいんだが、ここの三角形の頂点みたいな所に、一軒の農家があるんだ」

と文平が説明をはじめると、

「ええ、あります」

と志以が言った。

「なんだお前、もう知ってるの?」

「ええ、知っています。あの家、阿井さんというお家です」

と志以が言った。

「へえ、お前、名前まで知っているのか。女は耳が早いなあ」

と文平が呆れると、

「耳ではありませんよ。あたし、あの家に行ったことがあるんです」

と志以が言った。

「何をしにさ?」

文平が語気を強めると、

「唐もろこしの種子を貰いに行ったんです」

そういわれてみると文平は一と月ほど前、志以が唐もろこしの種子をまく時、これは付近の農家から貰って来たのだと言っていたのを思い出した。しかし付近だというものだから、火の見櫓のある家か、その隣のもう一軒の農家か、そんな見当でいたのであったが、それは文平の思いちがいというものであった。

よく考えてみると、志以はそういうことにはなれていた。文平は終戦前の年の暮に大陸へ渡って、終戦後一年目に日本に帰って来た引揚者だが、志以はその留守の間に疎開先で、格別用もないのに村の農家を訪問する癖がついていた。フラフラ病の一種のようなものだが、半後家には生活的にそういう必要があったと見なすことも出来る。見方はどうあれ、一度ついた癖はなかなか直らないものらしく、東京の二十三区内で彼女はそれをやってのけたのだ。戦争遺物の一種かもしれなかった。

「それで阿井さんの主人というのは、年はいくつくらいの人かね」

文平はきいた。

「四十ちょっとだと思います。十年も兵隊にとられていたそうですから結婚がおくれて、奥さんはずっと若いひとです」

志以が言った。

「その奥さんも百姓をしているのかね」

というと、

「奥さんはいま三番目の子を妊娠中だから、百姓はしていないようです。下男が二人もいますから、その必要はないのかも知れませんね」

と志以が言った。

そういわれると文平は何か具合がわるかった。そのわけは、志以は疎開中菜園百姓ではあるがカアチャン農業をしていたからであった。なれない作業のため彼女は体をそこねていた。顔の日やけの方は年月のおかげで大分元に戻ったものの、亭主のかわりに供出作業の松根ほりまでした体は、いまだに冬になると神経痛をおこしがちだった。

「ほう、下男が二人もいるのか。それでは大分やっているんだね」

と文平がいうと、

「ええ、二町歩ほどやっているんだそうです。杉並や田無（たなし）の方に持っていた土地はみんな取られたけれど、地下（じげ）の二町歩は残ったんだそうです。今となっては大変な財産ですね」

と志以が言った。

「ほう、二町歩といえば時価になおすとどの位になるかなあ。ちょっとやそこらでは計算も出来ないじゃないか」

「でも悲しいことには田が一枚も残らなかったので、おいしいお米が食べられなくなったんだそうです」

「人間、欲をいえばキリがないよ。ところで他人の財布の計算をするよりも、今日はおれ、お前にひとつお願いがあるんだ」

　文平はきり出した。

「なんですか。そんなに改まっていわれると、胸がどきどきしますよ」

　志以が胸に手をあてた。

「ジェスチュアはやめてくれ。いまさら、胸がどきどきする程の年でもあるまい」

　文平はアイをいれて、

「実はね」

　ともう一度紙と鉛筆を手に握って、

「この阿井家の横といっていいか裏といっていいか、このあたりに竹藪があるのを、お前知っているか」

　と地図に書き入れて示すと、

「ええ、知っています。あれは孟宗藪ですけれど、でもあなた、あの筍は今年はもう食べられませんよ」

「バカ、そんなことはおれがさっき見てきたばかりだ」

「じゃア、なんですか」

「あの藪の中に樫の木が幾本も生えているんだ。そいつをお前が行って貰って来てほしいんだ」

「タダでもらうんですか」

「そうだねえ、そりゃア、タダに越したことはないが、いくら藪の中の雑木でもこちらが所望すると惜しみがつくのが人情というものだから、……そうだなあ、……まあ、植木屋相場の半値か、……いや、三分の一値という所を目標にして交渉して来てもらいたいんだ。お前だってうまく行ったら、戦中戦後、ダテに疎開していたのではなかったという証拠がつかめるというものだ」

二

志以は張りきって出かけた。だが待っている方も気が気ではなかった。そこが二世を契（ちぎ）った夫婦というものである。へんな引例をするのは恐縮だが、そのころの流行語で言えば、文平はパンパンの紐になったような気持だった。

半時間たっても志以は帰って来なかった。そんなに早く帰れる筈はないと思いながら、それから更に半時間たっても志以は戻って来なかった。往復の時間もいれなければならないから、一時間ではちょっと無理であろうと文平は考え直した。だが二時間すぎると文平はいらいらして来た。でも終戦後生きているとも死んでいるとも分らない文平を一年間も待っていた妻の気持を察すれば、たとえ失敗して帰って来ても、ぶつぶつ言うのはよそうとひそかに決心した。

ところが丁度その時、

「ただいま」

と声をかけて志以が帰って来ると、安心感が先にきて、

「なんだ！　女も年をとると、ずいぶん足がのろくなるもんだなあ」

とイヤミが口をついて出た。

「まあ、厭だ。でも年のせいでは御座いませんよ。あたし、交渉はうまくまとめて来ました」

志以が汗ばんだ額を掌でなでながら文平の前に坐った。少々イヤミをいわれても、今は神経にはこたえぬらしかった。

「ほんとかね？」

文平も急に頬をほころばせて、志以の眼の色をうかがうと、

「時間がかかったのは理由があるんです。藪の中の樫の木は主人が二つ返事で承諾してくれたんですけれど、そのかわり今は仕事が忙しいから、掘るのは奥さんの方で勝手にやってくれと言うんです」

「へえ、そりゃあ、盲点をつかれたもんだなあ。で、お前、掘ることにしたの？」

「そんな重労働、あたしにはもう出来ませんよ。それですっかりしょげこんでいたところ、『奥さん、いいことを教えてあげよう。うちの爺さんをうまくまるめこんで、暇にまかせて掘ってもらいなさい』そう言って知恵をつけて呉れたんです」

「ほう、あの阿井家には、お爺さんがいるのか」

「いますよ。それでお爺さんのところへ行って交渉していたから時間がかかったんです。と

ころがお爺さんもはじめはなかなかウンと言って呉れなかったんですけれど、あたしがゆっくりゆっくり世間話などして、時間をかけてねばってやったところ、とうとう攻略しちゃったんです」

「なるほど、そうであったのか。やはり、おれの眼力にくるいはなかったようなものだ。で、そのお爺さんというのは幾つくらい？」

「そうね、丁度七十位じゃないかしら。おばあさんが一昨年六十九で死んで、おばあさんはお爺さんよりも一つ年上だったといっていたから」

「姉さん女房に死なれた男の寂しさは格別なものがあるというからなあ。で、そういう話はお前、お爺さんとどこでしていたの」

「藪の前の畑の中です。俗に腰をすえるとか腰をおちつけるとかいう言葉があるでしょう。腰をおちつけて草の上に坐ってしていたところ、その畑の向うの畑に月桂樹が二十本ほど植わっているのが見えるじゃありませんか。

『お爺さん、あれか、あれは何の木？』

『ああ、あれか、あれは月桂樹だ』

『へえ、あれが月桂冠で有名な月桂樹なの。それではあの木も頂いてもいいかしら』

そういうことでその月桂樹も三本約束して来ました。あなた、月桂樹をご存じ？」

「いや、どこかで公園のような所で見たような気はするが、よくは知らんね」

「そうでしょう。葉がとてもいい匂いがするんです。お爺さん、月桂樹は弱い木で、今は植えかえがむずかしいから、とかなんとか言って、はじめは渋っていたんですけれど、あたし、ねばりにねばって、一本三百円で落ちつかせたんです。植木屋で買うと二千円も三千円も平気でとられるそうですから、これはまるで拾いものをしたようなものですよ」

「それはうまくやったなあ。ところでおれが目ざした肝心カナメの樫の木はどうなったの？」

「樫の木は大きいのと小さいのと二本で、二百円ということで落着きました」

「二本で二百円か。それはまたバカ安だったなあ」

「そうですよ。それからあの藪の中に椎の古い木があったのをあなたご存じ？　あの椎の木を五百円でもらうことにしました」

「しかしあんな古木の植え替えがきくものかなあ。五百円はこれも大安だが、万一枯れたら五百円がフイになるぜ」

「大丈夫です。お爺さんが絶対に枯れないように土を十分につけて掘ってくれる約束なんです。その点ぬかりはありませんよ」

　とにもかくにも、交渉は大成功といわねばならなかった。文平は文字通り木というものが一本もない庭に、それらの木々が植わった時の有様を想像した。樫の木はあそこにして、椎の木はこちらにして、など空想をたのしんだ。外交責任者の志以は、時々藪まで出かけて、掘り上げの進行を偵察した。

　三週間ほどすぎた六月の上旬、午後から小雨のふり出した日の夕方近く植木が到来した。

リヤカーで運搬して来たのは阿井家の主人と下男二人と、合計三人であった。力士の松登の顔によく似た主人は地下足袋をはいていたが、まだ十代の下男は二人とも裸足(はだし)であった。

「おや、はだしか！　はだしで歩いても足の裏が痛くならないか」

文平がきくと、下男は二人とも口下手らしく、返事をしなかった。

「畑ではいつもこれだからね。物をはくと、足が窮屈になるらしい」

主人がかわって言った。

文平は傘をさして、木の植え所を差配した。三人のものは雨具はつけていなかった。なにかしら文平は、自分が一躍地主さんにでもなったような気持だった。

一時間ばかりで木が植え終ると、

「あの、ちょっとお茶でも」

と志以がお愛想をいったが、

「お茶なんかいい」

主人はかえりを急いだ。下男の姿はもうそこにはなかった。

「ではあの、お代の勘定をしておきますから……」

と追っかけるように言ったが、

「お代はまたでいいよ」

主人は下男の後を追った。明治時代の盆節季二度ばらいの習慣が、まだ残っているような印象だった。

あくる日の朝、雨はやんでいなかった。植木の活着には願ってもない好雨であった。文平は朝早く雨戸をくって、植木の姿を見ようとすると、ぱっと雀が逃げて行った。雀は植えたばかりの椎の木にとまりに来ていたものらしかった。そんならもっと静かに雨戸をあけるべきだったと後悔していると、またさっきの雀が椎の木にとまりに来た。

「おい、ちょっとここへ来て見ろ。もう雀がやってきているぞ」

小声で志以をよぶと、

「どこですか」

志以が寝間着のままやって来て、文平と肩をならべた。

「そら、あの椎の木だ。えらいもんだなあ」

と文平が感心すると、

「あら、ほんとね」

と志以も感心した時、雀がまたぱっと逃げて行った。

十一年すぎた去年の秋、夕飯のおかず買いに出ていた志以が戻ってきて、玄関を入るや否や、上ずった声を発して二階へ叫びあげた。

「オトウチャン、オトウチャン、ちょっと下へおりてごらんなさい」

なにごとであろうかと、文平が急な階段を踏みはずさないように用心しいしい降りて行くと、

「ちょっとこちらへ来てごらんなさい。月桂樹が蕾をつけているんです」

手をとらんばかりにして、志以は文平を外へ連れ出した。

月桂樹は三本とも、道路に面して植えてあった。土地がせまいから植える時そうしたのであったが、それが今では垣根がわりの用を足していた。

「どこだ?」

蕾ときいて、文平は興奮していた。

「あそこです。こちらの道の方へ出ている枝の中に、青い小さなツブが見えるでしょう」

志以が指さした枝を見あげると、ツブが見えた。ツブは枝の葉の根元のような所に、ひっそりと隠れたような姿で群がって見えた。ツブは小さく葉と似たような色をしているので、ちょっと誰かに注意でもされねば、眼につきかねるようなものだった。

「お前、どうしてこれが気がついたんだ?」

「さっきお使いの帰りに、この月桂樹の枝、少し道に出すぎたなあ、道を通る人の邪魔になるなあ、そう思って上を向いたら見えたんです」

「だけどお前、この枝は切ってはいかんぞ。この位道にのぞいているのは、どこの家でもあることだ」

文平が注意すると、

「切るもんですか。これは内証の内証です」

二人はうなだれたみたいな恰好で、家の裏についている玄関の方へ引きかえした。上を見て歩くと、通りすがりの通行人もつい上を見て、月桂樹の蕾に気がつきはしないかと警戒してのことであった。

でも文平は顔はあげずにちょっと上目づかいをした。あと二本の月桂樹はどんな塩梅であろうかと気がかりであったからであった。しかしその二本の月桂樹には全然蕾がついている気配はなかった。垣根用に利用してあるため、道にのぞく枝を切りおとす序でに、思いきり上の方も整枝がゆきとどいている為であった。

文平は月桂樹に花が咲くことは知っていた。数年前のことだが、ある新聞の投書欄に月桂樹の実をもとめる東北の中学生の投書がのったからである。投書の内容は自分の母親がリューマチ（?）がひどくて身動きが出来なくて困っている。話にきくと月桂樹の種子が特効薬だということで、近所近辺を足を棒にして捜しまわったが見つからない。就いては読者の中にこの月桂樹の種子のありかを知っている人があったら教えてもらえないか、といったような、母親おもいの子の投書だった。

世の中は広いもので、幾日かしてその投書の結果が新聞の三面記事にあらわれた。どこの誰であったか忘れたが、月桂樹の種子を送りとどけてやったものがあって、その種子を前にして喜び合っている母と子の写真が新聞にのったのである。

しかし文平は単に新聞記事を見たという程度で、深い関心は持たなかった。月桂樹はもともと地中海あたりの原産で、温暖な土地が好きなのである。東北で花が咲かなければ、東北とは地つづきの関東でも花が咲く筈があるまい。げんに自分の家の月桂樹も、植えた年の冬は雪にやられて、葉をすっかりふるい落した。その次の年の冬は前の年より少しましで葉が全部落ちはしなかったが、芋の葉が、霜にやられたように褐色にしおれてしまった。

東京の気候とは肌が合わないのだとひとりぎめして過ぎて来たのであったが、花の蕾がついたとわかれば気持が急変するのも余儀なかった。

文平は毎日のように月桂樹の木の下に立って、枝を仰いだ。枝にはだんだん蕾がふえて行った。はじめは十個あまりしかなかったのが、おしまいには二百個ないし三百個くらいに増えた。いうまでもなく、道にのぞいた枝ばかりでなく、もっと上の方の枝や道とは反対側の枝にも蕾がついたのである。

何日かして文平は引越以来はじめて植木屋をいれた。のび放題になっている樫の木や椎の木の枝をはらってもらうのが主目的だった。で、この月桂樹には手をつけないようにと申し渡しておいたのであるが、言い方が微温的だったのか、植木屋はちょっとした隙に月桂樹にも手をつけてしまった。文平が二階から見つけた時は数本の枝を切りはらった後であった。

「植木屋さん、そいつは切らんでくれ。切ってはいけないんだ」

文平は青くなって座敷から叫びあげた。

「でも旦那、折角ですから、これも切っておいた方が恰好（かっこ）がいいんじゃありませんか」

植木屋が梯子（はしご）の上から言った。植木のことは植木屋にまかせとけという口吻だった。

「恰好（かっこ）のことはかまわんのだ。実はその月桂樹は蕾をもっているんでね」

文平がいうと、

「へえ、どこにですか」

植木屋はけげんな顔をした。そして月桂樹の枝に眼をやったが、枝の蕾には眼をくれようとはせず、手拍子でもって枝をまた一本切りおとした。

「駄目だよ、切ってはいかんのだ。君はさっさと下へおりてくれ。その木はおれが勝手にやる」

声を大きくして呶鳴(どな)りつけると植木屋はやっと不承々々みたいな顔をして梯子からおりた。

文平は二階からおりて庭に出た。そして月桂樹の木の下に立って、いま切り取られたばかりの枝をひろった。枝はいいところばかり選んで切ったかのように、青い小さな蕾がまみれつくほどついていた。わが子が自動車事故にやられた時のように、胸が痛んだ。

三

寒いひと冬がすぎて今年の五月上旬、お使いに出ていた志以が戻って来て、玄関からはずんだ声で叫びあげた。

「オトウチャン、オトウチャン、例のあの木に花が咲きましたよ」

例のあの木というのは月桂樹にきまっていた。なぜ直接法をつかわないかといえば、文平の家は隣家が接近していて、内証話もろくろく出来ないからである。集金人がやってきて断わりをいうのは面白くないものだが、隣家へ筒抜けになるのは尚おもしろくないものである。集金人も心得たもので、わざと大声をはり上げたりするのがある。

「ほう、やっぱり咲いたか。咲くだろうという自信はあったが、それにしてもお前の眼にはまた先をこされたのう」

文平は下駄をつっかけて道路に出てみると、去年の秋一番に蕾をつけた枝に花が咲いているのが見えた。白色に青みがかった色を帯びた、ちょっとほかのものに譬えるのはむずかしいが、むりに譬えれば鈴蘭の花を小型にしたような、何ともいえず高貴で気品のある花だった。

蕾を発見したので十月頃であったから、それからの半カ年文平はずいぶん気をもんだのである。十二月から二月にかけての厳冬には、蕾がしぼんだみたいになって色も黒ずんでいたから、これはもう駄目かとあきらめたこともあった。あきらめておいた方が失望した打撃がすくなくてすむと思いもした。が、これは若しかしたらと希望をとりもどしたのは、ボケの花がふくらみはじめた三月に入ってからであった。

現金なもので花が咲いたのを見ると、文平は研究熱が勃然とわいた。といっても植物園のようなところへ行って、その道の専門家から指導をあおぐような暇はなかった。丁度具合よく、ひさしく欲しいと思っていた百科事典が手に入ったので、事典で研究してみると、月桂樹の項には次のような説明が出ていた。

月桂樹——クスノキ科の常緑小高木。一名ローレルといい、原産は地中海沿岸。葉はかたく濃緑色で、ふちが多少波うち、もむと芳香がある。雌雄異株で、いずれも四弁の小花が多数集まって葉のつけ根につく。果実は楕円形でなかに一個の種子があり、熟すと黒紫色になる。葉の芳香は精油で、主成分はシネオール・オイゲノールなどで葉の乾燥量の一～三パーセントあり、揮発性で月桂油とよばれる。果実からもとれ、料理の香料としてソース・カレー粉などに加える。また干した葉はそのままスープやシチューに入れて煮込む。

ギリシャ時代からこの枝を冠につくって競技の勝者にあたえたといわれ、月桂冠と呼ばれて勝利のシンボルとされている。

（傍点筆者。日本百科大事典より）

とかく研究には頓挫はつきもののようだが、文平もこの傍点のところで研究が頓挫した。月桂樹が雌雄異株であろうとは、夢にも考えたことがなかったからである。しかし反面よく考えて見ると、それはこの月桂樹が高等植物である所以(ゆえん)かも知れなかった。動物にも高等動物と下等動物がある。高等動物の代表は人間だが、これはいうのさえ野暮なほど雌雄別体である。同じ動物でも同日に談じてもらいたくはないナメクジ、カタツムリ、ミミズのような下等動物が雌雄両性を兼ねているのである。

事典には絵図ものっていたので、自分の家の月桂樹の花を取って来て調べてみると、自分の家の月桂樹はどうやら雌のようであった。雄なら花粉の配給係ばかりつとめてつまらないが、雌は種子をつける機能を自分でそなえている筈だった。文平は銀杏(いちょう)がやはり雌雄異株で、この銀杏の木の雄花は五里十里の道をいとわず、雌花の咲いている銀杏の木をさがして飛んで行く、と何かの本に書いてあったのを思い出した。そうだからこの月桂樹もあのようにして受精を終えるのではないかと想像した。

ところが人間の眼で雄の花粉がよそから飛んでくる実態を見きわめることは不可能に近かった。もっともこれは高等動物の代表である人間の場合でも、その実態がつかめないのは同じようなものである。ただし人間は三カ月ともなればそれとなく腹がふくれて、前掛の下に見えつかくれつするようになるのは、先刻読者諸君がご承知のとおりである。

月桂樹の花は長かった。長いのは木の性質によるものか、受精がおわらない証拠なのかよくわからなかった。

「ねえ、あなた、あの花をあたし、花生けにして見たいんだけど、切ってもいいですか」

ある日志以が突然のように言い出した。

「駄目だよ。切ってはいかん。そうでなくてさえも、今年は植木屋に枝をきられて花がすくないんだ。花生けにするのは来年にしてくれ」

文平は言下に拒絶した。

花は早く咲いたものから順々に散って行った。散った花のあとに、さくらんぼ型の青い子房がのこった。その子房を見ていると、子房は受精を終えたかのような印象で、人間にたとえて言えば三カ月ぐらいに見えたが、それはやはり仮装妊娠というやつだった。思わせぶりをしただけで、やがて黒色に変色して、一つのこらず地上に散って行った。

四

文平はお婿さんさがしをしてやる必要を感じた。思わせぶりというやつは、若い時には腹が立って、向うがツンならこっちもツンだと背中をむけたことも再々であったが、あれは人情の機微を知ること浅かったのである。仮装妊娠までよそおわなければならない先方の気持にも、つらいところはあるのだ。

かといって、婿さんえらびに右から左に妙案があるものではなかった。百科事典をひいても書いてはないのである。幸か不幸か、文平宅にはまだほかに月桂樹が二本あるのも、お婿さがしの邪魔になった。この二本の中にもし雄木があれば、余所からわざわざ持ってくるのは、この二本の木に対して失礼というものであった。

二た月余りうっちゃらかしにしておいたが、八月初めのある暑い日、扇風機をかけて文平は昼寝をした。眼がさめた時、ふと妙案がうかんだ。

それは阿井家のお爺さんに会ってみることだった。お爺さんに会えば、月桂樹の木の生い立ちがわかる筈だった。もしお爺さんが挿木をして育てたのであれば、その挿木の親木のことも知りたかった。親木が同じ木であれば、お爺さんの持っていた木は雌ばかりだったということになるのである。

野球で大切なのは、先ず塁へ出ることだ。よしんば点に結びつかなくとも、その精神を失ってはいけない。文平はさっそく外出の支度をはじめた。ヒゲを剃って着物を着て、帯を結んでいるところへ、空がくもって雷がなりだした。夕立が沛然（はいぜん）と降って来て、外出がオジャンになった。文平が思いたって何か事を決行しようとすると、何か故障がおきるといったのは、このことを指すのである。

あくる日は曇天で、外出には手頃の日だった。無帽無杖で上水の土手道を登って行くと、昨日の雨は上流の三多摩地方はこの辺よりもっと沢山ふったらしく、水嵩（みずかさ）が土手の縁まで届きそうであった。

阿井家の柊の垣根はもとのままだった。が、中の様子は相当かわっていた。大木の欅の木がきられて、新築の家が建っているのが見えた。だが、家の様式はもとの農家風なのに好感がもてた。家の向きも東へむいたままだった。

ほかに変ったことと言えば、自家用車が中庭に一台おいてあることだった。納屋の中には耕耘機が二、三台見えた。

母屋のなかの土間は光線の具合で暗かったが、文平が戸口にたつと、

「やあ、どうぞ」

と中から主人の声がした。

入れちがいに客が出て来て、自転車に乗って帰って行った。その客の腰かけていた上り端（あがりはな）に文平は座をあてがわれた。で、さっそく挨拶がわりに、

「いい家が建ったんだなあ。総欅のようじゃないか」

とあけひろげになった座敷の方を見まわすと、

「あったから、使ったまでよ」

と主人が言った。その時気づいたが主人は地下足袋をはいたままだった。

「ところで今日は実はお爺さんに会いたくて来たんだが、……」

ともう一度座敷の方を見わたすと、

「おじいさんは死んだ。ちょうどまる二年前」

と主人が言った。

「え？　亡くなったの？　そいつはちっとも知らなかったなあ。……それはそれはどうもご愁傷さまで。……で、年はいくつだったの？」

ときくと、

「ちょうど八十だったよ。で、おじいさんに会いたいって、どんな用件かね」

と主人がきいた。

「いや、用件というほど大したことでもないのだが、いつかお爺さんに椎の木や樫の木を掘ってもらった時、うちでは月桂樹の木を三本貰ったことがあるのよ」

「そうそう、それはわしもよく覚えている」

「あんたに植えてもらったんだものなあ。ところであの木は、お爺さんがどこから仕入れて来たのだろうかと思って、それが知りたかったのよ」

「あれはお爺さんじゃないよ。わしが仕入れて来たんだ」

「へえ、あんたが仕入れたのか。そうすると何処で仕入れたのかね」

「あれはわしが十くらいの時、わしが本当のお祖父さんと府中の暗闇祭にまいった時、境内に店を出していた植木屋から買って来たのよ。四十年も前のことだから値段のことは忘れたが、こんな小っちゃい苗を束にしたのをさげて帰って来たから、今でもよく覚えているよ」

「腕がだるかったんだなあ。で、その月桂樹はまだ畑に残っている?」

「畑にはもうないが、掘りあげて来て、庭に何本か植えてある」

「そう。じゃ、ちょっとそれを見せて貰えないか」

文平は主人につれられて家の裏へまわった。裏は西だが上水を利用した流し場の石段の左右にその月桂樹は三本うえてあった。三本とも文平宅の花のさいた月桂樹よりも背がひくかった。

「この木には毎年花が咲くかね」

と文平がきくと、

「花? この木に花が咲くのか? わしはまだ見たことがないぞ」

と主人が言った。

それで用件はおわった。宿題は来年に持ち越しのようなものだった。

世間話のつもりで、

「ちかごろ、たいへんな土地ブームのようだなあ。あんたも、少しは田地(でんじ)を売ったかね」

ときくと、

「わしはまだ一枚も売らないよ。今後も売らないつもりだ」

と主人が言った。

「関谷町にもずい分家がふえたもんだなあ。いま、何軒くらいあるんだろうか」

ときくと、

「四百軒だ。いや、四百軒というのは一昨年のことで、いまは六百軒かな」

と主人が言った。

来たついでだから、文平は仏壇のお爺さんにお線香をあげることにした。

仏壇に立てかけてある写真でも分るように、お爺さんは背はひく目だがちょっとした美男子型だった。若い時、府中の暗闇祭では相当もてたのに違いなかった。そういう昔話を、暇な時にゆっくり聴いておきたいと思いながら、今となってはそれも永遠に出来ない相談だった。

れいの椎や樫の木を貰ってから半年ぐらい経ったある日の午後、文平は自分の家の脇の道路に、お爺さんが立っているのを認めた。

「お爺さん、まあお入りなさいよ」

という志以の声がしたので、座敷からのぞいて見るとそれがお爺さんだったのである。

「うん、まあ、もう見たからいいよ」

とお爺さんが言った。

お爺さんは自分が汗水たらして掘りあげた椎の木や樫の木の活着を、偵察に来ていたのである。内証で見て帰ろうと思っていたのに、運わるく志以に見つけられたというような具合であった。

「でもお爺さん、ちょっとお入りになって、お茶でものんで行ったら」

と志以は重ねて言ったが、

「うん、まあ、もう見たからいいよ」

と言って帰って行った。

その時の、七十男には似合わぬ、はにかんだような顔が文平の胸にうかんだ。

帰りは道を別にした。藪の裏を通って農道に出ると、下男が一人でキャベツの移植をしているのが見えた。その辺はみんな阿井家の畑であるから、阿井家の下男に違いなかった。年は十代のように見えた。椎や樫や月桂樹をリヤカーで運んでくれた下男とは別人であった。あの時は下男が二人いたが、一人きりで仕事をしているのは、今は下男は一人しかいないのかも知れなかった。耕耘機の発達のためか、労働者不足のためか、裸足(はだし)姿だけは前の下男と同じだった。

「やあ、今日はいいお天気だねえ」

と文平が声をかけると、下男がきょとんとした顔をあげた。

「いま、君はひとりかね」

と声をかけると、

「ひ、ひ、ひとりって、何のことだべ?」

と不思議そうな顔をして、文平の顔を見つめた。


（一九六五年十月　別冊小説新潮）

釘

　昭和四十一年も半分すぎて、七月はじめのある曇天の日のこと、正介は妻から二階に蟄居（ちっきょ）を命じられていた。屋根屋が屋根の葺替（ふきか）えに来る約束ができているからであった。ちかごろは需要家よりも職人の剣幕が強くなっているので、妻は約束を取りつけるまでに、何度も屋根屋にお百度をふまねばならなかった。苦心の末折角来てもらえるようになったのに、亭主が出て文句をつけたり根ほり葉ほりつかぬ事を尋ねたり、見学にうつつをぬかすのは禁物としなければならなかった。げんにこれは屋根屋ではないけれど、大工が途中で仕事をおっぽり出して、工事中止になったままの建増住宅が、近所に一軒あったりするのが手頃な例でもあり、いい見せしめでもあった。

　職人は九時すぎというよりも、十時近くになってやって来た。

「天気は大丈夫かしら。途中で雨がふり出したりしては大変だけど」

　妻のいう声がした。

「大丈夫だよ。晩までは必ず持つね」職人の声がした。

「それからあの経木（きょうぎ）みたいなもの、あんなに濡れていても大丈夫？」と妻の声がした。
「心配はいらねえよ。あれは本当は水に濡らして使うんだから、丁度いいしめり具合というもんだ」職人の声がした。

経木みたいなものや新しい瓦はもう十日も前から来ていた。もっとも瓦屋の運搬人が間違えて近所の建増住宅の家へ持って行った為、増築の家の主婦はよろこんでラーメンなどふるまってやったが、一昨日その間違いが判明して、運搬人は瓦の置替えに来た。あとで見ると瓦はコンクリートだから平気なものだが、経木みたいなものは雨にぬれて色が朽ち、黴（かび）さえ浮び出ていた。念のため屋根屋に電話をかけると、葺替え当日は新しいものを持参して取替えるとのことで安心していたのだが、主人と使用人との間に話は通じていないものらしかった。

間もなく瓦をめくる音がはじまった。めくった瓦はぽんぽん下へ投げ落すので、硬直性の破裂音に正介は自分の頭を叩かれているみたいな感じだった。自分のことはとにかく、近所隣への思惑ということもあるので、ガラス戸を細目にあけて外をのぞくと、破裂音はトラックの上で起っているのだった。古瓦を割り割りトラックに積んでいるのであった。いや、古瓦をトラックに投げ落せば、自然に瓦が割れるという簡便法でやっているのであった。

しかし僅か十三坪ほどの屋根だから、その音も間もなくやんで、やれやれと思っているところへ、妻が二階へ上ってきて、
「あなた、大変なんですよ。屋根にいっぱい、白蟻（しろあり）が巣をつくっているんですって、……」

と報告した。

「そうか、それはよかったなあ。瓦をめくったから分ったのだから、やはり屋根の葺替えをする気になったのが、幸運だったということになるなあ」

正介はほっとしたように言った。

「とにかく私、白蟻退治の薬を買いに薬屋さんまで行って来ます。その間にあなたは、屋根の様子をたしかめて置いてくださいません？」

思いがけぬことから蟄居から解放された正介は玄関から外に出ると、玄関の入口の真上に梯子（はしご）がかかっているのが見えた。下駄をぬいで足をかけ、二、三段あがると梯子ががたがた動いた。落ちたら大変なので、梯子をかたく握ると、梯子がますます動いた。正介は自分の老齢を感じた。動いているのは梯子そのものよりもむしろ、正介の体の方だった。

やっと屋根の見える所まで上り、

「やあ、どうもご苦労。白蟻がいるんだって？」

と梯子の上から顔だけ出して職人に声をかけると、

「なあに、たいしたことはないよ。こんな白蟻なんか、殺虫剤をふりまけば、一ぺんにころりと参っちゃうからね」

屋根に腰をかけてハイライトを吸っていた二人の職人のなかの年輩の方が言った。年輩の方が二十七、八、年少の方が二十二、三に見えた。

「白蟻はどこにいるの？」

「それだよ。そら、そこで巣がなくなったもんで、あわてふためいて、逃げまわっているのが見えるだろう」

正介は安心した。めくれた瓦の下のトントン葺きの経木のようなものは雨にくさって、くさった経木の間に砂が茶碗ですくえるほどたまって、その砂の中に巣をつくっているのは白蟻ではなかった。何という蟻か名前は知らないが、よく地上で見かける黒に茶色をまぜたような色をした長さ四ミリほどの、普通の蟻だった。巣をこわされたそれらの蟻が、白い卵を口にくわえて右往左往しているのを、職人は白蟻とまちがえたものらしかった。

「ああ、見える、見える。体に似合わぬ大きな卵を運んでいるなあ。……いずれにせよ、殺虫剤が来たらよろしく撃滅をたのむぜ」

白蟻でなくても退治しておくに如くはないと思って、正介は梯子からおりた。おりる時、素足の足の裏が梯子の段々にうまくひっかからないのに閉口した。段々は丸木でなく細長い板が打ちつけてあるだけの粗末なものだった。足の裏が板にくい込んでもぎとられそうになる痛さを我慢しながら、最後の一段をおりきった時には、正介は命が助かったような思いがした。職人がするように、地下足袋で上り下りするのがずっと楽なのがわかったが、地下足袋であがればあがったで、正介にはまた別な不安感がともなうかも知れなかった。やはり、年というよりほかなかった。

脂汗が一ぱいにじんだ顔を洗いに台所に入った正介は、ビール瓶を一本さげて二階へ上った。コップについで一ぱいやっていると、不安と緊張からきた身体のふるえはややおさまった。正介の身体のふるえと心臓のあたりの動悸は、いつもこのアルコール療法でやわらぐのだが、しかしこの日は足の裏から膝へかけてのふるえは、打撃がひどかったと見えて、おいすぐとはおさまらなかった。

「白蟻は薬でみんな死んだそうです」

妻が来て報告した。

「ところが実はあれは白蟻ではないんだよ。おれは先刻よく見て来たが、あれは普通の蟻だよ。せっかく職人がそう思い込んでいるのにわざわざ横槍を入れるのもどうかと思って知らん顔をして降りたけれど、実は白蟻だったらもっと大変な騒動になるところだったね。結果としては非常によかったわけだ」

「それで、いち早く御祝盃というわけ？」

「ひやかしちゃいけない。今日は少なくとも十万円はもうけたのと同じようなものなんだ。もしほんとに家の柱でもやられていて見ろ、大工工事がまた頭痛の種になっていたところなんだ。祝盃でも何盃でもかまわぬから、とにかくもう一本ビールを持って来といてくれ。おれはもう階下へはおりないことにするからね」

「そりゃ、持って来ますけど、のみすぎて酔っぱらってのこのこ出て来て、職人に文句をつけるのだけは、今日は金輪際ごめんですよ」

「バカ、わかっているよ。だからこそ、先刻もハイご尤も、ハイご尤もで、屋根から降りて来たんじゃないか。あまり緊張しすぎて、そら、まだこんなに足がぶるぶるふるえているんだぞ。亭主はふだんは役に立たないようでも、肝腎カナメな時になると思わぬ威力を発揮することがあるものなんだ」

正介はビールを二本のんで、昼寝をした。梯子の上り降りは、やはり井之頭公園の池を一まわり駆足したのと同じくらい疲れたものらしく、ぐっすり熟睡して、目がさめた時は、もう職人は仕事を終えて帰った後だった。

瓦の葺替えが終って雨のもらぬ家に住むのはたのしかったが、妻は屋根から出たごみの後始末が大変だった。戦前はこうしたことはみんな職人が片づけて行ったものだが、いまは後片付けのような面倒くさいことはしない習慣になっているものらしかった。妻は朝早く起きて前の道に出て、近所の家がまだ雨戸をあけない前にごみを焼きすてねばならなかった。雨戸があけば水をかけて消さねばならないので、ごみが焼き終るまでには前後数日をついやした。

一週間ほどすぎた朝、正介は散歩かたがた急ぎの郵便をいれにポストに行こうとして家を出た途端、牛乳配達の三輪自動車にはねられそうになった。朝が早かったので、配達は誰も人間はいないと思って、警笛も鳴らさず、路地を曲ったのが元だった。

一時間ほど散歩して帰ってくると、妻のした焚火のあとに先刻の三輪自動車のものにちがいないタイヤの跡がめり込むようについているのが見えた。正介をはねとばすまいとハンドルを急回転させた衝撃で車がひっくり返りそうになったのを、あやうく水平の位置に直したあとが灰の上に明瞭であった。

正介はそのタイヤの跡をじっと見ていると、灰の中に光っている二寸釘が一本、目にとまった。釘は火に焼けて黒くなっていたが、一本目につくと、追っかけるように二、三本目についた。ステッキで灰をかきまわすと、四、五本目についた。

「おーい、お前は磁石を知らないか。磁石がどこかにあった筈だがなあ」

勝手口はまだしまっていたが、茶の間にいる筈の妻に外から声をかけると、

「磁石ですか。ええ、ありますよ。だけどどこにしまっておいたかなあ」

「どこでもいいから、はやく思い出して、出してくれ」

正介は目の前の牛乳箱から、牛乳を一本とり出した。といってもその牛乳は先刻の乱暴な牛乳屋が配達したものではなかった。正介の家にくる牛乳屋は、自転車でくるのである。紙の蓋をとってラッパのみしていると、前の道を例の増築が中断している家の主人が通りすぎた。が、主人はまっすぐに前を向いて歩いていたので、正介には気がつかなかった。だいたいこの路地の奥に住んでいる男性は、まっすぐに前を向いて歩く習慣があるのである。きょろきょろ横見をするのが好きな男性は、正介ひとりくらいなものである。

「これでしょう」

窓が細目にあいて、まだ寝間着のままの妻が、磁石を差し出した。

「ああ、これこれ、これだ。思ったよりも早く見つかったなあ」

「朝っぱらから、何をなさるんですか」

「いや、お前のした焚火の中に釘が沢山ころんでいるのを見つけたんでね。拾っておこうと

思ったんだ」

正介は焚火のところに戻って、釘をひろいはじめた。磁石はもう十年も前に買ったものなので、ひょっとしたらバカになっているかも知れないと思ったが、性能は前と少しも変っていなかった。

十年前と言えば、正介はまだ五十そこそこの若さであったが、当時彼は焚火に熱中したことがあった。ことのおこりは、庭に出て原稿用紙の書きつぶしを石油罐で燃したのがはじまりであったが、はじめた日の時刻が夕方であったためか、その次の日からも夕刻がくると焚火をしなければ、気がすまなくなってしまった。雨が降っても傘をさして火を焚いた。紙屑だけでは火が早く消えるので、木切れ竹切れの類を罐にいれると、火が長持ちした。

正介はその時より三、四年前にバラックではあるが小さな家を建てた時、大工がおいていった脚立や梯子がまだ残っていた。もちろんそういう大道具類を入れておく場所はなかったので、それらは雨ざらしになって丁度耐用年数に達していたのを幸い、正介はそういう道具類もほぐして火に焚いた。火を焚くのは家の掃除をするようなものだった。火を焚いて出来た灰は植木にかけてやれば、植木の肥料になった。一石二鳥どころか一石三鳥の趣味と実益を兼ねたおもしろい娯楽であった。

家の内外にも材料が払底すると、正介は八百屋に行って、蜜柑箱、林檎箱の類をわけてもらって来た。もちろんこれはタダというわけにはいかなかったが、趣味としては最も安上りの投資なので、妻からも一口も文句は出なかった。

ところが八百屋からわけてもらった箱類には釘が沢山うってあるのが難点であった。いうまでもなく釘は火にもえないので、庭に灰をまくと釘も一緒にばらまかれて、跣で庭いじりをするのに危険だったので、正介は町へ出て玩具屋で磁石を買ってきた。磁石は玩具屋にあるものの中では一番大きい、長さが六、七センチもある大きなものだった。

ところで磁石の性能は十年前と同じでも、正介の視力は十年前と同じではなかった。性能の変らなさに気をよくして、磁石を釘に近づけると、小さな木切れの燃え残りであったりした。十年前は屋敷の中の自分の庭でやったので、気分のさまたげになるものはなかったが、いまはその十坪の庭にも木がぎっしりと植わっているので、妻は火は外でたいていた。公道ではないが、共同の私道であるから気分が十分に集中できない嫌いがあった。

正介はそれでも古釘を約三十本ほど拾うとハンカチに包んで家の中に入って、

「おい、こんなにあったぞ。いったい何に使ってあった釘なんだろうかね」

と妻にきくと、

「瓦がすべらないように瓦を釘でとめておく細木があるんですよ。その細木を新しいのと取替えたので、もとの古い細木に打ってあった釘なんですよ」

と妻が言った。

「それはそうと、お前はあの灰はもうあそこで棄て去りにするつもりなのか」

「ええ、はじめは菊かバラにやるつもりでいたんですけれど、雨に何度もふられたのであきらめちゃったんです。雨にぬれて灰の養分はどこかへ逃げちゃっていますからね」

「ははあん、しかしお前も欲がなくなったなあ。尤もいつかのように欲を出しすぎて、膝のリューマチが起きたりすれば、困るのはご主人様だから、考えようによってはそれも結構なことであるが……」

正介は台所に入って釘をきれいに洗った。よごれたハンカチは洗面器に浸して、洗った釘はあり合せのわさび漬の丸い容器に入れ替えて、二階へ持ちあがった。

あくる日の朝、目がさめて先ず正介の頭にうかんだのは、玄関先の焚火の焼跡のことだった。昨日のあんばいからすれば、まだ釘はのこっているに違いなかった。

玄関から出てみると、はたして車のとおったタイヤの跡に釘が、二、三本うき出ているのが見えた。釘は寝た姿だからいいようなものの、立った姿でタイヤにつきさされればタイヤがパンクするに違いなかった。

磁石の先にひっかけて四、五本ひろい、顔を地べたにくっつけるようにして焼跡をうかがっている時、

「おじちゃん、何してるの」

と遠くからよぶ子供の声がした。ふりむくとそれは路地の突当りのれいの建増住宅が中断している矢木家の次男坊だった。

「いいものを拾ってるんだ。坊やもここへ来てごらん」

正介が返事をすると、坊やは一たん家の窓から見えなくなったが、間もなく表から姿をあらわし、こちらへ駆けて来て、焼跡にしゃがみ込んだ。

「坊やはいくつだったかね」

「四つだよ」

「お兄ちゃんはまだねんねしているの？」

「ううん、お兄ちゃんはもうセミを取りに行った。ぼくがついて行くと、セミがとれないんだってさ」

　正介はこの坊やとまだつき合いはなかった。が、妻はその母親を通じてちょっとしたつき合いがあった。で、坊やは子供心にも正介が妻の夫であることは知っているに違いなかった。

「おじちゃんは何をさがしているの？」

「うん、ちょっと待て。ああ、これだ、これだ。坊やこれをちょっと坊やのお手々に持ってごらん」

　磁石をわたすと、坊やがこわごわと磁石を手に握った。

「こわくはないよ。そら、その赤い方をお手々にもって、その黒い方をここへくっつけてごらん」

　焼釘を棒切れで示すと、坊やの手にしている磁石の先に焼釘がくっついたが、くっつき方が足りなかったので、釘は途中で下へころげおちた。

「ちょっと出してごらん。こうするんだ。こういう風にね」

　磁石の先を地べたにはわすようにしてくっつける術（すべ）を教えると、二度目は坊やも上手にできた。

「さあ、こんどはこれだ」

二度三度とやっているうち、坊やの技術はめきめき上達した。正介は釘をさがし出してやるのが追っつかないほどだった。釘はへってもふえることはないからであった。およそ二十本ほど拾いあげた時、

「あ。おじさん、ハヤミハナだ」と坊やが叫ぶように言った。

「うん、そうそう。だから今日はこれでやめておこうね。あとはまた明日の朝にしよう」

疲れが出て来た正介は、坊やを半分ふりすてるようにして家の中にとび込むと、

「おい、ハヤミハナって何のことだ？ いまおれは矢木家の次男坊にきいたんだが、ちかごろの子供言葉って、むつかしくなったもんだなあ」

とテレビを見ている妻に声をかけると、

「バカね。ハヤミハナって、これですよ。あなたもファンのお一人じゃありませんか」

画面にうつっている写真をさして妻が言った。ハヤミハナとは子供言葉ではなく、おはなはんのことなのであった。

あくる日朝早くブザーが鳴った。目をさまして待っていた正介は、それが坊やに違いないことがわかった。とんでおりて玄関をあけると、はたして坊やだったが、坊やは足早に自分の家の方へ逃げて行くところだった。

「坊や」

正介は叫んでよびかえそうとしたが、思い返してやめにした。

前にも述べたように正介家では妻と坊やはちょっとしたつき合いがあるのだが、正介はよその子供を家庭にいれることは厳禁してあった。何も子供ぎらいというのではなく、よその子供が来て遊びさわぐと、正介の小さな家では正介の自宅営業にさしつかえが起こるからであった。

坊やは幼児の勘でそういうことを知っているのか、時々、ブザーを鳴らして妻に合図をして逃げて行くことがあった。坊やのブザーの鳴らし方には特徴があって、妻はほかの来客とまちがえることはなかった。鳴らしつ鳴らされつ、それだけで十分満足しているような間柄なのであった。

併しけさのブザーは正介をよぼうとしたのだと正介は思うが、ブザーを鳴らして人が出てくるのは、何となく坊やの感覚は承知できないのに違いなかった。出て行く前に逃げておかねば、坊やの気分はすっとしないものがあるらしかった。

一夜があけると、釘はまた出てくるものだった。車や人がとおる度、釘は灰の中や土の中からうき出て来るような気配だった。棒切れで灰や土をつつきつつ釘をひろっていると、

「おじちゃん、何をしてるの」

忍び足でやって来た坊やの声が後ろでした。

「また、やってるんだ。坊やもやってみるか」

と正介がいうと、

「うん、でも、ぼくは見てる」

坊やはしゃがんで頰杖をついた。

「どうして今日は見ているのかね」

というと、

「ぼく、それを、かあちゃんが買ってやるといったんだもの」

と磁石を指さした。

「そうか、そりゃあ、いいなあ。でも買ってもらうまで、おじちゃんのこれを、つかってもいいんだぜ」

「ううん、ぼくは見てる」

頑固というのか我慢というのか、正介はちょっと解しかねた。正介は何となくつまらなくなって、はやばやと釘拾いを切り上げた。

それから三日ほどすぎて、雨がしょぼしょぼ降って、釘拾いはあきらめていた日の朝の八時ごろ、画家の太田から電話がかかって来た。電話の用向きは正介や太田たちが満洲にいたころ、満洲美術協会に属していた酒匂が、三鷹の三隅病院で胃癌で死亡して、出棺は今日の九時だという急な知らせだった。

正介はタクシーをひろって病院にかけつけると、棺はすでに安置所から出ようとするところだった。傘をさして出棺を見送っているものは遺族をふくめて十五人ばかりの小人数だった。太田が正介にまで電話をかけてくれた訳も大体了解できた。

「酒匂君はいったい、いくつだったの」

火葬場へ向う車に乗って正介が太田にきくと、

「五十一だよ。ぼくより一つ下だったからね」

　と太田は言った。

「ぼくはそんなに深いつき合いもなかったし、長いこと会っていないんだが、酒匂君はたしか静岡へ帰っているときいていたんだが」

「そうなんだ。入院のために上京したようなもんなんだが、やはり東京で死にたかったんだろうね」

「入院はどの位していたの？」

「丁度、二カ月。病院では患者組合の組合長になったりして、なかなか羽ぶりをきかしていたそうだ。顎から口にかけてこんなでっかいヒゲをはやしてね。ぼくは十日ほど前、見舞いに行った時、そのヒゲは君の作品の中での最高傑作じゃないかと冷やかしてやったんだ。まあ火葬場についたら一度よく見てやってくれ」

　火葬場に着いて、火葬にふされる前、棺があけられた時、正介はそのヒゲに対面した。小柄で色白の顔の中に、そのヒゲはなるほど立派なものだった。今はどうか知らないが昔の少女歌劇など見ていると、スカートの中にバネ仕掛でもしかけてあるような、ふわっとしたスカートをはいて出ている劇中少女がいたが、丁度あれのような抒情的でふんわりヒゲであった。酒匂は細目をあけてそのヒゲを満足げに見ているかのようであった。ヒゲは少し茶色をおびていたが、酒匂の頭は真黒であった。

棺がしまって釘打がはじまった。未亡人、長男、次男、長女とつづいて列席者にも石がまわった。石は鶏卵大で表がつるつるしていた。すでに何百人か何千人の手を経た石は、人間の手垢がしみてひんやりした感じだった。

コツ、コツ、コツ、

と正介は三回たたいた。自分の叩いた音がせまいコンクリートの室に反響して、何だか正介は自分で自分の頭を叩いているような感じがした。

一たん火葬場を出て、待合茶屋へ行く途中、

「それで、告別式はいつになるの？」

と正介が太田にきくと、

「式は静岡でやるんだそうだ。お骨が上ったら、その時がわれわれのお別れということになるらしい」

「奥さんはそれで東京駅から汽車にのってしまうのか」

「そう。そういうことになるらしい。もっともちょっと長男の下宿に寄るかも知れないが、長男の下宿はせまいんでね」

と太田が言った。

待合茶屋で待っている間に、正介は急に寒気がして来た。知合といえば太田が一人だけなのも、何となく正介は窮屈だった。未亡人はじめ一同には失礼だと思ったが、ひとりで座をはずして隣の茶屋へ逃げ込んだ。

「ビール、あるね」

ときくと、

「あります」

「じゃ、それを一本。つまみものは豆かなにかで……」

「ビールには塩豆がついております」

と小女が言った。

一ぱいぎゅっとやると、頭を石で叩かれているような感じがややうすらいだ。二はいぎゅっとやると、背中のぞくぞくするような感じがややうすらいだ。

ガラス戸の外に火葬場の煙突が見えた。雨はやんで風が出たらしく、くろい煙が南と思われる方角になびいていた。酒匂がいま焼かれているのだと思っても、正介はそうは思いながら大した感慨もわかなかった。まだ訃報をきいて三時間にもならないのだから、やむを得ないのだと、正介は自分で自分に言いきかした。

「なんだ、そんなところにいたの？」

太田が外からまる見えのガラス戸を明けてはいってきた。

「うん、失礼だとは思ったが、寒気がして背中がぞくぞくするもんで、体内から一ぱい温めていたところなんだ」

「そういえば、ちょっと顔色が悪いようだね」

「いや、もうよくなったんだ。君も一ぱいやらないか」

「ところがもう焼けたらしいんだ。中等だからぼくは長くかかるのかと思っていたんだが、予定よりも十五分ほど早くなったらしい」

　そこへ隣の茶屋から人がどやどや出て来た。

「ねえさん、僕はまたあとでくるからね。これはこのままにしておいてくれ」

　正介は傘を茶屋の椅子にもたせかけたまま、外へ出た。

　正門を入って広場の青桐の木の下を火葬場の方へ向う時、いま死体を火葬場において来たばかりの一行に出あった。

「やっと第二号が来たらしいぞ」

　待合茶屋は二軒ともがら空きだったので、正介がそういうと、

「梅雨時は案外死人が少ないのだろうかね。酒匂も案外らくに死んだらしいんだ。看護婦も誰もいない時、すっと消えるように息を引き取ったんだそうだ」

　と太田が言った。

「じゃあ、奥さんも臨終の間には合わなかったの」

「そう。彼は彼らしくひとりで死んで行ったのさ」

　建造物の中に入ると、入ったばかりの所が特等で、そこのある一つの竈（かまど）の前で、第三号がお経をあげて居るのに出会った。坊主も一緒に来ているのだった。名札に行年八十六歳梅ケ岡ツユと書いてあるのが見えた。手を合わせて首をうなだれている者はみんな黒の盛装だった。

「ぼくは今日は何となく冷淡に見えないかね」
正介が太田にきくと、
「何故?」と太田がきき返した。
「いや、何といったらいいかなあ。ぼくはまだ酒匂君に対する悲しみがわいて来ないんだよ」

廊下を右まわりして、一等の前を通って中等の前へ戻った。二度通ったので大体の位置が分ったが、中等は火葬場の一番奥に位置しているらしかった。

先刻と同じ人物の従業員が竈の扉をあけた。熱気がぽっと正介の頬にふきつけた。レールを伝って酒匂の死体が骨になってこちらへすべり出た。

一同の見まもる中で、従業員が棺に打ってあった釘を拾いはじめた。拾っている道具は正介の家にある長さ六、七センチの磁石にくらべて、何層倍か大きかった。恐らく二十五センチはあろうバカでっかい磁石で、火葬場が工場にたのんで特別注文で作らせたものに違いなかった。おそらく金の指輪やプラチナの入歯が黒こげになっても、その磁石は精密機械のように見落しはしないだろうと思われた。

骸骨の上を走りまわる磁石が、黒こげになった釘を一本残らず吸いよせるあざやかな手さばきを見ながら、正介の胸に何かわけの分らぬ嫉妬のようなものが湧き出た。ことわっておくが、それは金やプラチナに対する羨望嫉視ではなかった。一口にいうと、六十年あまり生きて正介は人生をあれこれ手さぐりで捜して来たが、まだ何一つさぐり当ててはいない苛立たしさの変形のようなものかも知れなかった。

「お骨あげは二階になっておりますから、では、皆さんはお二階の方へどうぞ」

従業員が後ろへ向いて言った。

正介は従業員の顔を見た。年齢は四十五、六歳くらいの痩男であったが、顔は長年遺族に対する礼儀が性になったのであろう、笑いを頰から失ったような陰鬱な顔だった。

「二階はどこから上るの？」

と誰かがきくと、

「そこの右側の階段をあがってください。お骨はエレベーターであがりますから」

と従業員は答えた。

次の瞬間、従業員は手押車に手をかけて、正介の顔をちらりと凝視した。ちらりとではあるが、眼の色が鋭かった。明らかに敵を意識しているかのような眼付だった。思わず正介が眼をそらすと、従業員も眼をそらしたが、しばらく経つともう一度、前よりももっと鋭い眼付で正介を凝視した。

（一九六七年一月　新潮）

軽石

　十年あまり前、正介は焚火（たきび）に凝ったことがある。はじめ庭に出て紙屑を燃やしたのが病みつきになったのだが、そのころは家を建ててまだ日が浅かったので、焚くものに不自由はしなかった。家といってもわずか十三坪の小屋みたいなものだが、大工の残していった脚立や梯子の類が雨ざらしになって腐りかけているのを整理するという意味においても、趣味と実益を兼ねそなえた一石二鳥の焚火だった。

　ところが何カ月かたつうちに、焚火の材料が不足して来た。紙屑は毎日何か出るものだが、出ない時にはその日の新聞を燃やしても用は足りるが、紙だけ燃やして紙が灰になるだけの物足りなさと言ったらなかった。食べ物にたとえて言えば、流動食だけ食べている重病人みたいな感じで、歯ごたえのないこと夥（おびただ）しかった。

　正介は歯ごたえを欲した。本箱がわりにしていた蜜柑（みかん）箱まで持出して焚火をした。それもなくなると、八百屋へ行って蜜柑箱、柿箱、林檎（りんご）箱、苺（いちご）箱などを分けてもらって焚火をした。

ところがそういう箱類には釘が打ってあって、灰の中から出てくる釘を一本のこらず拾うのも、拾って見るとなかなか楽しみなものだった。難点は釘は焼けると黒くなって、木の箱の燃え殻と同じ色になることだったが、正介は妙案を思いついて玩具屋へ行って玩具の磁石を買って来た。その磁石で灰の中をかき廻すと、面白いほど釘が磁石にくっついた。

釘が海苔の罐に一ぱいたまった時、屑屋が新聞を買いに来た。時候は梅雨があけたばかりで、新聞はいつもの二倍くらい量がたまっていた。

この屑屋は正介の将棋友達でもあった。雨の日に屑屋が将棋を指しに来るのは、なかなか風流なものである。どうして風流かと言うと、屑屋はふだんは黒ズボンにゴム長をはいているが、雨の日は着物の着ながしになるからである。知らぬものは誰が見ても、これが屑屋だと思うものは一人もあるまい。正介は知っているのでそう思うけれど、それで却ってその姿が風流に見えるわけだった。それに、おれは今日は完全に休日なのだぞ、とその姿がいっているような所が、何か非常に魅力だった。お互いに明治三十七年の三月生れで、生れた日がたった一日だけの違いだというのも、何か非常に不思議な因縁だった。

商売の取引が終って、いつもより倍の金額を手にすると、

「ああ、それから古釘が少々あるんだ。買ってくれるかね」

と正介は言った。

「そりゃあ、もらうよ。こちらは商売だ」

屑屋が言った。

「じゃあ、すまないが裏へまわってくれないか」

正介は言った。

正介の家は北に玄関がついているので、裏が南である。庭もこの南側にある。焚火をするのはその庭の真中なので、拾った釘は濡縁（ぬれえん）の戸袋の隅に置いてあった。

「それだが」

裏へまわって来た屑屋に、正介が海苔の罐を顎（あご）で示して言うと、

「ほほう。随分たまったもんだなあ」

屑屋は商売用の秤（はかり）を出して、目方をはかった。はかりながら、

「これが、朝鮮戦争の時分には、随分高値をよんでいたもんだよ。焼跡へ行って掘出せば、女子供でも相当の収入になったものなんだ」

屑屋が言った。

「そう、そう。おれもあの掘出し光景は度々見かけたことがあるよ。中島飛行機の焼跡が一等ものすごかったなあ」

正介は言った。

「ところが時代がかわって、いま古釘の値段は横這い状態というより少々下り気味なんだよ。……これだけあっても三円にしかならないんだが、それでもいいかね」

屑屋が言った。

「ああ、いいとも、いいとも。時代の相違となれば、われわれはどう対抗仕様もないよ」

正介は言った。

屑屋は雲斎織(うんさいおり)の財布に手を突っこんで、財布を横にかたむけるようにして、一円玉を三つつまみ出した。つまみ出した一円玉を一つずつ間違いがないように確かめて、濡縁の上に並べて置いた。

屑屋が帰ったあと、正介はその三個の硬貨をすぐ手に取る気がしなかった。予定した値段など何ひとつ持合せていた訳ではなかったが、だからこそ却って不意をつかれたような思いだった。趣味と娯楽でやったことの結果だから、箱代や磁石代まで元を取ろうという了簡は毛頭なかったが、それでも三円という金額はあまり意外すぎた。

正介は終戦後、満洲でぼろ屋をした経験があるのである。将棋の好敵手であるほか、そういうことも手伝って屑屋と仲よしになっていたのである。だから商売の上で屑屋が正介をペテンにかける筈がなかった。屑屋は戦争末期までは青山で小料理屋をやっていて、疎開先から帰って見たら店を人に取られていたような男なので、人にはだまされても人をだますような男ではなかった。

言って見るならば正介の前にはいま、何か奇妙な厳粛な事実があるだけだった。厳粛な事実に梅雨あけのぎらぎらした太陽が照りつけた。三個の一円玉にはそれぞれ製造年月の相違があるらしく、一円玉がおのおの違った色彩で太陽の光に輝いた。

「ただいま」

はずんだ声がして、パーマ屋へ出かけていた妻が戻ってきた。

戻って来た妻が、

「おや、何をしていらっしゃるんですか。そんな端っこみたいな所に裸で正坐して……？」

と呆れたような声で言った。

　正介は夏の裸はお手のものだが、正坐していたのは妻に言われるまで気がつかなかった。あわてて正坐を胡坐に組みかえ、

「いやあ。いま古釘を屑屋に売ったところ、屑屋が古釘代として三円呉れたんだよ。あんまり安すぎたのでおれは憮然としていたところなんだ。あの屑屋のやつ、釘を入れておいた空罐は売るとも売らないともこちらは意思表示をしないのに、釘と一緒に持って行ったのも、考えて見ると癪の種なんだ」

　と言うと、

「空罐はあんなに錆が一ぱいくっついたのではなく、新しいのがまだいくらでもありますよ」

　と妻が言った。

「新しいのがあってもなくても、無料で持って行かれたのがおれは癪なんだ。お前はよく問題をすり替える悪い癖があるなあ」

　と正介が言うと、

「でも、あなたのように物ごとにこだわり過ぎるのもどうかと思いますよ。持って行かれるのがお厭なら、その時その場でそう仰言って取り返せばいいじゃありませんか。後から私にむかってぶつぶつ言うのも、問題のすりかえじゃありません？」

妻は不断に似合わず、なかなか手きびしかった。パーマネント屋で女ばかりでぱちくちしゃべっていたその余勢を、家庭の中まで持ち込んだような印象だった。

昼食をかねた朝食のお膳に、ビールが一本出た。留守番のお礼か亭主の御機嫌直しの意味かよく分らなかったが、正介は一ぺん損じた機嫌が急に直るものではなかった。冷蔵庫がないから止むを得ないことだとしても、ビールの舌ざわりが必ずしも適温とは言えなかった。ぬるいビールをコップで傾けながら、上目づかいにチャブ台の向うの妻を見ると、妻の顔が借りて来た猫のように見えた。もともと別嬪（べっぴん）でないのは承知でもらった女房だが、正介は妻がパーマ屋へ行った日の顔が、妻の顔の中で一番厭な顔だった。簡単に言って、西洋の美人女優か何かのような真似をして帰るので、不美人が一層不美人に見えるのである。不美人には不美人をひきたてるような髪の結い方もあろうと思って、それとなく何度も注意してやったが、こちらにその道の蘊蓄（うんちく）があるわけではないから、注意は注意に止まって具体的な助言にはならなかった。正介はビールをのみながら、なさけない思いだった。

でも、四合いりのビールを三合ほど飲んだ時、空腹にアルコールがまわって、少しだけいい気分になったので、

「おい、男はどうしても女より物の値段に疎（うと）い所があるのでお前にきくんだが、金三円で何か買い物が出来ないだろうか」

と、やや下手（したて）に出て妻にきくと、

「そうですね。あぶらげなら、半分買えます」

と、妻が言った。

「食べものはこまるんだよ。一ぺんになくなるようなものではなく、少しは長持ちがするような物で何かないかね」

というと、

「少し長持ちするものと言えば。停車場で売っているマッチなんかどうですか。あれはたしか二円で売ってるんじゃなかったかしら」

と妻が言った。

「マッチは喫茶店でも飲み屋でもタダで呉れるよ。タダで呉れるものを、わざわざ銭を出して買うのはおれの趣味ではないね」

というと、

「そんなに言われると、いくら私が女でもすぐには思い浮びませんよ。……ああ、何かぱっと思い浮ばないものかなあ、……」

妻が食事の箸をやすめて、顔を横に向けるようにして考えこんだ。

パーマをかけると却って目立つ妻の白髪が、小鬢に一段といちじるしかった。妻は数年前までは一本一円で長男を利用して白髪をぬかしていたことがあるが、こう目にあまるほど増えて来ては、それも断念せざるを得ない段階に来ているらしかった。

「考えても出ない時には出て来ないもんだ。反対に出て来ないでもいいのに出てくることもあるもんだ」

正介はぶすりと言った。

「なんですか、そんな皮肉みたいなこと言って? 私、一生懸命に考えてあげているのに」

妻がおこったように正介の方に目をむけた。

「耳かきはいくらだったかなあ。あの竹で出来ている安い耳かきは? あれは安くて長持ちするという意味において、いちばん理想的かも知れないと、今ふっと思い浮んだが」

正介は言った。

「ああ、あれね。あれはこの前買った時はたしか五円だったと思うけれど、今はもしかしたら十円くらいに上っているかも知れませんよ」

妻が言った。

「十円でも五円でも変りはないね。三円を超過したものは、今日のおれにとってはすべて同じことなんだ。……さて、そこが実にむずかしいところだなあ」

坐っていただけでは事は解決しないと思った。正介は、外出の用意にとりかかった。用意と言っても浴衣をひっかけて帯をしめればすむことだった。用意のできた正介は濡縁で太陽にあたっている一円玉を財布につまみ入れる時、一円玉が火の玉がもえているように指先に熱かった。

二百メートルほど行った時、先刻の屑屋が桜並木の下をリヤカーを踏んで帰ってくるのに出くわした。リヤカーの上には古新聞が山と積まれて、屑屋は競馬の騎手が馬を飛ばす時のように、尻を直接サドルに着けていないで向うからやって来た。

「やあ。今日はものすごいほど商売が繁盛だなあ」

正介が屑屋に声をかけると、

「こっちは働かねば食えないからね。あんたはのんびりとこれから御散歩か」

屑屋が正介に声をかけた。

バス停まで出た正介は、吉祥寺まで歩くことにした。バス代は十円だが、三円の買物をするのにそんな大金をつかっては、収支がつぐなわないような気がした。

南へ向って十分ほど行った所の、風呂屋の前に小さな小間物屋がある。入口に戦後十何年すぎても、まだ防火用水が置いてある店だった。かねがね正介は、その防火用水をみるたびに、欲しい気がしてたまらなかった。金魚をいれて飼って見たかったのである。それでもう大分前から屑屋にたのんで、出たら貰うことに約束してあったが、防火用水の払い物は、なかなか出ないということだった。一ぺん出かかったことがあるが、いざとなると向うが尻込みしたとのことだった。

「ごめんください」

二間（けん）間口の店に入って声をかけると、店の半畳ほどの所で六十くらいのおばあさんが店番をしていた。

「おばあさん、そら、竹でこしらえた耳かきがあるでしょう」

と正介がいうと、

「へい、ございます」

とおばあさんが言った。

「あれはいくらですか」

「へい、あれは十円でございます」

とおばあさんが言った。

おばあさんが竹の筒に十数本さし込んだ耳かきを持ってきた。耳かきの先についた兎の毛が、やわらかくふかふかしていた。

「おばあさん、たいへん御無理なことをいうようですが、この耳かきを一本五円に負けてもらうわけにはいきませんでしょうか」

正介は言った。言ってからしまったと思った。もしもおばあさんが五円にまけてやると言ったら、正介はどうしてよいか分らなかった。いまさら五円を三円に訂正できるものではなかった。

「とんでもございませんよ。五円にまけたら、こちらが元を切っちゃいますよ」

おばあさんが言ったので、正介はほっとした。

「そうですか。じゃあ、ぼくはあきらめることにします。大の男がケチケチしてすみませんけれど、実はそれについてはこちらに深い事情があるもんですから、どうか悪く思わないで下さいね」

というと、

「いいえ、いいえ。悪くなんか何で思いましょう。またどうぞよろしくお願いします」

とおばあさんが言った。

それから十分ほど歩いて、正介は吉祥寺駅前の繁華街に出た。そこらへんに居並ぶ商店を左見右見（とみこうみ）したが三円で買えるものは見つかりそうになかった。ふと思いついて、以前玩具用の磁石を買った玩具屋へ行って見ることにした。玩具屋といっても繁華街だから、菓子屋にたとえて言えば一銭菓子ばかり売っているような、ちっぽけな店ではなかった。店の間口は四間（けん）もあって、奥行はもっと広かった。

こういう店は客も多く入っているから、客と店番が一対一になって窮屈な思いをしなくてすむ利点がある。客にまじって、正介は店に並べてあるものを物色してまわったが、どうもやはり三円で買える代物はなさそうだった。

決心して角刈をした番頭らしい三十男が坐っている前に行って、

「どうも妙なことを言うようで恐縮なんですが、三円で買える品物が何かありませんでしょうか」

ときくと、

「三円ですか」

番頭が目を白黒させた。

「そう、三円なんです。実はこちらの個人的な事情で三円で買える品物を捜しているんです。それも線香花火のようにぱっと消えてなくなるようなものでなく、最小限二、三カ月は長持ちするような品物を捜しているんですよ。話ははじめから無理なことは重々こちらも承知しているんですけれど、それでも若しかありはしないかと思いまして、……」

なるべく相手の気持を損じないように気をつけて言うと、

「ご熱心のほどには感服のほかございません。しかし手前どもの店ではそれはどうも、とてもご希望に添えるような品物はございませんでございます」

と番頭も正介と同じように丁寧な口調で言った。

「それでは話は全然別のことになりますが、われわれが散髪屋へ行くと、耳の穴の中を剃ってくれるカミソリがございますね」

と正介は言った。

「はあ、はあ、……ございます、ございます」

と番頭がうなずいた。

「あのカミソリがお店には置いてありませんでしょうか」

「いや、以前は置いておいたこともありますが、現在は置いてありません。あれはなかなかはけないもんですから、実は問屋の方へ戻してしまったような次第でございまして」

と番頭が言った。

「では、問屋の方には、まだあるのはあるのでしょうか」

正介がきくと、

「ええ、そりゃあ、あると思います」

と番頭が言った。

「それでは、まことに恐れ入りますが、あれを一つ取り寄せて頂くわけにはいきませんでしょうか」

　と正介がいうと、

「ええ、そりゃあ、取寄せて差し上げます。でも取寄せるのには一週間くらいかかると思いますが、それでもおよろしゅうございますか」

　と番頭が言った。

「一週間かかっても二週間かかってもかまいませんから、どうぞよろしくお願いします。前金というのか契約金というのか、お金はいくら置いておけばよろしゅうございますか」

　と正介がいうと、

「いや、いや。お金は今は頂戴しません。品物が着いてお受取りになる時、その時でよろしゅうございます」

　と番頭が言った。

　正介は買物には失敗したが、何か気をよくして玩具屋を出た。気をよくすると足が早くなるもので、正介はいつの間にか八幡神社前まで来ていた。しかし八幡神社まで来るということは、正確に言えば来るのではなく、家へ戻るということにつながっていた。この場合家へ戻るということは、正介の完全降伏を意味していた。

　しばらく神社前に立ち止って考えていた正介は、五日市街道を東へ行ってみることにした。その頃の五日市街道は今のように交通量が頻繁ではなく、むかしの街道筋の趣がわずかではあるが、まだ残っていた。欅の大木の下に藁葺の農家があって、その農家が駄菓子屋を兼業しているようなのが、ところどころにまだ残っていた。それが正介の目のつけ所だった。ところが実際に歩いてみると、正介は何か間違えていた。その間違いというのは、街道に面した駄菓子屋には、ゴボウ菓子や鉄砲玉のほかに、中の土間の天井裏につるして藁草履や草鞋を売っては居まいかと思ったのだが、それは正介の感覚ちがいだった。いまどき藁草履や草鞋を置いている店がある筈がなかった。もしあったとしても三円で売ってくれるかどうかは非常に疑問とせねばならなかった。正介は藁草履を三円で買おうという望みは、いさぎよく棄て去った方がよかった。

地理的に言って武蔵野市から杉並区へ入って、約半道ほど歩いた時、道の左側に高井戸署西松派出所という交番があった。ちょっと中をのぞいてみると、時計がかっきり一時を指しているところだった。正介はむかしから一時という時刻が妙に好きなところがある。昼の一時も夜の一時も、両方とも好きである。多分それは柱時計がチンと一つだけ鳴って、もう一つ鳴ればいいと思うのに、鳴らないで澄ましている所に、何ともいえぬ魅力があるもののようであった。

交番の隣りに稲荷神社の社殿があった。入って行って正介は鈴を鳴らした。鈴はうまく鳴らなかった。手でひっぱる布があんまり多量であり過ぎて、鈴の音の出る個所を布がさまたげているものらしかった。

でも境内に銀杏の大木のある社殿は涼しかった。社殿の端に腰かけて涼んでいるうち、正介はつい居眠りが出て横になった。どのくらい眠ったか、おそらく三十分か四十分くらいであったろう。――

「もし、もし」

声をかけられて目をさますと、目の前に巡査がつっ佇っていた。五十すぎの、巡査としてはかなりの年輩の、人のよさそうな巡査だった。

「何かご用ですか」

と正介がきくと、

「いや、用というほどのことでもないが、あんたが寝冷えをすると悪いと思ってのう。ここは寝冷えの名所ということになって居るもんで」

と老巡査が言った。

「それはどうも、ご親切にありがとう。お巡りさんは大体ぼくと同年輩のように思われるが、もう恩給はついて居るんですか」

と正介が言うと、

「恩給年限には達しているが、まだ退職する訳にはいかんわい。長男がまだ高等学校の一年生じゃからのう」

と老巡査が言った。

老巡査は交番の方へ引き返した。

正介は社殿を出て歩き出した。歩き出しはしたものの、この道を真直に行けば新宿の方へ出てしまうことになるので、ある地点から左へ折れた。

そこから家数にして十五、六軒目の所に、小っぽけな葬儀屋があった。ちかごろ開業したばかりの店のようで、真新しい骨壺が数個、飾り窓に並べてあった。葬儀屋で万引するものはいないのか、店番は誰も見当らなかった。それを幸い、正介はゆっくりとその骨壺を見物した。見物を終って歩き出そうとした時だった。

正介は、「三円均一」と書いてある張紙を見つけた。

一瞬、正介はわれとわが目を疑った。が、その張紙の金目に間違いはなかった。二間(けん)長屋の葬儀屋の隣りは雑貨屋で、箒(ほうき)やコンロやタワシが雑然と並んだ中に、さし渡し一尺ばかりのザルが置かれて、そのザルの上にボール紙が立てかけられてあった。そのボール紙の上に、半紙に書いた張紙がしてあった。

「ごめんください」

土間に入って声をかけたが、ここにも店番はいなかった。

「ごめんください」

もう一度声をかけると、葬儀屋の裏の空地めいた所から、三十くらいのおかみさんが入って来た。雑貨屋に最もふさわしいような、素朴な顔をしたおかみさんだった。霜やけをした少女が美しく見えることがあるが、ちょうどあれと同じような鄙(ひな)びた感じのするおかみさんだった。

「この三円均一と書いてある軽石は、大きいのでも小さいのでも三円ですか」

正介がきくと、

「はい、大きい小さいにかかわらず、どれでもみな三円です」

とおかみさんが言った。

「大きいのと小さいのと、どっちが使いいいでしょうか」

正介がきくと、

「さあ、それはその人によって、また使い道によって色々だと思います」

とおかみさんが言った。

「では、ぼくはどれにしたらいいかなあ。沢山あり過ぎると目うつりがして困るもんですなあ。おかみさん、すみませんがあなたの方できめてくださいませんか。おかみさんが選んでくださったものに、ぼくは決めることにします」

正介は言った。

するとおかみさんは何の躊躇(ちゅうちょ)するところもなく、軽石の中どころのを一個とって、くるくるっと紙に包んでくれた。

紙は週刊誌のグラビヤ頁だった。正介は西荻窪の駅のある方角へ向って歩きながら、懐ろのなかが何かごわごわするのを感じた。が、決して悪い気持はしなかった。ひょっとしたら、葬儀屋は亭主がやって、雑貨屋は女房にまかせているのではないかという気がした。

西荻窪の駅前からバスに乗った。東京女子大の正門前を通って、四軒寺というバス停でおりた。バス停四軒寺はその名前にふさわしくひっそりした停留所で、そこで下車したものは正介が一人だけだった。まるで正介ひとりの為に、バスはとまって呉れたような感じだった。

「おい、あったぞ。やはり人間は諦めるべきではないなあ」

家に戻ると、正介は取るものも取り敢えず妻に伝えると、

「なんですか。あっただなんて」

妻はもう昼飯の時のことは、全然忘れてしまっているような気配だった。

「これだ、これだよ。おい、これを見て見ろ」

懐ろから包み紙を取り出して畳の上に置くと、包み紙はめくるまでもなく軽石がころころころげ出た。

「あら、軽石ですか。ほんとに捜せば手頃なものが見つかるもんですねえ」

妻は感心したように言ったが、心の中ではそれほど感心している様子でもなかった。正介が留守の間に、何かあったのに違いなかった。何かあったと言えば、一番先に頭にうかぶのは、借金の言訳のことだった。あれはいくら繰り返してやっても、進歩率は至ってのろいのである。

「とにかくこれはおれがおれの自力で見つけ出したものなんだ。この軽石はおれの専用ということにするから、どうかお前は手をふれないでもらいたいね」

正介が言うと、

「私は軽石はあまり好きではないんです。つかわせて貰わなくても、一向に痛痒は感じません」

妻が言った。

「それではお前は足の裏を洗う時には、何で洗うのかね」

と正介がいうと、

「私はへちまで洗います。去年、庭でつくったへちまがまだ沢山残っていますから、当分軽石なんかの厄介になることはございません」

と妻が言った。

その後正介の家では長男が大きくなって、家が手狭になったので、無理算段をして五坪ばかりの二階をあげた。今から七、八年前のことである。その二階の工事をしている最中、伊勢湾台風が吹いた。台風の被害は東京の正介の家では直接には何もなかったが、建築資材が暴騰して間接的に慌(あわ)てふためいた。

最初の十三坪の家は建てて半年もしないうちに、雨漏りがはじまった。その都度(つど)ブリキ屋をたのんで修理してもらったが、その雨漏りの理由がわかったのは、十三年すぎた今年の六月のことだった。わかってしまえば理由はきわめて簡単なことだった。昭和二十七年の建築当時は、物資がひどく欠乏していたので、瓦屋が瓦の寸法を規格よりも短くしていたのであった。瓦は外見では二枚重ねになっていても、雨がまっすぐに上から降る時はいいが、少しでも横なぐりの雨が降れば瓦と瓦との隙間からすぐ雨が入って来るように、はじめから葺いてあったのである。十三年もよく我慢が出来たものだった。

七月に入って、その屋根の葺替えをした。そのあと正介は二階からのぞくと、屋根の葺替えの時に使った釘が一本、トタンの屋根廂に落ちているのを見つけた。ぴかぴか光っている真新しい釘で、見るたびに正介はひやひやした。あれを足で踏んだら足に突きささって、怪我をするような気がしてならなかった。廂の上にある間はまだいいとして、それがいつか庭にころげ落ち、家族の誰かが足の怪我をするのが心配でならなかった。

二階の窓には格子風になった鉄の桟が取りつけてある。蒲団をほす時には便利だが、廂におりるのには大層邪魔だった。廂から桟の最上部までは四、五尺くらいのものだから、若い時ならこの程度の上り下りは平気だったと思うが、六十すぎたいまは、桟の上から下をのぞいただけでも膝のあたりががくがく震えた。

正介は十年前につかった玩具用の磁石の利用を思いついた。焼け釘拾いに使った磁石に紐を結びつけ、魚釣りの要領でやって見ることにした。

ところが釘のおちている場所は窓の丁度真下ではなかった。窓から言えば右方へ三間も離れた場所だった。磁石を放り投げても釘には程よく届かなかった。稀に届いたと思っても、磁石の先端と釘がうまく接触するとは限らなかった。たまに接触することがあっても、息をのんで引っ張り寄せようとすると、釘は二、三寸動いただけで磁石から外れた。

九月の二十日すぎ、御前崎付近に上陸した台風二十六号が東海関東地方の各地を襲った。山梨県足和田村と静岡県梅ケ島村の被害が最も甚だしかった。正介の家では屋根の葺替えがきいて、雨漏りは一個所も出なかった。被害と言えば庭の柿が半分ほど落ちたのと、テレビのアンテナがこわれた位のものだった。

テレビのアンテナはこわれたもののテレビは写るので、暫くそのままにしておいたが、十一月三日の文化の日、電気屋にたのんで新しいのと取替えた。

その日天気は快晴で、夕方から寒くなった。去年はたしか十月中旬に炬燵を出した筈だったと思いながら、電燈をつけて机の前にしょんぼりしていると、隣家との境界あたりで何かごそごそ垣根にさわる音がした。

境界がわの窓をあけて下を見おろすと、

「電気屋さんにたのんで、アンテナの取替えをしてもらっているんです」

と妻が上を向いて言った。

妻の隣りに十六、七歳くらいの青年がいて、金属製の梯子の位置を決めようとしているところだった。境界は場所が狭く垣根があるので、梯子の位置を決めかねている様子だった。正介は境界がわの窓をしめ、南の窓を開けた。青年は南の廂の上に上ってくるのが、梯子のかけ具合からして分っていたからであった。

はたして青年は正介が思っていた所へ上ってきた。

「君、ちょっとすまないが、アンテナの仕事以外のことでお願いがあるんだが……」

正介が青年にいうと、

「……………」

無口な青年と見えて、目だけで正介の次の言葉を待った。

東北出身のような気がした。なまりを気にしているのではないかと思ったので、

「君は東北生れ?」

ときくと、

「いや、神奈川だ」

青年がはっきりと言った。

「ああ、そう。それは東京から近いんだなあ。ところでお願いというのは、あそこの屋根の上に白い釘が一本見えているだろう。すまないがあれをちょっと拾ってくれないか」

「………」

青年は返事はしなかったが、廂をつたって釘の落ちているところまで行くと、釘をひろって来て正介の手にわたした。

一時間後、体内のジストマを一ぴき取出したようなはればれした気持で、夕飯を食べに茶の間におりて行った正介は、

「電気屋さんが来てアンテナの方に気をとられて、今夜はあいにくおこげ御飯になったんですけれど、……ごめんなさいね」

と妻が言っても少しも腹は立たなかった。

いつものとおり晩酌に日本酒を一本のんで、テレビを一時間ほど見て二階へ上る前、マッチを取りに台所へ入ると、妻はこげ御飯のできた釜の後始末をごりごりやっている所だった。

マッチの大箱からマッチ棒をぬいて小箱に移しながら、正介は見るともなく妻の方を見ると、そのごりごりという音は、釜の底を軽石で一生懸命こすっている音だった。ひやかして

やろうかと思ったが止めにした。軽石の長持ちの方に敬意を表したかった。
苦笑をかみしめて、正介は二階へあがった。

（一九六七年一月　群像）

赤い靴下

一

木井は冬になると嬉しくなることが一つある。人様に吹聴するほどのことでもないが、彼の仕事部屋に炬燵が出せるからである。炬燵を出すとそれまで敷きっ放しだった万年床が解消して、誰が突然はいって来ても、慌(あわ)てふためくようなことがなくなるからである。

もっとも木井は原則として、お客様は仕事部屋には通さないことにしている。ちっぽけな母屋に後からくっつけた二階なので、梯子段(はしごだん)が急すぎて慣れないお客様がひっくりころげて足を挫いたりすれば、お互いに迷惑だからである。そういう理由によるものだが、実をいうとこれは表向きの話で、もう一つ本当のことを白状すると、リューマチ持ちの老婆がお茶の持ち運びが難儀だという申入れを百パーセント聴き容れてやっているのである。一方妻の方でも多少の不便はしのばなければならない。元来女の勢力範囲にあると見なされている茶の間を客と夫のために提供すれば、妻はその間彼女が無二の好物であるテレビから疎外される結果になるのである。囲碁友達でもやって来れば、夜ふけの二更三更に及ぶことも稀ではない。それでも申入れを撤回しないところからすれば、彼女は疎外感に舌鼓を打つほど近代的な女ではないから、やはりそれは肉体の利害関係からくるものと解するのが一番妥当のようである。

ことし（昭和四十二年）木井は初炬燵を十月十八日に出した。妻がつけてくれる日記帳にそう書いてあるから、多分まちがいはない。その日東京の最高気温は14・7、最低気温は12・6であった。もっともこれは小学生の夏休帳よろしく妻が翌日の新聞を見てつけるので、東京二十三区のなかでは一番甲州に近い練馬のはずれとはかなりの誤差がある筈である。日記も年をとるとお粗末になり殺風景になってくるものだ。

木井の生れは備中（びっちゅう）の山村だが、一年一度の氏神様の祭礼は十月の二十三日だった。ちょうどその祭礼を境に木井の祖父母は炬燵びらきをした。祖父母の炬燵に入ると臍（へそ）くさい匂いがして大げさに鼻をつまんだりして祖父母を顰蹙（ひんしゅく）させたものだが、現在の木井の炬燵にもちょうどあれと同じような匂いが立ち籠めているに違いないのである。

当日の日記の頁には気温と天気（雨）を記録したあと、新聞の四行記事が貼りつけてある。次のような消息記事である。

『▽詩人の草野心平氏は右眼網膜はく離のため17日、東京都江東区大島六の八の五の江東病院に一カ月の予定で入院した。』

なお、その前の日の十七日にも、天気（曇）、気温最高17・6、最低15・6と記入したあと、富田常雄氏の死亡記事が切り抜いて貼りつけてある。次のような十七行記事である。

『富田常雄（作家）

十六日午後六時四十二分、東京都杉並区阿佐谷一ノ八ノ一二の自宅で悪性しゅようのため死去、六十三歳。告別式は二十日午後二時から東京・青山葬儀所で文芸家協会葬として行う。

明治大学を出てから河原崎長十郎、舟橋聖一、今日出海らの劇団「心座」に参加したこともあるが、もっぱら大衆小説の分野で活躍。戦後初の直木賞（昭和二十四年）を受けた「面」「刺青」以来、現代物、時代物を幅広く書き、健康な作風で親しまれた。とくに幼時からなじんだ柔道を素材にした「姿三四郎」は有名。』

右のようなものだが、木井は富田常雄氏に面識があったのではなかった。おこがましく言えば文筆仲間ということにさせて貰ってもかまわぬと思うが、それよりも新聞を切抜いた最大の動機は、富田氏が木井と同年であったのをこの記事ではじめて知ったからであった。日記には書いてないので、月日まではっきり書けぬのは残念だが、ことしの十二月はじめの午前十一時ごろのことだった。

木井が炬燵にねころがって新聞を読んでいると、外出から帰って来た妻がはいって来て、木井の机の上で何かごそごそはじめた。

「何をしているんだい？」

と木井がややあって声をかけると、

「紐をつくってるんですよ」

と妻が返事をした。返事をした声が浮々していた。

だいたい妻はテレビが好きなのは前に述べたとおりだが、もう一つ好きなものに外出がある。一番行きたいところは都心や副都心にあるデパートらしいが、そこへはそんなに度々行くことはできない。バス代最低料金のところまで行ってくるのがせいぜいといった所だが、それでもそこまで行ってくると心が浮々してくる。リューマチ持ちの外出好きというのは符に合わぬように思われるが、人間の心の志向というものは理屈で断ずることは出来ない。木井も右指に神経痛の持病があるので、日記まで妻に書いてもらうのはその為だが、囲碁友達がやって来てパチパチはじめると、神経病など一ぺんにふっとんでしまうかの如くである。

「紐って何の紐だ？」

木井がきき直すと、

「紐って紐ですけれど」

と妻がかすかな笑い声を立てた。

笑い方が少々失礼でないこともなかった。冬期は無用の長物化しているとはいえ、本来神聖であるべき文筆家の机を無断使用した上、忍び笑いをするとは何事だ、といったような不満が頭をもたげた。

半身をおこして枕の上に肘をつき、妻の動作にじろりと眼をやると、

「腰巻の紐なんですよ」

と妻があわてて先手を打った。

そうしてもう一度忍び笑いをした。二度目の忍び笑いは、わけがわかったので、そんなに失礼とは思わなかった。

机の上に置いてあるのは日本手拭の半分くらいの大きさのもので、それを三つ折か四つ折にして、妻は鋏(はさみ)をいれているところだった。布の色はあせた茶色で、いくら半白の老女が用いるにしてもいささか色気がなさ過ぎた。

「わざわざ、そんなものを町まで買いに行ったのかい」

声をかけると、

「買いに行ったのは腰巻の材料で、これは家にあった有り合せものなんです」

と妻が言った。

「なぜまた、朝早くから腰巻の材料など買いに行く気になったのかね」

「わたし、来年は還暦なんですよ。中風よけの赤い腰巻を実家の恵子が祝ってくれる約束になっているんだけど、約束は去年の四月にしたことだし、恵子はまだ腰巻などしめたことのない高校生だから、もうとっくの昔に忘れてしまっているかも知れませんよ」

「忘れていると思ったら催促状を出せばいいじゃないか。恵子はお前のたった一人の姪だから、遠慮などちっともいらぬ間柄じゃないか」

「でもお祝いの催促なんて気がきかないことじゃないかしら」

「それもそうだなあ。じゃ、おれがうまい知恵をかしてやろう。年賀状の余白に〝私もとうと今年は還暦を迎えることになりました〃と書いておくんだ。いくら恵子が高校生でも必ず思い出すに違いないよ」

「ではそうすることにしましょう。だけど生憎なことに、年賀状の余白に書いたのでは、お正月の間には合いませんよ」

「それはそうだが、おれは男の還暦に赤い頭巾だとか赤い袖無しだとかいうのがあるのは知っていたが、女の還暦に赤い腰巻があるとは全然知らなかったよ。男よりも女の方が、昔から実質的だったのかなあ」

　そこまで話した時、妻は裁断の終った布切に針をとおしはじめたので、木井はもう一度ごろりと横になった。話はまだ終っていなかったが、老眼鏡をかけた妻が額に深い縦皺をよせ、口を狐のように尖らせたのが、話を中断させる動機になった。

　読みさしの新聞をひろげると、家庭欄に枕の記事が出ているのに眼がとまった。ある大学の家政学の教授の研究調査によるもので、枕はソバ殻が一番だという意見の紹介だった。木井はこの一、二年、日本のあちこちを旅行する機会があったが、どこの宿屋にとまってもスポンジまがいの枕を出されるのに閉口した。見たところふかふかして気持がよさそうに思われるが、して見ると何かインポのような気持がして、寝心地に張りがなかった。張りのあるのはやはりわが家の女房のつくって呉れたものに限るような気がしていた。

　木井には重大ニュースだったので、木井はわが意を得たような気がして昼寝をはじめた。というよりもいくら我が意を得た記事でも、新聞活字は眼が疲れて直ぐねむくなるといった方が、より真に近かった。夏の初め頃だったか、眼の縁に蜘蛛の巣のようなものがちらつくので眼医者へ行ったところ、老化現象の一種だろうとあっさり片付けられた。疲れたらすぐ眠るのは木井が自分で考え出した養生法である。

眼がさめた時、妻はまだ縫物をしていた。いくら針仕事の能力が落ちているにしても、腰巻の紐一本縫うのに、そんなに長い時間が必要な筈がなかった。木井の睡眠した時間が短時間だった証拠だった。

「おい、おれは今いびきをかいたかい」

と妻にきくと、

「ええ、たいへんな物すごさでしたよ。わたしもあんな大いびきをかいて熟睡したら、どんなに気持がいいだろうと、つくづく羨ましい気がしましたよ」

と妻が言った。

「枕がよかったんだろう。今日の新聞にそういう記事が出ているよ。ところで今日お前は町へ出て、町には何か変ったニュースのようなものはころがっていなかったかい」

「そうね。ことしは官庁ボーナスが早かったせいか、町はどこの店も若い奥さん連中で一ぱいでしたね」

「そういうのは新聞を見ても大体の見当はつくというものだ。ころがっているというよりも、落ちていたというような奴は何もなかったかい」

「落ちていたのなら、一つあります」

と妻が言った。

「ホウ、何だ？」

「でも、軽蔑してはダメですよ」

「軽蔑なんかしないよ。おれはこれでも紳士のつもりでいるんだ」

「道ばたに赤ちゃんの靴下が半分落ちていたのを、わたしが拾って、浦辺さんのところの生垣の上に置いてあるんです」

「置いてあるって、お前が拾ったというのは何日のことなのかね」

「三日前だったか四日前だったか忘れましたけれど、落し主が一向にあらわれて呉れないんです」

「四日たってあらわれなければ、まずは絶望と見なさなければならないだろうな。しかしお前が拾ったという場所はいったい何処だったのかね」

「生垣のちょうど真下のところでしたよ。拾った場所のちょうど真上の生垣の上に置いてあるんです」

二

午後、木井は外出した。運動不足を補うための外出だから行く先に当てはなかったが、足はひとりでにバス停の方へむかった。

それも嘘ではないが、彼はやはり赤ちゃんが落した靴下を一目だけでも見ておきたかった。

無くなったらおしまいであるから、意識下の何とかいうのが外出の動機になったというのが、一番妥当であるかも知れなかった。

ゆるい坂をのぼって三、四分、浦辺さん宅は道の三つ角にある庭の広い家である。ちかごろ自動車を買って車庫ができたが、垣根は十年前と同じくサワラの生垣である。生垣が荒れ放題みたいになっているのは、近々コンクリ塀にやりかえようという心づもりがあるのかも知れなかった。もしそれが本当なら「およしなさい。今にきっと東京では生垣が何とか文化財になるにきまっていますよ」と忠告してあげたいところだが、木井は浦辺家の主人とも奥さんともつきあいはないのである。妻の話によると、上の子が小学校の六年生、下の子が小学校の一年生だということである。

靴下はすぐに木井の眼にとまった。しかし妻は垣根の上に置いてあると言ったが、それは厳密にいえば間違いであった。大いびき即熟睡と考えるような女だから、今更どうのこうのと言って見てもはじまらぬが、靴下は四目垣から一本だけはみ出している竹の棒の先にかぶせてあったのである。

間違いは間違いでも、結果的にはこの方がよかった。竹は褐色にくちていたので、赤い靴下の色が却って見ばえがして、竹のおじいさんが還暦祝をして貰っているかのような印象であった。

「ハハン、わかった。女房のやつ、赤い腰巻が買いたくなったのは、きっとこれと何か関係があるな」

と思いながら、木井は横目で通り過ぎた。

バス停まで出てバスを待ったが、バスは容易に来なかった。待っている間に木井は寒くなった。冬になってから和服でする外出ははじめてで、出る時インバネスを妻にさがさせたが、妻はどこにしまってあるかすぐには思い出せなかった。天気が上々なので、妻がもう少し待てというのもきかず飛び出して来たのを、木井はいくらか後悔した。

あきのタクシーが通りかかったので手をあげて乗り込むと、

「どちらへ？」

と運転手がきいた。

「そうだなあ。どこがいいかなあ。適当な所がいいんだけど」

というと、

「はっきり言ってくださいよ」

と運転手が声を強めたので、

「Hの火葬場にしよう。Hの火葬場を君は知っているね」

というと運転手は無言ではしり出した。

寒くなったのが元で、木井は一ぱいやりたくなったのである。若いものの趣味にはあうまいが、年寄りは火葬場の前の茶店で一ぱいやると、奇妙に気持がおちつくのである。あまり人には言いたくないが、あそこでやると飲代も非常にやすくあがるのである。

タクシーが五日市街道の葉のおちた欅(けやき)並木を通りすぎると、お寺が一軒あった。いつもひっそりしているお寺だが、この日は特別に森閑としていた。高い築地からのぞいている枇杷の木の枝に、小春日の光を一ぱい浴びた茶色の花が、気をつけねば見損じるような姿で、群がり咲いているのが見えた。

もう少し行くと葬儀屋が一軒見えた。店のガラス戸はあいていたが、奥行の広い土間には、店番もお客も一人も見えなかった。ショウウィンドに並んでいる白い骨壺だけが麗々しく見えた。

「運転手さん、へんなことを訊くようだが、今日は三隣亡じゃないだろうか」

と声をかけると、

「さんりんぼうって何かね」

と運転手が言った。

「知らないかなあ。やはり時代が違うんだなあ」

と木井は言った。

木井のつもりでは、タクシー会社は葬儀屋と密接な関係があるだろうと思ったのだが、運転手が知らない所から見ると、あれはハイヤー会社がやっているのかも知れなかった。あれというのは葬儀自動車や遺族を乗せて、火葬場へ行く貸切車のことである。

口から出たことは仕様がないが、知らないものに余計なことを言ったような気が木井はして来た。木井はすでにかなり大きな自動車事故に二度も遭った経験があるからであった。さんりんぼうなどと口にしたのが元で、今日これから何分かの後、この自動車が事故をおこさないとは保証の限りでなかった。

「時代が違ってもわかることはわかるよ」

　と運転手が木井の胸の中まで見すかしたように言った。

「うん、そりゃそうだけれど」

　と木井はいくらかどぎまぎして、

「そりゃ、男女関係などがその一例だと思うが、さんりんぼうというのはわれわれのような明治人間がかつぐ一種の迷信に過ぎないんだよ」

　というと、

「迷信にもいろいろあるね。そのサンリンボウとかいう迷信はどんな迷信？」

　と運転手がきいた。

「君はどこの生れか知らないが、冬になるとよく山火事があるだろう。まあ、あれのようなもんだよ」

「へえ、なんだい。山林のボヤだからサンリンボウというのか」

「まあそんな所だ。三隣亡という日には山火事に限らず火災がおこり勝ちだから、注意した方がいいということになっているんだよ」

「注意は結構だが、やはり現代には通用しないね。現代は湿度関係に重点がおかれているので、このごろラジオでも毎日のようにそういっているよ」

「そう、そう、科学ではその通りなんだ。だからそういうことをかつぐのは、われわれのように頭のふるい明治人間にかぎられているんだよ」

五日市街道から青梅街道に出た車は七環の手前を右へ曲った。曲った所から急に道が狭くなって、暫く行くと火葬場の高い煙突が見えて来たが、煙は出ていなかった。

木井は自分の勘が当ったので愉快になった。だが運転手に言うのは止めにした。範疇はちがうけれど、わが国の火葬場から出てくる（つまりそれは死人の口から出てくる）金は目方にして年間一トンもあるということだが、そういうことは火葬場関係者は人には言いたがらない心境とちょっと似ていた。

「お客さん、着いたよ。だが今日はあいにく火葬場は休業らしいぜ」

と運転手が声をかけたので、木井は狸寝入りから醒めると、火葬場の前の茶店にかかっている本日休業の木札が見えた。ガラス戸いっぱいに白いカーテンがひいてあった。

「おれの用事は火葬場ではないんだ。こっちの茶屋で一ぱいやろうと思って来たんだが、休業では仕様がないなあ。運転手さん、世話をやかすがもう一ぺん表通りの方へ引き返して呉れないか」

木井が言うと、運転手は無言で車をバックさせた。

車が引き返してもう一ぺん青梅街道へ出た時、

「これから、どっちへ行くのかね？」

と運転手がきいたので、

「そうだね。吉祥寺の井之頭公園まで行って、公園の中の茶屋で一ぱいやることにしよう。

行って呉れるね」

と木井は念をおして居眠りをはじめた。

こんどの居眠りは本物だった。時刻がちょうど、毎日の習慣になっている午後の昼寝時間に当っているからであった。

大踏切をわたって公園の入口で車がとまった。

「着いたよ、お客さん」

と運転手が言った時、諸車乗入禁止の立札が眼の前に見えた。

立札を見た瞬間、木井の気がかわった。

「運転手さん、すまんけれど万助橋まで行って呉れないか。万助橋といってもわからないかなあ」

と木井が言うと、運転手は無言で走り出した。

杉木立をぬけて、万助橋まで行った時、車が徐行して、

「ここが万助橋だが……」

と運転手が言ったので、

「へえ、ここが万助橋か」

と木井は言って、

「それじゃ、ここだ。ここへおろしてくれ」

と木井がいうと車がとまって、

「ここでいいのかね」

と運転手が後ろを振り向いて不思議そうな顔をしたので、

「うん、ここだ、ここだ」

と言って木井は車からおりた。

三

木井宅の井戸端のサツキの木の下には、一尺四角もない木の箱の中に、カエデの小苗が十四本植えてある。一昨年の夏、この万助橋の下約数百メートルの所から取って来たものだった。


取って来るまでのいきさつを簡略に述べると、夏の某日、木井宅を訪ねて来た若い(といっても五十近くにはなっているであろう)友人の霧島が、

「Kさんも今年のD忌には、とうとうあらわれませんでしたね。やはり病状が思わしくないのでしょう」

と話したのが元である。


Dが昭和二十三年の六月、愛女と紐でくくり合って玉川上水に投身自殺したのは天下に著名な事件になったが、当時備中に疎開中だった木井は、Dとは古い友人でありながら告別式にも出られなかった。

昭和二十四年、疎開を切りあげて再上京した木井は貸間さがしに狂奔している時、ごぶさ

たお詫びを兼ねてK家に立ちより、談たまたまDの心中事件に話が及んだ時、

「で、Dの遺体があがったというのは、玉川上水のどの辺なのかね」

ときくと、

「いずれそれは、又いつかゆっくりと案内することにしよう」

とKが言った。

その時の木井のつもりでは、告別式に出られなかった代りにそこへ行って見たくなったのだが、いつの間にか十七年の歳月が過ぎていた。

Kは文芸評論はさかんに発表していても、すでに二度も入院した体であり、病気は業病の癌なのだから或いはあの約束はこれっきり自然消滅になるかも知れないと木井がいうと、

「それでは僕でもよかったら、いつか又お暇の時を見はからって、ご案内してもいいですよ」

と霧島が言った。で、

「ぼくは今日が暇だ。さっそく今日これから連れて行ってくれないか」

ということになったのである。

霧島はいまは文筆業だが、当時はある雑誌社の編集記者だった。雑誌記者としてDと懇意にしていたのだそうであるが、遺体があがった場所をはっきりと覚えていなかった。十八年もたつ間に二段構えのようになった上水の底の形がかわり、水量もお天気次第で変動するからであった。上の土手の草木も生長するにつれ、形を変動させるからであった。

案内者の責任でもあるかのように、霧島は土手の上を右往左往した。木井も初めは霧島の右往左往に期待するところがあったが、だんだんじれったくなって来た。というよりもはっきりした地点が分らないのが自然だという気がして来た。Dにしても愛女にしても、それを望んでいるような気がして来た。

「霧島君、もういいよ。ぼくはここに生えているカエデの実生(みしょう)でも引いて帰ることにするよ」

と土手に生えているカエデの実生を引きはじめると、面白いほどカエデの実生が引けた。

「へえ、それがカエデですか。記念の植樹にしては小さ過ぎはしませんか」

霧島が近づいて来て言った。

「いや、今は真夏だから、小さい方が却って樹木の移植にはいいんだよ」

木井は言った。

しかし木井は霧島が言ったように、記念の植樹の気持があったのではなかった。

木井宅には数年前までカエデの木が三本植えてあった。庭がせまいので生垣の間にはさんで植えてあったが、木が大きくなるにつれ、生垣の邪魔をするばかりでなく家の邪魔までして来た。木井は思いきりよく三本のカエデのうち一本だけ残してあとは伐ってしまった。伐ったあとで気づいたことだが、木井は本来なら残しておくべき雌の木を伐ってしまった。その年の秋になって、翅(はね)の生えた実が風に舞って飛んで来なくなったので、木井はそのことにはじめて気づいた。ずいぶん淋しい気がして、その淋しい気持は後々まで残っていたので、土手のカエデの採取も、その気持の埋合せに過ぎなかった。

採取したカエデの実生は約三十本くらいであった。三十本引くのにたいした苦労はいらなかった。実生は五、六寸もつもった落葉の間に生えていたので、いわば土つかずのようなものだった。苦労といえば足をすべらせて、上水に落ちないように注意したくらいのものだった。

三十本取った実生のうち、約二十本ほどハンカチにくるんで家に持ち帰り、木箱に植えて井戸端に置いておいたのが、現在も井戸端のサツキの木の下にあるのである。井戸端に置いたのは、実生に水をやるのに便利にしてやる為だった。サツキの木の下にいれたのは、水をやるのを忘れてもカエデが枯れないようにしてやる為だった。

そういう配慮がよかったのか、その年カエデの実生は一ぺん葉をふるい落したまま、ずんべらぼうになって年を越した。

年を越して春もおそくなって、カエデの実生が芽を出していると妻が伝えたが、木井はただ聞きおく程度にとどめた。ほかにも事情はあったが、カエデに対する興味は半減していた為のようであった。秋もたけなわを越えた十一月のはじめ頃だったか、

「あなた、木箱のカエデが綺麗に紅葉しているんですよ。かわいらしいったらありゃしない。中に一本変種のようなのがあって、それが飛び抜けて綺麗な色をしているんですよ」

と息をはずませて言ったので、木井ははじめて腰をあげて見に行く気になった。

サツキの繁みの下にあるカエデの紅葉は、妻が息をはずませるに十分値した。葉の間から

のぞいて見た感じには深山幽谷の趣があった。紅葉の色はありふれた赤黄色だが、高さ十センチにも足りない小苗が、大人の真似をしたみたいに一人前に紅葉しているのが、美しいというよりもむしろ小癪(こしゃく)なほどだった。変種というのは赤に紫をまぜたような紅葉で、見た瞬間木井はすぐに紫鉄線の花を連想した。

のぞいて見ただけでは不満足だったので、その次にオオムラサキの蝶の翅を連想した。

た。十分注意して引っぱったつもりであったが、木井は木箱をサツキの木の下から引っぱり出しぱらぱら散ったばかりでなく、小木の幹が皮をすりむいたのが数本出来た。木井もまた興奮しているのがそれでわかった。

外に出た木箱を、木井はもうゆっくり観賞している余裕はなかった。葉が散ってしまえば変種がどれであったか分らなくなるのに決っているので、牛乳箱から牛乳瓶を取り出し、瓶覆いの赤テープを利用して変種の幹にくくりつけた。

それで用件はおわったので、木箱をゆっくりと元の位置に戻した。こんどは注意した上にも注意を重ねた。木井はまずサツキの下枝を牛の尻っ尾のように左手で高く持ちあげ、あたかも泥棒がよその箪笥(たんす)をあける時のような要領でそろりそろりと押し込んだので、自分でも感心するほど上手に中に入った。

木箱の仮盆栽そのものがうまくいったのは、もっぱら今年の天気によるもののようであった。ことしの夏は六十年ぶりといわれた炎暑だったので、井戸端がじめじめしているのはともかくとして、密生したサツキの木の枝がカエデの幼木の葉を、夏の強烈な日光からまもって呉れたもののようであった。

万助橋の南の袂際に「東京都」と書いたのと「水道局水道導用地」と書いたのと、二本の真新しい杭が打ち込んであるのが見えた。新聞のたびたびの報道によると、この上水も近い将来暗渠（あんきょ）になるということだった。実はそれが気にかからないでもなかったのだが、この様子では暗渠になるのは大分先のように思われた。もっともお役所というところは、戦後アメリカさんをお手本にしていろんな手を使う術を覚えたから、こう見せかけておいて何時どかっとやり出すか知れたものではなかった。

数分歩いて目ざす地点まで来た。地点にカエデの老木はカシの木と杉の木にはさまれたような恰好で二股をひろげて立っていたが、下には実生は一本も生えていなかった。一昨年の実生がもし無事に成長しているとすれば、何百本という本数である筈だったが、文字どおり一本も生えていなかった。落葉した今年の葉はちらほら見えたが、一昨年のように葉がくちるほど溜まる場所がないので、落ちた葉は風と一緒にどこかへ舞い逃げて行くものらしかった。

真夏と初冬を比較するのはどだい無理だが、概して言って風景が明るくなっていた。一服つけて周囲を見まわすと、五十メートルほど先の土手つづきの林の入口に立札が見えたので行って見ると、それは三鷹市役所と三鷹警察署が連名で立てた「ここにゴミ棄てるべからず」という意味の内容をもっと民主的に書いた禁札だった。

再び万助橋の方へひきかえす途中で、木井は二人連れの男女に出会った。男は一見したところ大学教授のようで、女はその娘の高校生のようであった。木井は二人にさとられないように後ろを見ていたが、二人がカエデの大木の下を通る時、大学教授は娘に何も教えた気配は見えなかった。教えたとすれば、持っているステッキが左へ動く筈だった。

そのへん、上水の断面はだいたい土だが、一個所だけコンクリで舗装された所があった。上水にかぶさるように彎曲した何かの灌木にからみついたアケビの実が美しかったので、立ち止って見ていると、対岸のそのコンクリートの壁面にはめこまれた土管の中から、突然水が飛び出して来た。その飛び出し方からして、その水はどこかの奥さんが昨夜たいた風呂をいま抜いているのではないかと思われた。抜いた奥さんの主人が役人か会社員かは分らなかった。どちらにしたところで、いまさっき電話がかかって来て、今日は早く帰宅するから風呂を焚いて待ってろ、と言われたのではないかと思われた。躍るように奔出する水の具合がどうもそのように思われた。

四

帰途、木井は井之頭公園の中を通った。玉川上水の健在ぶりを見たからには、上水とは切っても切れない縁のある「お茶の水」とよばれている湧水も見ておきたかった。

公園事務所の脇を通り抜けると、左のカエデ山の麓に「お茶の水」はある。道ばたに次のような立札が立っているので、この道を通りさえすれば誰にでもすぐ分る。

お茶の水由来

その昔武蔵野のこの地に狩をした徳川家康はこの湧水の良質を愛しよくこの水で茶を立てました。以来この水はお茶の水とよばれております。

東京都

道から数段しかない石段をおりて行って、木井は湧水を観察した。石段の次は飛石で、その飛石の上から観察すると、湧水の中に井桁のようなものがはまり込んで、湧水はその井桁の内側からも外側からも湧き出ていた。何日か前の木枯で散ったと思われる山のカエデの落葉が、まだ井戸の底に大分たまっているらしく、湧水と一緒にぷくぷく浮いて出て来た。浮いて出て来た葉は井桁の周囲をさまようように、二、三回まわって、それから道の上にかかっている小さな石橋の下をくぐって池の方へ流れた。

池はこれも新聞報道によれば、ことしの炎暑に干上って鯉も鮒も死んでしまったという話だったが、いまは満々と水を湛えた水面に、カイツブリかカモかのように水禽が群がり泳いでいるのが見えた。

眼を転じて山の方を見ると、おそらく公園の敷地内ではあるまいが、一見してカエデ山の中と思われるような所に高層ビルディングを建築しているのが見えた。いったいこんな風致地区に何階建てのビルを建てているのかと思って、階数をかぞえてみたが正確な数字は出て来なかった。地上十二階と出たり十五階と出たり十三階と出たりした。木井は公園内の茶屋で一ぱいやるのは取止めにした。もうかなり前からそう思っているのはいたのだが、殺風景なビルディングが決定的な断をくだした。

公園の正門を出て、大踏切を渡ってまっすぐ行くと、五日市街道と道が交叉する手前に自称三段先生が経営する碁会所がある。今から十一年ほど前、木井はこの三段先生から碁の手ほどきを受けたので、今でもこの三段先生には頭があがらぬこと甚だしい所がある。昇級も手きびしく、長い十一年間に、木井は井目（九目）からたった一目あげてもらえただけである。

この一年間はすっかり御無沙汰していた。外階段になった二十段はたっぷりある急な階段をのぼって行くと、

「おやまあ——。おじさんはまだ生きてたの」

と、似たもの夫婦の三段先生の細君がずけずけ言った。

「ああ。お見かけどおり生きてはいたが、実はおれ、この間ほんとに死にかけていたんだよ。いま話してあげるから、その前に一ぱいお茶をくれないか」

細君は口はわるいが、お茶のいれ方だけは奇妙に上手なのである。亭主が若い時、バクチ碁に凝っていた時の名残りなのだそうである。うまいお茶をいれてやると亭主は必ず勝ったという。

死にかけた話は木井はすでに随筆にも書いた。もう一ぺん書くと大凡次のようなことである。

ことしの十一月中旬のことだった。木井は朝の四時ごろ眼がさめた。十一月の朝の四時というのは、外はまだ真暗である。どちらつかずの時間だったので、木井は一ぱいやることに

した。

手のとどく机の上に酒の支度がしてあった。一合二勺入りのコップに日本酒が一合ほど、その横の小皿にカマボコの切ったのが五、六片おいてあった。

いつもして呉れる妻の配慮によるものだった。配慮というのは、木井はこのごろ頭痛持ちになっているので、酒の力を利用して頭痛を緩和させようという訳である。寝酒に用いることもあれば、眼ざまし用に用いることもある。

お盆ごと炬燵の上にのせて、ゆっくり一ぱいやっていると、頭痛がやや緩和して来た。それで直ぐにもう一度寝ればよかったのだが、木井はゆっくりついでに取りとめもない考えごとを始めた。ついせんだって、葉書回答を出しておいたある雑誌が届いて、「死亡記事」と書いておいた原稿が「死亡事故」と誤植されていたのも、考えごとの手ごろな材料になった。アンケートの質問の要旨は、「あなたは新聞はどこから読みはじめますか」といったようなものだったが、「死亡記事」と「死亡事故」では内容がかなり違ったものになるのである。かといって、それを編集者がした誤植とばかり断定するのは早すぎた。

木井はちかごろ誤字や脱字が多くなっていた。電話をかけて調べてもらうのが一等早道だと思ったが、実際に電話をかけるだけの決断はつかなかった。未解決のままになっていたので、こういう取りとめもない考えごとをする時の、手頃のサカナにはなるという訳であった。

考えごとは取りとめもなかったが、そのあと幾ばくかの時間がすぎた時、突然妻が部屋の入口の襖（ふすま）をあけ、

「あなた、およびでしたか」
と奇妙な顔をして訊いた。顔も奇妙だったが、寝巻の紐がゆるんで、でぶでぶしたお腹が
山下清画伯が妊娠でもしているようにひろがっているのが、なお一層奇妙だった。
「いや、呼んだ覚えはないぞ。お前の耳の錯覚だろう」
と木井が答えた時、――いや、それよりももっと早かったかも知れない、――部屋の雨戸
ががたぴし、妻の手によって開けひろげられ、
「あなた、どうしたんですか。こんなに一ぱい、部屋中にガスがたまっているのに、あなた
はちっともお気づきなかったんですか」
妻が叱りつけるように言ったので、木井はやっと事情が了解できた。
あとから考えて見ると、それはこういうことになるらしかった。考えごとをしている最中、
木井はお茶が飲みたくなったので、ガス・ストーブに火をつけて薬罐をのせた。前にカラの
薬罐をのせて火事をおこしかけたことがあるので、薬罐に水が八分がた入っているのは十分
確かめたが、そのためガスの火のつき加減を点検するのがおろそかになった。はじめから火
はついて居なくてガスの音だけしていたのを、木井はガスが燃えているのだと思い込んでい
たのである。
一方、妻は寝床の中で夢を見ていたのだそうである。夢の中で木井が妻をよんだのだそう
である。たいてい木井は妻をよぶのに「おい」ですますことにしているが、その時にかぎっ
て、

「お母さん、お母さん」とよんだのだそうである。

母と妻を取りちがえるようでは、夫も耄碌したものだと妻は思った。でも母はとっくの昔に死んでいることだし、声の調子が自分をよんでいるのに違いないと思って飛んで来たのだそうである。

木井は妻の夢で命が助かったようなものだった。本人は部屋にガスが充満していても何のくさ味も感じなかったのだから、妻がやって来るのがもう少し遅かったら、炬燵の上にうつ伏せになったまま、いい気持で死んでいたのに違いないのである。

妻が雨戸を開けひろげた時、夜はすっかり明けていた。木井はふしぎなような気がして時計を見たが、その時時計はちょうど八時に五分前だった。四時から八時までの時間があっという間に過ぎていたわけで、初めと終りの時刻は明瞭になったが、さてガスをつけたのは何時頃だったということになると、それはさっぱり思い出せなかった。

右のような話をおばさんにしている時、階段に軽快な靴音がして、赤いマフラーを首にぐるぐる巻きにした十七、八の小娘が入って来た。

「ああ、あんたはこのお嬢さんとやってくれ」

それまで木井の存在など無視して、若い学生に稽古をつけてやっていた三段先生が、入歯の口をもがもがさせながら言った。

「向う井目でね。お嬢さんはまだ習いかけなんだから」

そう言い添えた時には、もう木井の方は見ていなかった。

だ。

木井は上手だから上手の権限をもって、打ち場所はなるべくストーブに近いところを選ん

「じゃ、ここにしようよ。でも、若いひとにはストーブの傍は熱すぎて、頭がぼうッとする

かな」

と一応うわべだけでも謙虚なところを見せると、

「いいえ、ここで結構です。どうぞよろしくお願いします」

と小娘が丁寧なお辞儀をした。

はじめの二番を勝って、最後の一番は敗けた。敗けたのは小娘が本当に碁は習い覚えの初心者だからであった。木井は師範代理のつもりで、小娘が打った悪手をいちいち訂正してやったので、それでは敗けるのが当然のようなものだった。こうしておいた方が、小娘もはずみがつくというものであった。

碁会所を出た時、日はとっぷり暮れていた。小娘は考える方の質だったので、ゆうに三時間以上の時間が経過していた。

タクシーが幾台も通りすぎたが、木井は手をあげなかった。そもそもの外出の目的が身体の運動にあったのだから、おそまきながら目的だけは達しなければならなかった。

三十分ほど歩いていつも使うバス停まで来て、木井は路地を左へまがった。まがった途端、木井の胸は動悸をはげしくうちはじめた。赤い靴下がまだあるかないかと思ったのが胸が動悸をうつ動機だったが、間もなく浦辺さん宅の生垣の竹の棒の先に、赤い靴下が、昼見た姿

のまま街路燈の光の中に見えて来た。昼間見た時と同じように、竹のおじいさんが還暦祝をして貰っているような印象だった。

もっとも赤い靴下が何時までもそこに在ることがいいことか悪いことか、にわかには断じられなかった。落した赤ちゃんの足に戻ればそれが一番いいので、屑屋や犬が持って逃げれば万事はそれでおしまいである。が、よしあしは別として、木井は今夜は赤い靴下がまだそこに在ることが嬉しかった。

人通りはなかったので、ちょっと立ち止って、手で触れてみた。手でふれて見て、木井は宴会などで酒が少しまわると、足袋をぬぎたくなる癖があるが、赤ちゃんがねんねこ絆纏（ばんてん）のなかで、これを脱ぎすてた時の気持も分るような気がした。

妻は腰巻の紐にする布切は見せたが、新調の腰巻の材料はまだ見せていなかった。ひょっとしたら女が初着用するまでは、男に見せてはいけないという迷信があるのかも知れなかった。或いは考え様によっては腰巻の紐づくりは口実で、妻はあの時、木井がまたガスをもらしてはいないかと、気がかりになって二階へあがって来たのかも知れなかった。

迷信かどうか知らないが、妻はこの数年来浅草の観音まいりにこっているのである。正しくは彼女の還暦は来年の七月なのに、はやばやと赤い腰巻を自前で買ってきたのは、お正月が来たら早速その腰巻を着用して、中風よけの願かけに浅草へおまいりに行こうと思っているのかも知れなかった。どうもそれが一番図星のようであった。リューマチの上に中風が出たら、いくらこの間のようないい夢を見ても、二階へ飛んで行くことは出来なくなるからである。

考え考え、木井は自宅の玄関にたどり着いた。

（一九六八年二月　展望）

大安の日

二月下旬、多分その日は大安の日という日であったのだろう、木井は左の眼に濡（ぬ）れタオルをあてて寝ていた。

朝の十時ごろ、洗面所で歯をみがき、ひげを剃り、顔を洗った後でタオルを使った時だった。タオルの使い方を間違えて、左の眼の眼蓋（まぶた）をひっくりかえした。

こういうことは、去年も何回か経験していた。ひっくりかえると言っても、小学校の身体検査の時、お医者がひっくりかえすような大げさなものではなかった。肉眼でちょっと見ただけでは分らない程度のひっくり返り方である。それでも当人は気持がわるく、しばらくは眼をとじて眼蓋の筋肉が元に戻るのを待っていなければならなかった。

何故そういうことになるかというと、それは多分木井の健康と関係があった。還暦前後から木井は奇妙なことから右手の痛覚に悩まされていた。寝込むほどのことでもないので病床についたことはないが、万年床は始終敷いてあった。寝たい時には直ぐ横になる為であった。一日に十二時間くらいは寝た。もっとも計ったわけではないから、この数字は必ずしも正確なものではない。

　肉体に欠陥があると、頭の命令と手足の行動が一致しなくなるものらしい。頭は命令の基本だから文句はないが、行動の方が早くなったり遅くなったりするのである。もっとも早くなることは滅多にない。

「顔は洗えたんだな。よし、ではその次はタオルで顔をふけ」

　と頭が手に命令をくだす。

「よっしゃ、分った」

　とタオル係りの手が威勢よく返事をする。

　返事は殊勝なのだが欠陥のある手の動作は緩慢になる。一方、眼の方には直接命令はくだらぬが、眼は習慣的に眼蓋をとじてタオルが来るのを待つ。待っている間はいいのだが、もう終ったと早合点して眼を開けた瞬間、事故が起きる。ちょうど線路の踏切番が遮断機を早くあげすぎて、電車と自動車が衝突するようなものである。

　たびたび事故がおきるのは厭だから、木井はタオルを上から下へ撫でさするようにして使用することにしていた。上から下へ、下から上へと往復式に使用すると、危険率が多いからであった。時間をかけて一方通行みたいに上から下へ上から下へとタオルを使用すると、眼蓋のひっくりかえりが防げた。

　ところが長年の習慣が復活して、この朝は昔どおりにやった為、久しぶりに眼蓋がひっくり返ったのである。ひっくり返った以上、こういう時には周章狼狽してはいけない。指でつついたり、手でこすったりするのが一番いけない。沈着冷静に仰向けに寝て、眼の皮のひっくり返りが自然に元の位置に復するのを待つに限るのである。

　両眼に濡れタオルを置いて、二階の炬燵に入って寝ているところへ妻があがって来て、

「あら、あら、また遮断機が早くあがり過ぎたんですか」

　と呆れたような声で言った。久しぶりの事故だから、いくらか面白がっているような口吻がないでもなかった。

「今日は天気がよすぎたからね。いまそう思っていたところなんだ。いって見るならば太陽のせいという奴だろう」

　木井が冗談をいうと、

「ほんとにそうなんですよ。今日は朝からもう大分雪が解けましたからね」

　と妻が言った。

「それよりもちょっと、時子ちゃんから来た案内状を見て呉れないか。披露の時間は何時だったかしら？」

　すると状差に入っている手紙類を、ごそごそさがしていた妻が、

「一時三十分からです。場所は神田のG会館の三階です」

　と明快に言った。

「ついでに本文も読んで見て呉れないか」

　と木井は注文した。

「では読みますよ。『拝啓　ますますご清栄のこととおよろこび申上げます。このたび那須貞吉様ご夫妻のご媒酌により、わたくしどもは結婚式をあげることになりました。

つきましては今後幾久しくご懇情をいただきたく、ご披露かたがたささやかながらほんの形ばかりの小宴をご用意申上げましたので、お忙しいところをまことに恐れ入りますけれど、なにとぞご出席くださいますようご案内申上げます。

敬具
昭和四十三年一月吉日
山田司郎
茎田時子』」

息をはずませてここまで読んだ妻が、

「今日はやはりモーニングがよろしいんでしょうね」

と気をひくように言った。

「まあ仕様がないだろう。あの洋服のズボンにはポケットがないので、物のしまい場所に困るんだけど」

と木井が答えると、

「ポケットは上着に沢山ついていますよ。ポケットはなるべく少ない方が、男をスマートに見せるんだそうですよ」

妻はそれで用件がすんだらしく、足音をしのばせるようにして、階下へ降りて行った。

木井は何か口実をもうけて妻をもう少しひき止めておきたかったが、少しでも身体に故障があると頭の回転がにぶくなるものらしく、妻の足音が聞えなくなるまでうまい口実は見つからなかった。

茎田時子は茎田直彦の長女である。

昭和二十七年の末、木井が今の此処にわずか十三坪の家を建てて引越して来てから一と月も経たない時だった。木井は質草を風呂敷に包んで家を出て、まだ三百メートルも歩かない路上で茎田直彦に出逢った。

「木井さんですね。ぼくは茎田直彦です。あなたがこちらへいらっしゃることは、随分前から知っていました。そら、新築の建築確認証ですか、あの標示を毎日見ていたもんですから」

と直彦の方から先に声をかけた。

「いや、僕もあなたがこちらにいらっしゃるとは知らぬではありませんでした。引越早々雑用に追いまくられて御挨拶にも上らないで失礼しました。実は今日もこんな物を持って金策に出かけるところなんですよ。ア、ハ、ハ」

と風呂敷包みを叩いて笑いにまぎらすと、

「いや、どこでも同じですよ。お暇の時には是非お遊びにいらして下さい」

白皙（はくせき）長身の歌人茎田直彦が古びた赤褐色の皮鞄を右手から左手に持ちかえて言った。

年は木井より五つ六つ茎田の方が年下だが、大学教授の定職を持っているので、その落着いた態度には屈託がなかった。昭和七、八年からの居住だそうだから、土地と人物が一致したような印象だった。

　だがそれが貧乏な新参の木井には、却って引け目を感じさせた。三十代の貧乏に比べて五十を間近にひかえた男の貧乏には振幅性がなかった。性来の社交下手が輪をかけて、木井はついに一度も茎田家を訪問したことがなかった。

　貧乏のうさばらしに、木井は国電の駅前のマーケットまで、よく焼酎をのみに出かけた。その頃の焼酎は一ぱいが二十円で、二はい飲むのがやっとこさであった。たまに清水(きよみず)の舞台から飛びおりるような気持で、三ばい飲むこともあった。

　木井は足がおそい方で、木井が走っているのを一度も見たことがないというのが、友人間の定評だった。そののろい足でうろ覚えの流行歌を出まかせな節で歌いながら家へ帰って来る途中、どうかすると木井は茎田直彦に追い越されることがあった。

「やあ、ごきげんですな」

　茎田直彦はそう声をかけて通りすぎた。

「やあ、また下手な歌をきかれましたかな」

　木井は答えて頭をかいて見せるが、心の中は至って天下泰平だった。焼酎をのんでいる時だけが木井の幸福の時間だった。自動車など一台も通らなかった時代で、道路も極めて天下泰平だった。

　茎田直彦は私立大学の教授のほか、予備校の講師も兼ねていた。夜学帰りの茎田の足は飛ぶように早かった。

昭和三十二年か三十三年かの夏、中学二、三年生位の見知らぬ少女が、突然木井家の玄関にあらわれた。玄関は開けっ放しだったし、玄関につづく六畳間が当時は木井の仕事部屋だったので、木井自ら裸のまま飛び出して行って用件をきくと、

「おじさま、すみませんけれど、この金魚を貰って下さいません？」

と背中にかくすようにして持っていた金魚入りのビニール袋を差し出した。

「そういうあなたはどなた？」

ときくと、

「あたし、茎田直彦の長女の時子です」

と少女がはっきり言った。

「ああ、あなたが茎田さんのお嬢さん！　いつもあなたの家の前を通ると上手なピアノが鳴っていますねえ。あれはあなたが弾いてるんですか」

ときくと、

「はい、あたしです。でもちっとも上手ではありません」

と茎田時子がはにかんで言った。

「ところでこの金魚はお父さんが持って行けとおっしゃったの？」

ときくと、

「いいえ、父ではありません。私が考え出したんですけれど、あたしではいけませんかし

ら？」

と茎田時子が上眼づかいに不安な眼差しをした。父親に似た細長顔だが、顔は真黒に日焼けているのは、海水浴か水泳プールにでも行って来た日焼けのようであった。

「いけないことはちっともないけれど、何故だろうかと思って？」

というと、

「実は父がいま病気なんです」

と茎田時子は思いなしか涙顔になった。

「ほう、それはいけませんね。どこがお悪いんですか」

ときくと、

「夏休みに学生さんと一緒に山登りをしたので、草臥（くたび）れが出たんですって。それであたしがお見舞いに金魚を買って来てあげたら、金魚は死に易い動物だから厭だというんです」

理由がわかったので、木井は気持よく金魚を貰うことにしたが、木井の家には金魚をいれる容器がなかった。焼酎を何日分か倹約すれば買えると思ったが、それをするのは気持が許さなかった。二、三日金盥（かなだらい）で飼ったあと、思いついて木井家に二つあった火鉢の大きい方を金魚鉢の代用にすることにした。もともと木井は、金魚のガラス鉢というのがあまり好きでなかった。

火鉢ははじめ六畳の仕事部屋においたが、ある期間がすぎてから濡縁に出した。猫に食われるのが心配だったが、水を底の方に浅くしておくことによって、猫の被害を防いだ。

間もなく冬がやって来て寒くなったので、夜は古外套を利用して覆いをかけてやった。するとその古外套の暖かさに眼をつけて、猫が外套を寝床にするようになった。朝起きて覆いを取ってやる時、古外套に猫の毛がいっぱいくっついているので、その理由が読みとれた。時たま古外套のかぶせ方がぞんざいなことがあると、猫が自分の体の重みで水の中に落っこちたあとが歴然としていることがあった。猫はあわててとび上って逃げたのに違いなく、金魚の命には何の異変もなかった。

それにしても古外套一着だけでは物騒なことが分ったので、外套の下にもう一つ古座蒲団を一枚敷いてやることにした。それで猫のひっくりころげが防げたし、金魚が猫に食われる危険も完全に防げた。

茎田直彦は金魚は死に易い動物だから厭だと少女に言った日から、二週間ほどして武蔵境にある公立病院へ運ばれて行った。町内の噂によれば直彦は夏休みに学生と山登りをして、岩に蹴躓いて腰骨をしたたか打っての入院だということだった。しかし年が明けて翌年の春もまだ浅い頃、直彦はついに死体となって家に戻って来た。町内の噂によれば死因は単なる腰の打撲ではなく、多発性骨髄腫、つまりは骨の癌だろうということだった。

葬式の日は早春の小雪がちらちらしている日だった。風邪気味だった木井は妻を代理に出した。しかし自分で無理に行けば行けないほどひどい風邪ではなかった。だいたいこの辺はサラリーマンが多い土地のせいか、町内の葬式といえば女ばかり出す風習が強いのである。式服のない引け目もあって、木井はその風習に従ったまでのことであった。

それから半年ほどして、茎田直彦の遺族は、時子の弟二人をふくめて一家四人、世田谷の方へ移転して行った。こちらの土地家屋は、戦後地主から月賦で買い取ったものだそうだが、それを売り払って大学の退職金とあわせてアパートを新築しての移転だということだった。これも町内の噂で知ったことで、以後約十年間、茎田家に関する消息は何一つ木井の耳には入って来なかった。

お互いにそういう間柄だったので、結婚披露の案内状には、活字の印刷文のほかに、時子のペン書きで次のようなことが書き添えてあった。

『突然のことで大変失礼だとは思います。でも私は練馬区××町で生れ、××町で育ったのです。××町の代表といってはこれまた失礼になるかも知れませんが、もし私の気持がお汲み取り戴けて御光臨戴けますなら、こんな嬉しいことはございません。どうかよろしくお願い申上げます』

この添書きに木井は心を動かされて、出席の返事を出しておいたのである。

一旦階下へおりた妻が、式服の手入れが済んだのか、もう一度二階へあがって来て、新しい濡れタオルと取り替えてくれた。

「おい、茎田さんが亡くなったのは、何時だったかなあ。おれは今さっきから一所懸命考えていたんだが、どうしても思い出せないんだが」

と妻にいうと、

「さあ、いつだったでしょう。葬式の日は雪がちらちらする日だったことは、よく覚えていますけれど」

と妻が言った。

「同じことじゃ困るんだ。雪のふる日だったということはおれもよく覚えているんだ。ほかに何かひっかかりはないかなあ」

「ひっかかりって、どんなことですか」

「たとえば、時子ちゃんが呉れた金魚をおれが飼っていたあの火鉢だね。あの火鉢を手に入れたのはわれわれが新婚間もなく馬橋（まばし）にはじめて家を持った年の冬だったろう。家を持ったのが昭和七年だったから、高円寺の何とかいう古道具屋で火鉢を買ったのも昭和七年だということがすぐ分るんだ。つまりそれがひっかかりというもんだよ」

「そうですねえ。茎田さんが亡くなられた年のひっかかりといえば家（うち）では何だったかしら。昔はしょっちゅう引越をしていたから、ものを覚えておくのに大変便利だったんですけれど、今はそういうことがちっともなくなりましたものねえ」

と妻が言った。

「それだよ。実はおれもさっきからそのことを思っていたんだ。居は気を移すというのに、同じところに十五年も住むなんて愚の骨頂のような気がしていたんだ。十五年もこの土地で暮して、この土地に何か愛着が出来たかというと、そんなものは何一つとしてありゃしない。はじめの頃は閑静だけが取柄だったが、現在はあちこちの有名会社の寮などが立ち並んで、ただ騒々しいだけの町になり変ったんだ。しかしおれにはもう、移転して行く先はなさそうだ。こんな殺風景な所で、つまりはおれもここで死ぬのかと思うと、さびしいというよりもなさけないような気がしてならないんだ。それも家が金殿玉楼というのならともかく、こんな小っぽけな荒屋(あばらや)で死んだのでは、お通夜に来て呉れた人に坐ってもらう場所もありはしないだろう。ということはつまり、おれは死んでからまで人に迷惑をかける人間かと思うとそれがなさけないんだ」

と木井が弁じたてると、

「なさけなく思われるのは眼のせいですよ。死ぬ死ぬと言って、本当に死んだものは一人もありませんからね」

妻は話に深入りするのを避けるかのように、立ちあがりながらそう言って、またしても階下へおりて行った。この度(たび)もまた、妻を引き止めておくだけの手頃の手段はなかった。

木井はやむなく別のことを考えはじめた。

火鉢からの連想であるが、ことしの正月、木井のところへ来た年賀状のなかに、次のような添書をした年賀状が一枚あったのである。

『いつかお送り戴きました御肉筆は、額にいれて私の部屋にかけて毎日眺めております。どうもありがとうございました。あの節お邪魔しました時、お宅の庭で見かけた木製の盥(たらい)に「昭和二十五年二月二十五日、木井専用」と翠崖(すいがい)流の筆跡で書いてあった文字が、未だに私の眼底には鮮やかです。盥はまだあのままございましょうか』

以下少し訳を説明すると、数年前の晩秋、いまどき珍しい兵隊靴をはいた三十過ぎの男が突然木井家の玄関にあらわれた。ヒッピー族のように、頬と頤にヒゲを二、三センチものばした男だった。妻が不在だったので、自分で応対に出た木井が、狭い廊下においてある小卓をはさんで対坐すると、

「私は熊本県人吉（ひとよし）市で高校の図画の教師をしているものですが、画のかたわら書の研究もやっております。ついては甚だ唐突ですが、あなたにも是非一枚書いて戴きたいと思って参りました」

と早口に用件をいって、原稿用紙を一枚差出した。日本紙に手製ですった線のまがりくねったような原稿用紙であった。

「見当ちがいを言ってはいけない。ぼくは字が下手なことにかけては、仲間の間でも有名な方なんだ。折角だがお断わりする」

と木井は大上段にはねつけた。早く撃退した方が得策だと思ったのだが、

「率直に申上げますと、そのお下手なところが私のつけ目なんです。何でもいいですから、ちょこちょこっと、一筆書いて戴ければそれで結構なんです」

とヒッピー族が少しも動揺するところなく言った。

「バカなことを言わないでくれ。字の下手なものはそのちょこちょこっと書くのが、実は大へんな苦労なんだ。わざわざ九州から出て来たというのに、むごい仕打だとは思うが今日はこれで帰って呉れ給え」

と相手に隙を与えないように気をつけて言うと、

「私は上野で待望の展覧会も見て来ましたので、その点に関して御心配はいりません。ではここに私の住所氏名を書いて置きますから、もしお気持がむくことがありましたら、その時でよろしゅうございますから、書いて送って下さいませんか」

ヒッピー族は原稿用紙の上に手帖を破って書いた住所氏名を置いて椅子から立上った。立上った時、ガラス障子の一番上の枠から外の庭をのぞいて、

「ほう、葉鶏頭が大へん綺麗ですなあ」

と、一言だけ言った。

その間、時間は全部で五分くらいなものだった。実に鮮やかな帰り振りだった。ヒッピー族が置いて行った原稿用紙と即製名刺の間に十円玉を発見したのは、それから二時間もたってからだった。もっとくわしく言うと、それを最初に発見したのは木井ではなく外出から帰った妻だった。

木井はその十円玉が気になって仕方がなかった。蚤が一ぴき背中をぞろぞろしているような気持だった。気持の悪さを退治するには字を書いて送れば済むことだが、それがなかなか実行できなかった。半年近くもすぎて、翌年の桜の花の咲く前後だったと思うが、思いきって木井は字を書いた。自分には適当な文句の持合せもないので、平凡ではあるが松尾芭蕉の文章の一節を借用した。

「月日は百代の過客にして、行きかふ年もまた旅人也。舟の上に生涯をうかべ、馬の口

とらへて老いを迎ふる者は、日日旅にして旅を栖(すみか)とす。古人も多く旅に死せるあり。」

という有名すぎるほど有名な『奥の細道』の冒頭の一節である。

その時木井はビールを一本のんでから書いた。アルコールの力を借りれば少しは恥ずかしさも減じ、多少は勇気が出るだろうと思ったからであった。事実いくらか勇気が出るのは出たが、それはいわば付け焼刃というもので、書きながら額から黒い脂汗(あぶらあせ)がにちゃにちゃ流れ出た。

封筒に入れて、十円切手を貼って出した。それで十円玉の圧迫から逃れられたが、気分的には蚤が畳の縁に頭を突っこんで安心しているようなところがあった。

そういう気分が二週間もつづいた。安心とはつまり不安心と似たようなものだった。木井がもしやと思っていたことが適中して、ヒッピー族からは何の返事も戻って来なかった。あまり字が下手過ぎたので、呆気にとられた図画教師が、原稿用紙を破り棄てたのであろう、「ああ、それならそれで却ってよかった」という境地に達したのは、それからまた二、三週間たってからだった。

数年を経てその原稿用紙が図画教師の部屋にかかっていると知らされても、木井はさしたる心の動揺は覚えなかった。紙もインキも既に風化作用をおこしているに違いなかった。文句は芭蕉だから、芭蕉の文句がものを言っているのだという解釈もできた。年月のありがたさであった。

それよりも図画教師が盥のことを書いて寄越したのには驚いた。あの時図画教師は、帰り

がけに、椅子から立ち上ってガラス障子の一番上の枠からちょっと外をのぞいて、

「ほう、葉鶏頭が大へん綺麗ですなあ」

とたった一言いっただけだった。その時葉鶏頭の近くに伏せてあった盥の文字を読み取っていたとは実に驚きの限りだった。翠崖流というのは悪筆の大家のことか、書の流儀のことか知る由もないが、お世辞にしても褒め言葉であることに間違いはなさそうだった。

木井がその盥を買ったのは、昭和二十五年、西荻窪の牛乳屋の二階に間借りをしていた時である。まだ物資の乏しい時であったし、井戸は五軒世帯が共同でつかっていたので、所有権をはっきりさせておく為、悪筆を揮ったのである。所有権のこともあったが、木井はその頃から奇妙に年月というものに興味を抱くようになっていた。大げさに言えばこの世の中でこんな面白いものはないと思いはじめていた。そもそもの動機は、戦後郷里に疎開中、家にあるもので金目になるものは何でも売らねばならない状態にあった時、天保何年製之だの、文政何年新調だのという文字が、垢を落せば鮮やかに出て来るのを発見したのが興味のおこる発端であった。

　盥はそれから、二、三個所の間借生活を転々として、今のここに落着いた。小屋でも一戸建だから、木井はその盥で行水をするのを愉しみにしていたが、実際に行水をしたことはなかった。理由は垣根のない敷地は外からまる見えで、行水をする適当な場所がない為であった。もう一つこの土地は銭湯が一軒もない僻陬地だったので、台所脇の小区画を利用して風呂桶を備えつけた為であった。盥は井戸端でもっぱら妻の洗濯用にのみ使用された。

階段に足音がして、妻がまた二階へあがって来た。もう一ぺん濡れタオルを取り替えてくれるのかと思ったが、妻は炬燵の端に坐って、木井が眠っているのかどうかと確かめているような気配だった。

「眠ってはいないよ。退屈だから色々考えごとをしていたんだが、わが家で電気洗濯機を買ったのは、あれは何時だったかなあ?」

と木井がきくと、

「あれは一九六〇年の秋です」

と妻が即座に答えた。一九六〇年という言い方が突拍子もなく意外だったが、数理にうとい木井でも、一九六八年という今年の年号から逆算するのには大層便利だった。

「どうしてそんなによく覚えているのかね」

木井が正確を期するためきき直すと、

「あの年はあなたが交通事故で入院なさった年ですから忘れませんよ。退院なさってから一と月ほどしてから買ったんですよ」

と妻が言った。交通事故にも便利なことがあるものだった。

「それまで家では押上ポンプを使っていたわけだが、電気洗濯機を新調したのと、井戸にモーターを取りつけたのとは、どっちが早かったかね」

と木井がきくと、

「それは無論モーターの方が先です。モーターをつけたのはあの年の六月頃だったと思います」

と妻が言った。

「そうすると一九六〇年という年は、わが家ではいやに物入りの多い年だったんだなあ」

「物入りは物入りでしたけれど、長男が大学を出て、ほっとした年でもあったんですよ」

と妻が言った。

どうやら一九六〇年というよび方も、長男に関係があるらしかった。木井は長男の就職には無関心でいるよりほかなかったが、就職関係の書類をあちこちからよせ集めている間に、商店会社などによっては、こういう書き方をしている所がかなりあったのかも知れなかった。何しろ履歴書がもう横書きになりかけていた時代のことであったから——。

「それはそうと、お前に一つきいて見たいことがあるんだが」

「何ですか、そんなに改まって?」

妻が畳の上に坐り直した気配がした。

「改まるほどのことではないんだが、以前お前が押上ポンプで風呂に水を入れた時、何回押せば風呂が一ぱいになるとか言っていただろう。それは何回おせば風呂が一ぱいになったんだったかね」

「さあ、何回でしたか、もう古いことだから忘れてしまいましたよ。百五十回だったか二百五十回だったか、回数は忘れましたけれど、その最後の四、五十回がとても苦しくなって、あなたにお願いしてモーターを取りつけて戴いたんですよ」

「おれは実はその回数が知りたかったんだが、本人のお前が忘れているんではもうお話にならないね。今後はそういうことは家計簿の端にでもちょっとつけておいて呉れると、人間の結婚史の参考になると思うんだ。この世の中はよく考えて見ると、数字の積み重ねみたいな所があるからね」

「はい、では今後はそう心掛けます。ところでお昼御飯はどうなさいますか。いま丁度十二時に十分ほど前なんですけれど」

妻が二階へ上ってきた肝心の用件を切り出した。

「飯はいらない。どうせ向うで何か出るんだろう。おれは十二時半にここを出ることにするから、その前に酒を一合ほど熱燗にしておいてくれ。きゅっと一ぱいひっかけて出た方が、血のめぐりがよくなりそうだから」

承知した妻が階下へおりて行くと、木井はまたしても別の考えごとを始めた。

一九六〇年といえば昭和三十五年のことだが、その年木井は満年齢の五十六歳だった。妻は満年齢の五十二歳だったが、この年妻の白髪ががたっと増えたのは、木井の交通事故の衝撃によるものだった。警察から隣家に電話がかかって、隣家の主婦は自分の家の誰かが交通事故にあったものと勘違いして、危うく卒倒しかけた。隣家の木井のことだと分って気を取り直しはしたものの、木井家の玄関へ取次ぎに来た時には顔面が真青で、木井の妻は幽霊が飛び込んで来たのではないかと思ったそうである。幽霊の衝撃と交通事故の衝撃が二つ重なって、それまで二分白髪だった頭が一ぺんに八分白髪に変化したのである。警察の電話が短兵急に過ぎた為らしいのだが、それは後から言っても仕様のないことだった。

電気洗濯機を新調した木井家では盥が廃物化した。貧乏暮しのおかげで、廃物利用には長(た)けていた木井も、この盥の始末には当惑した。物置がないので貯蔵して置く場所もなかった。野ざらしにして腐らすのも勿体ない気がしたので、南の隣家のコンクリート塀を利用して、二本の丸太ん棒を並べ、その上に盥を逆様(さかさま)に置いた。その上に有り合せのトタン板をかぶせて屋根の代りにした。

一年くらいは元の位置にあったが、トタン板が風に吹かれて移動したり、庭いじりの邪魔になって移動させられたり、時には脚立がわりに利用されたりして、日が立つにつれ盥は粗末な取扱いを受けるようになった。丁度、まだ定年にもならないのに職を逐(お)われた男が、この世の悲哀を一身にひっかぶって、なげき悲しんでいる姿に似ていた。

九州の図画教師が数年たってもまだ盥を記憶にとどめているというのに、木井は最初ひどく驚いたが、それは盥自身にとっては大変光栄なことかも知れなかった。近年は日本国中どこへ行ってもプラスチックばやりで、木製の家具類が非常に少なくなったので、図画教師はおそらく木材製品に対する愛惜の情やみがたく、あの盥のことを思い出して懐かしがって呉れたのかも知れなかった。

ところが盥はもう木井家にはなかった。去年の夏、妻が田舎へ所用で行っている留守の間に、木井が焼いてしまったのである。妻の留守に庭いじりをしていた時、その時は盥は槲(かしわ)の木の根元に斜めに立てかけてあった。立てかけてあったので、盥の板と板との間に割目が出来て、日光が表から裏へ素通しになっているのがよく見えた。もうこの盥もこれで寿命が尽きたのだと木井は思ったのである。

焼くのには意外に時間がかかった。その理由は、木井ははじめどうせ焼くからには、盥をぶち壊して焼こうとしたのだが、盥が容易なことではぶち壊せなかった。盥には二本の金属のタガがかかっていたが、そのタガがしっかりしていて木井の力では取りはずすことが出来なかった。壊すのはあきらめて、別な材木を燃やして、その上に盥を乗せて焼くことにしたので、思わぬ時間がかかったのである。

盥が半分ほど焼けた時、木井はちょっと後悔した。盥に割目ができているのは日光の直射の為で、もう一度水をいれて湿(しめ)してやれば、盥はこれからまだ何年も使用に堪えられるのだという気が起きて来た。昭和二十五年といえばまだ世の中は戦後の混乱期で、一般の職人は仕事がぞんざいになっていただろうと思うのに、この盥をつくった職人は、よほど良心的な職人であるに違いなかった。

「いま丁度十二時十分過ぎですが、大丈夫出かけられますか」

またしても妻の声がした。声がしたのはこんどは木井の足許ではなく階段の一番上の踊場のところだった。

「大丈夫だよ。眼蓋のひっくり返りは殆どなおったようだ」

と木井が答えると、

「ではぼつぼつ起きて下さいね。式服はもうちゃんと揃えてありますから」

と妻が言った。

「式服も式服だが、酒の燗はどうかね」

ときくと、

「いま、薬罐の中にいれてあります。それが気がかりですから、私は下におりていますからね」

妻は大っぴらに足音をひびかせて、階段をおりた。

木井は濡れタオルを取って眼をあけて見たが、眼はぱっちりと開いた。眼蓋の一部分に多少は後遺症がのこっていたが、このわずかな後遺症は一ぱいきゅっとやることによって、一ぺんに解消することが分っていた。

きゅっとやる時は、猪口(ちょこ)など使ってはいけない。顔を仰向けにして、コップの口から一気に垂らし込むのが、この道に通じた人の最高の飲み方なのだそうである。そこまで木井は通(つう)ではないので、コップ一ぱいの酒を三口半で飲みおろした。本当の通は塩をサカナにするそうだが、木井はみりん干し一尾(びき)を三口半にしてサカナにした。

式服に着替えて玄関へ出ると、黒靴が磨いて揃えてあった。一ぱいやったので気分は爽快だった。玄関を出て家の端(つま)づたいに裏へ廻ろうとすると、

「あなた、どこへいらっしゃるんですか」

と妻がきびしい声でたしなめた。

「ちょっと池を見て行こうと思うんだ」

と答えると、

「池には金魚はいますよ。その靴で裏へまわられたら、靴もズボンも滅茶苦茶になってしまいますよ」

「でもおれは一目だけでも見て行きたいんだよ」

「だったらゴム長にはきかえてからにしてください」

出がけに妻といさかいをするのは縁起でもないので、木井は妻の勧告に従ってゴム長をはいた。

時子から貰った金魚を濡縁で飼ったことは前にしるした。その金魚を入れた火鉢を濡縁の丁度真下に埋め込んだのは、多分その翌年の春、連翹（れんぎょう）の花の花盛りの頃だった。一冬年を越す間に、猫は案外金魚が好物でないことが分ったからである。たとえば死んだ金魚を猫の眼の前に投げてやっても、猫は金魚に見向きもしなかった。

ただし用心には用心を重ねて、大火鉢の上部四分の一は地上に出した。火鉢はもとは床屋の待合所にでもあったような巾着形（きんちゃくがた）で、つるつるの陶器は猫が歩くのには大層不向きだった。万一歩いても水の中に辷（すべ）り落ちるに決っているような代物だった。だからわざわざ上部の四分の一は地上に出しておいたのである。

それから何年か経って、これは年月がかなりはっきりしているが、昭和三十九年の春頃、大火鉢は廃物になる運命にさらされた。丁度その少し前、前の年の年末頃だったと思うが、東京都のごみ集めの様式がかわってチリンチリン方式になった為である。不用になったごみ箱を木井は庭の真中に埋めて池の代用にした。池の代用品だから、正確には池とは言えないのだが、木井家では堂々と池で通用している。

廃物化した大火鉢は、再び座敷に戻る運命にめぐまれず、庭の片隅に尻を仰向けにした恰好でころがっている。尻を上にしている理由は、尻を下にしておくと夏場中に水がたまって、蚊の発生が甚だしくなるからである。

モーニングにゴム長で裏の庭へ廻ると、(裏の方位から言えば南に当る)庭にはまだ木の上にも地上にも雪が一ぱいだった。一週間ほど前にふった雪は十七年ぶりの大雪とかで、気象台の報告では十五センチ乃至二十センチと出ていたが、この練馬のどんづまりでは三十センチから五十センチも積った。雪が解けるのも遅くなるのが自然の理であった。よくもまあこんな寒い土地をえらんで家を建てたものだという気がした。それは雪が降る度にいつも思うことだった。年寄りは寒さには弱いのである。健康に欠陥のある年寄りは殊に弱いのである。

池の上にしてある板の蓋の上にだけ雪が積っていなかった。妻が一ぺんあけて見た為のようであった。妻は洗濯関係で度々庭におりるが、木井は冬の厳寒期は庭におりることは殆どなかった。

こしらえてから満四年になる池はかなりの落着きを見せていた。この池で木井がひそかに自慢しているのは、池のほとりに植えてあるハイビャクシン(ソナレとも言う)の木である。どんな木かと言うと、それは素人が云々するよりも、植物図鑑の説明を借りた方が、正確でもあり便利でもある。

『ソナレ　ハイビャクシン（ビャクシン科）

　ふつう庭に植えられるが自生もあるという低木で地にはう。樹皮は赤褐色、葉は針状で先が刺となり長さ5~8ミリ、これにイブキのような鱗状葉を混えるものがある。球果をつけることはまれである。観賞用、名は磯馴れで海べの産を思わせることからいう。』

昭和二十八年の梅雨の頃、木井は隣の町を散歩していた時、この木が或る医院の石門の下に植えてあるのを見つけた。まだ名前は知らなかったが、一枝失敬することにした。木井はこの木は子供の時度々見かけた木だった。木井の家にはなかったが、余所の家で水をのませて貰う時、井戸端で度々見かけた。なかにはこの木の上に釣瓶を置いている家もあった。釣瓶をとる時葉が手にふれると、チクリと痛みを感じた。

そういう記憶があるので失敬したのだが、失敬した枝は一本で、その一本も長さが十センチにも足りない短いものだった。垣根の陽の当らない場所をえらんで挿木にしておいた所、うまく活着した。

活着はしたがこの木の成長ののろいのには驚いた。二、三年たっても相変らず十センチのままだった。四年目くらいからいくらか成長を早めたが、それでも年に二センチか三センチの微々たるものだった。一層のこと抜いて捨ててやろうかと思ったことが、何度あったか知れなかった。

十一年すぎて池をつくった時、ひとつあの木をこの池に配してやろうかと思い立ったのは、これもまた田舎の井戸端の連想作用によるものだった。これが図星にあたった。ハイビャクシンはにわかに勢いを得て、水を得た魚の如くに活気を呈した。事実水が好きらしく、木の枝は池の水の方へ水の方へと葉をひろげて、今では池の三分の一はビャクシンの葉でおおわれて、夏は金魚の手頃な日陰になるのである。

木井は池の蓋を取った。薄氷の張った池の底で金魚が六尾（ぴき）およいでいるのが見えた。去年の初冬、池に蓋をしてやる時も、金魚の数は六尾だった。六尾が六尾とも生きているのに木井は気をよくした。

自慢になるかどうかは第三者の判定にまかせるよりほかないが、この飼育法は木井が発明したものだった。初冬に蓋をしたら最後、初春に蓋をあけるまでは、餌は一切やらないのである。池の中には水苔（みずごけ）が一ぱい生えているから、その水苔をつついて食べていれば生命に支障はない、という考え方によるものだった。昔の坊主が菜食ばかりしていても、長寿を完うしたというのがいい参考になった。表向きは菜食主義でも偶（たま）には肉食もしたであろうように、冬期の池にだってどこからか虫ケラが落ちて来ないことはあるまい、というのもいい参考になった。

しかしこの新発明をするまでに、木井は随分金魚を殺した。金魚は死ぬから厭だと茎田直彦がいったというが、全くのところ金魚はよく死ぬ動物だった。はじめ時子が金魚をくれた時の尾数もよく覚えていないのは、次々と金魚が死んで行ったからであった。死んだ金魚と新しく買った金魚が一緒になると、人間は頭がこんがらがって、元の数字が確かでなくなるのである。ただ感覚からいって、五尾ないし七尾であったことはほぼ間違いはなかった。

幸い、この辺にはまだ金魚売りがやって来るので、死んだ金魚の補充をするのには便利だった。去年の前の二、三年リヤカーを引っぱってやってきた金魚売りは、右手のない青年だった。

「君、失礼なことをきくようだが、その手はどうしたの？」

と或る時木井がきくと、

「機械にやられたんだ」

とその青年が言った。

「機械といえば巻き込まれるかどうかしたの？」

と木井がきくと、

「うん、まあそんなところだね」

とその青年は言った。

「立ち入ったことを訊くようだが、その腕のつけ根は今でも痛んでいるのかね」

と木井がきくと、

「あんまり痛まないね。でも時候の変り目には少し痛むけれど」

とその青年は言った。

被害者のいうことは当てになるものではなかった。それが被害者の心理というものなのだ。

自分の症状を軽く軽くと見積るのが一般の被害者の共通心理なのだ。木井はそう解釈した。ついにその青年は、去年は姿を見せなかった。別の青年がリヤカーをひいてやってきたので、

「君もやっぱり、杉並の下井草から来たのかね」

と木井がきくと、

「そう、下井草の南の端で、本当は清水町なんだけど」

とその青年が言った。

「では、そら、去年の秋まで来ていた片腕のない青年と同じ店なんだね」

ときくと、

「そう。あの男は田舎へ帰っちゃったんで、もう東京にはいないよ」

とその青年が言った。

被害者がじりじり窮地へ追い込まれて行く例をここでも一つ見せつけられたような気がしたので、木井はそれ以上追求するのは止めにした。

薄氷に眼をすりつけるようにして池の中をのぞいて見たが、勿論どの金魚をどの青年から買ったかという見境はつかなかった。金魚は人間の眼にはどれもこれも同じに見えた。金魚は死ねば買い死ねば買いして来たのだから、時子がくれた金魚は今ここには一尾も居ないことだけは確かだった。

木井は昔何かで読んだ相続という言葉を思い出した。相続というのは一般には財産に関し

て用いられるのが普通だが、あれは元々は仏教の言葉なのだそうである。うろ覚えで恐縮だが、古い記憶を辿って記すと、大体次のようなことが説明してあった。

『一切の形あるものは皆生滅する。常住なものなどありはしない。常住するように見えるのは、外見でそう見えるだけである。なぜそう見えるかというと、それは因と果が連続して断絶しないからである。たとえば蠟燭が燃えている焔を見ると、次から次へと燃えては消え、消えては燃えているのだ。その間に少しの断絶もないから、一つのものが燃えているように見えるのだ。が、あれは実際は因が果を相続し、果が因を相続しているに過ぎない。』

十分に会得できるほど木井はこの道には通じぬものだが、でもこの説明を借用していえば、木井は時子のくれた金魚を約十年間も蠟燭の焔が燃えるように燃やしつづけた事に、ある種の感激を覚えた。

池の底には茶色の植木鉢が一個おいてある。植木鉢には睡蓮が植えてあるのだが、睡蓮の茎は去年の秋枯れたまま、今は影も形も見えなかった。そのかわり鉢のぐるりに密生している水苔の葉がきみどりに息づいているのが見えた。水苔は冷たい氷の中をもいとわず、もう春期活動のスタートをきっているものらしかった。

「あなた、何をそんなに熱心に見つめていらっしゃるんですか。ぐずぐずしていると時間におくれますよ」

座敷から妻の怒ったような声がした。

「やあ、これはどうも。おれはこれでも、はばかりながら今日はこの町の町会代表だからね。町会代表として恥ずかしくないようなテーブル・スピーチの種を仕入れていた所なんだよ」

木井は答えて玄関の方へ引きかえした。引き返すとき、屋根から落ちてくる雪解水のとばっちりが、ひんやりと木井の首筋にあたった。

（一九六八年五月　群像）

編者解説

岡崎武志

今年二〇二四年は、木山捷平生誕百二十年にあたる。ちなみに誕生日が三月二十六日で、三月二十八日の私と二日違いで近い。そんなことがうれしいのである。しかし、二十代の私が旺文社文庫の四冊で木山を知った頃（一九七七〜七八年）、もうこの世にはいなかった。一九六八年という没年から数えても、すでに半世紀以上の時を重ねている。ベストセラーを生むとか、作品が映画やドラマ化されるなど、派手なところがまるでない人だったから、現在、講談社文芸文庫が多数の作品をフォローし、こうしてアンソロジーが組まれるまでの存在であることが不思議な気がする。

生誕百二十年。これを記念して姫路文学館と吉備路文学館で文学展が開催された。とくに前者は新資料の発掘と公開など大々的なもので、図録も作られた。私はこれには行けず（図録は入手）、七月、京都へ行くついでに岡山の吉備路文学館へ立ち寄ってきた。駅から少し離れている（徒歩十五分）が、水路沿いの小さな集落の一画に文学館があった。木山は現在の岡山県笠岡市生まれ。その関係から、直筆の原稿や色紙、肉筆資料、愛用の品などが寄贈された。先行する姫路文学館での開催でもそれらは借り出されたようだ。「特別展」として一室、生誕から死まで、その文学的生涯が見渡せる展示がされていた。私はかつて、福山の文学館で一部を見た記憶はあるが、改めてちゃんと向き合うのはこれが初めて。青春期の手製による詩集や原稿、ノート類が珍しかった。矢掛中学時代のノートはいずれも手彩色の絵や文字で飾られている。芸術小僧だ。文学に目覚めた頃で「学課の予備復習などそっちのけにして、詩歌の真似事や小品文をひねる程度を出なかった」(「春雨」)というが、作家を志す誰もが通り抜ける青い影のなかに木山捷平もいたのである。

しかし、その後の文学的道程は、いくつも障壁や峠があり多難であった。展示された一枚の色紙には筆文字で「ほんとのところは／この世にゐなくてもいいんだけれど／葬式代がないから／辛抱してゐるやうなものである／いやあ／ずゐぶん／待たせるなあ」なんて書かれてあった(詩作品「辛抱」)。読者ならわかるだろうが、いかにもの木山タッチである。複製でいいから、この色紙は欲しかった。脱力、韜晦、飄逸と木山「力」が出そろっている。

今回、タイトルに使った「駄目も目である」は、囲碁好きな木山が色紙などに書いた言葉。姫路文学館の文学展ポスターにも使われていた。「山陰」という晩年の小説に「駄目は大いに望むところです。早く駄目にしてください」というセリフあり。同展図録巻頭の「ごあいさつ」にはこう書かれてある。

「あえて目立たぬことを好むかのように、ひたすらに庶民の座に腰を下ろして書き続け、生き抜いた一人の男が、日本文学史上まれにみる作家として読み継がれている理由とは——。」

「駄目」を自認し、そこから作家人生において新しい「目」を打ち出したのだ。

私は日本の文学史の途上に、木山捷平がいてよかったと思う。とくに戦後文学は荒々しい激動の時代に、それぞれ戦争や政治と個人といった重いテーマを掲げて作品世界を作り上げていた。野間宏『真空地帯』、大岡昇平『野火』、三島由紀夫『金閣寺』、大江健三郎『万延元年のフットボール』など、一級の成果だったがタイトルからして恐れ入る。焼き鳥とビールを片手に読めないような重量感がある。もちろん、これらの作品が書かれなければ日本現代文学の地平は開かれなかった。それは確かだ。

ただし、一方でもう少し力を抜いて楽しめる小説もあってほしい。準備なしにすっと入って、また手ぶらで出てくる。そういう風通しのいい小説がないと息がつまる。まさに「臍に吹く風」（木山の作品名）だ。どうも私は木山捷平をそうした作家として受け入れてきたようだ。荒川洋治はかつて「いま生きている自分をとりまく空気が心地よくはりつめるのだ」と評した（講談社文芸文庫『角帯兵児帯　わが半生記』作家案内）。私も同感。「下駄の腰掛」「軽石」「耳かき抄」「かなかな」などとタイトルを眺めるだけで、怒りに振り上げた拳を下ろしたくなる。木山捷平なら焼き鳥とビール片手で読める。これ、意外に大事なことではないか。

木山捷平は、最初は詩を書き、中年になってから小説を書き始める。戦前、戦中と、ずっと地味な、同人誌中心のあまり売れない作家（生前に文庫になったことがない）だった。尾崎一雄、梶井基次郎、上林暁、田畑修一郎、小林秀雄、原民喜、坂口安吾、中原中也などとほぼ同世代。大正時代が青春期に当たり、ほかの同世代の者たちと同様、文学の毒に当てられ、父親の反対を押し切り上京するのが一九二三（大正十四）年。キャリアは戦前から始まるが、この流れを戦争が止める。一九四四年、満州の農地開発公社嘱託として新京（長春）へ渡る。一九四六年八月、日本に引き揚げるまで、死と背中合わせの長い苦闘の時代を送った。これらの体験はのち、長編『大陸の細道』『長春五馬路』に結実する。

しかし、帰国後もダメージが長引いた。故郷の笠岡と東京を行ったり来たりして腰が座らず、神経衰弱症および指の怪我などに悩まされ、作品の発表も少ない。貧困によく耐えたみさを夫人は「捷平はやさしそうに見えても、頑固で意地っ張りの男でした。（中略）捷平は気が向かない日は荒れていました」と回想している。「人はよくユーモアとか、とぼけ、飄逸などと、簡単に片づけてしまうが、おそらく彼の真意からは遠いと思われる」と書くのは浩瀚な評伝『木山捷平の生涯』（筑摩書房）の著者・栗谷川虹だ。満州での死と背中合わせの体験、戦後、病気と貧困と闘いながら、にじり寄るようにユーモアの世界へたどり着いたということを忘れてはならないだろう。

不遇だった作家人生に転機が訪れるのは一九五六（昭和三十一）年に入ってから。「オール読物」「小説公園」「文藝春秋」「別冊文藝春秋」などに小説が掲載され、随筆の注文もあった。とくに「文藝春秋」十月号の「耳学問」が評判になった。「毎日新聞」文芸時評で平野謙がこれを取り上げた。

「昨今のかまびすしい日ソ交渉のニュースの中にこのささやかな作品をすえてみると、その周囲だけ空気が静かにすんできて、ああ、これが小説作品なんだな、と改めて読者も納得せざるを得ないだろう……」

当時の大手新聞の文芸時評は、現在からは想像できないほど影響力があった。木山捷平もこれを喜び、日記に「今日ほど心たのしいことはなかった」と感激を記した。その効果か、翌年から原稿依頼が殺到する。年譜で数えると小説だけで十二編、ほか随筆・書評など十数編を執筆し、同年四月には創作集『耳学問』（芸文書院）を上梓。うってかわって売れっ子作家となっていく。結果は落選だったが、「耳学問」は直木賞候補にもなった。

木山捷平のよき理解者で『木山さん、捷平さん』（新潮社、のち講談社文芸文庫）の著者・岩阪恵子は、このにわかなる盛況の裏にジャーナリズムの要請があったと記す。つまり「二十二年の『日本小説』『小説新潮』のほか二十五年に『小説公園』が創刊され、それに『別冊文藝春秋』、戦前からの『オール讀物』と、中間小説雑誌が広く出版界に勢力を拡大していった背景があった」。加えて「週刊新潮」創刊による週刊誌時代の到来が、その膨張に合わせて書き手を早急に必要とした。木山もビートルズ来日の原稿まで書いている。また、それに応えるだけの技量と経験の準備も木山捷平にはあった。井伏鱒二が「木山君は才能をいままで貯金をして使わないでいたらしい」と漏らしたことを河盛好蔵が書き留めている。文学の神様がいたら、もう少し早く微笑んであげて欲しかったと思うが致し方ない。

今回、木山作品のアンソロジーを組むにあたって私が立てた方針は、これ一冊で木山捷平の全体像を表すのはあきらめ、あくまで好みの作品を集めることに集中した。発表年で言うと、一九五五年から没年の六八年までになる。ここに私の好きな木山捷平がいる。木山の作品はおおざっぱにいって次のようにくくられる。

一、故郷（現・岡山県笠岡市）での幼少期を含めた回想
二、満州に渡り難民生活、敗戦から帰国までを叙述
三、作家生活が軌道に乗り、分身たる「正介」ものほか代表作を書く
四、晩年近く、一種の流行作家となり旅ものなど中間小説を多作

このうち、「三」を中心に選ぶこととした。著者自身を写した分身が、単独で散歩、ある

いは町を移動する。「散歩」と「東京」を裏テーマに据えた。そこから「正介」ものを中心に、「駄目も目である」――ダメおやじ木山のエッセンスを見出す。

まずは「軽石」「苦いお茶」「下駄の腰掛」が私の考える木山捷平ベスト3。どうしてもこれははずせない。まんじゅうならこれをアンコにし、外の皮でくるんでいった。

「軽石」

庭で焚火して木箱を燃やし、残った釘をクズ屋に売り、得た金でものを買うため町をうろつく。買えたのは「軽石」。私は同じコースを推定し吉祥寺から西荻窪まで歩いてみたことがある。誰か映画にしてほしい。

「苦いお茶」

酒場で、満州時代によく背負った（子守りで徴兵を逃れる）娘と再会。成長した娘を背負ったところを、酔った学生たちに攻撃される。娘がそれにタンカを切って反論する。名作の一つで、木山作品のなかでも評判が高い。ただし、フィクション。

「下駄の腰掛」

妻に金玉を握らせようとするという異色の出だしから、銭湯へ出かけるも時間が早く、下駄を腰掛にして来し方行く末を考え、あるいは観察する。夫人の木山みさをは、これを「私の好きな小説」とする。国語の教科書にはぜったいに採択されないところが爽快である。会話の上手さも際立っている。

私はとくに「下駄の腰掛」が素晴らしいと思う。わざと「下駄にふる雨」(一九五九)も選んでおいたが、こちらはB面という気がする。外出の当初の目的が、いざ歩き始めると変化するというのが木山作品の常套だが、ここも銭湯へ行くが開店前で思わぬ展開となる。湯銭だけしか所持せず、開店時間までの間、銭湯の前で下駄の上に腰掛けて、これまでの五十年を回想することになる。下駄はタイムマシーンか。この発想が素晴らしい。なるべく地上に近く、ただしそこから少し浮いた場所。つまり小津安二郎の映画と同じローアングルだ。この絶妙なる視点の獲得こそ、木山文学の要点となった。庭で雨に濡れる下駄を描いた「下駄にふる雨」と同じモチーフで「五十年」という詩も書いている。これは一九五六年だから、詩の方が早い。

濡縁におき忘れた下駄に雨がふつてゐるやうな
どうせ濡れだしたものならもつと濡らしておいてやれと言ふやうな
そんな具合にして僕の五十年も暮れようとしてゐた

下駄にわが人生を仮託していたようだ。一九五〇年頃、心身共に不調で「たびたび死の恐怖に襲われ、強度の神経衰弱となる」（講談社版『木山捷平全集』所収の木山みさを編年譜）。原稿依頼のラッシュが訪れるのは、「五十年」を書いた翌年（一九五七年）からだが、早くも人生において幸運が訪れるのを諦めた観がある。だから雨に濡れた下駄は墓標のようだ。また下駄を履いては走れない。スピードも規制する。「耳かき抄」は家族で故郷に疎開中、自転車で町まで酒を飲みに出かける話。自転車に乗れたのかと驚く。中学時代に下駄を履いて登校していたが、あまりに遠く、途中から自転車に乗るようになった。しかし、このスピード感と視線の高さからは木山文学は生れなかった。「ななかまど」（一九六八年）では取材旅行で飛行機にも乗っているが、これは似合いません。

今回、意識して収録したのが「散歩」小説だ。一九五二年に練馬区立野町に新居を建て、ようやく腰を落ち着けるところから、しばしば外出をするようになる。「軽石」「月桂樹」「川風」「お守り札」「冬晴」「釘」などがそうだ。しかも「お守り札」のパイプ、「冬晴」の万年筆と、当初の買い物の目的が途中から置き忘れられて、ただ移動するだけの小説となる。関節はずし、ともいうべきテクニックで、読者も当初の目的を忘れて主人公の散歩につきあわされる。便利や目的ばかりが肥大化してしまった現代に、そもそも人生に目的などないのだと教えてくれているようだ。

そのほか、どうしても選んでおきたかったのが「太宰治」。青柳瑞穂を中心に井伏鱒二など中央線文士の集まり「阿佐ケ谷会」その他で、生前の太宰治との交流を描く。木山は木山捷平と実名で登場。太宰とは「海豹」、のち「青い花」という同人誌で仲間だった。その若き日の姿のメモワールは貴重だ。太宰が意外な勉強家で、木山らと奥多摩へ遠足に行った際、岩波文庫を十冊以上持参したとか、高円寺時代の木山を訪ねていった太宰が、本棚から「西鶴の文章を抜萃した受験参考書」を借り出し、これを元に『新釈諸国噺』を書いたなど太宰文献としても要チェックである。

木山捷平の小説は不思議なほど何度でも繰り返し読める。ダイジェストであらすじを要約できる小説なら一度読めば済む。「ああ、こういうことが書いてあるのね」と納得しておしまい。しかし「苦いお茶」「軽石」「下駄の腰掛」などは書いてあることがわかっていても気にならない。いいお湯の温泉なら何度でも浸かりたい、というのと同じか。あるいは繰り返し聴ける音楽とも言えるかもしれない。「耳かき」や「釘」や「下駄」や「軽石」や「竹筒」と、平凡なものやとるにたらないものが木山の文学世界ではその存在が上位を占め揺るぎない。

手垢のついた清潔感が木山作品と生涯を貫いている。

・本書は文庫オリジナルの作品集になります。
・収録した作品は、『木山捷平全集』(全八巻　講談社)のうち第二巻から第八巻(一九七八年十二月〜一九七九年六月)を底本としました。
・本書のなかには、今日の人権感覚に照らして差別的ととられかねない箇所がありますが、作者が差別の助長を意図したのではなく、故人であること、執筆当時の時代背景を考え、該当箇所の削除や書き換えは行わず、原文のままとしました。

ちくま文庫

駄目も目である　木山捷平小説集

二〇二四年十月十日　第一刷発行

著者　木山捷平（きやま・しょうへい）
編者　岡崎武志（おかざき・たけし）
発行者　増田健史
発行所　株式会社　筑摩書房
東京都台東区蔵前二―五―三　〒一一一―八七五五
電話番号　〇三―五六八七―二六〇一（代表）
装幀者　安野光雅
印刷所　星野精版印刷株式会社
製本所　加藤製本株式会社

ISBN978-4-480-43987-1 C0193